# VITOR
# ALÉM
# DA
# VIDA

RENATO ZUPO

# VITOR ALÉM DA VIDA

São Paulo, 2025

*Vitor além da vida*
Copyright © 2025 by Renato Zupo
Copyright © 2025 by Novo Século Ltda.

EDITOR: Luiz Vasconcelos
Gerente Editorial: Marcelo Siqueira
COORDENAÇÃO EDITORIAL E REVISÃO: Driciele Souza
DIAGRAMAÇÃO: Manoela Dourado
CAPA: Ale Santos

Texto de acordo com as normas do Novo Acordo Ortográfico da Língua Portuguesa (1990), em vigor desde 1º de janeiro de 2009.

Dados Internacionais de Catalogação na Publicação (CIP)
Angélica Ilacqua CRB-8/7057

Zupo, Renato
    Vitor além da vida / Renato Zupo. -- Barueri, SP : Novo Século Editora, 2025.
    288 p.

ISBN 978-85-428-1780-5

1. Ficção brasileira 2. Ficção policial 3. Suspense I. Título

25-1313                                                       CDD B869.3

**Índices para catálogo sistemático:**
1. Ficção brasileira

Alameda Araguaia, 2190 – Bloco A – 11º andar – Conjunto 1111 CEP 06455-000 – Alphaville Industrial, Barueri – SP – Brasil
Tel.: (11) 3699-7107 | E-mail: atendimento@gruponovoseculo.com.br
www.gruponovoseculo.com.br

*A Vitor Hugo Heisler.
Esta obra é para ti,
Tchê!*

*"Eu só poderia crer num Deus que soubesse dançar".*

FRIEDRICH NIETZSCHE,
*ASSIM FALOU ZARATUSTRA*.

# PRÓLOGO

Vitor morreu em uma tarde de sábado, quando foi abrir a porta de sua casa para alguém que tocava inesperadamente a campainha. Poderia ter verificado antes quem era. Seria o *automaticamente* correto a fazer. Mas ele estava passando defronte da porta, um pano no ombro, de bermuda e chinelo de dedos e cantarolando uma música gaúcha antiga que o fazia lembrar seus pais. Estava um dia ensolarado e lindo e os três filhos haviam saído com Diana para comprar guloseimas e bebidas enquanto ele preparava o churrasco na área de lazer nos fundos da casa.

Portanto, o dia estava bonito demais para se preocupar com agressores à soleira da porta. Essa neura, aliás, não era dele. Sua mulher é que assistia a filmes policiais demais, na opinião de Vitor. O fato dele também ser policial e de Diana ser advogada criminalista só piorava a coisa toda. Ela simplesmente absorvia todos os males e tragédias do mundo e isso exercia nele um efeito contrário: ao chegar em casa após um dia sujo de trabalho lidando com traficantes e assaltantes maníacos, ele se comportava como um escandinavo em um daqueles países pacatos do norte da Europa – e abstraía totalmente sua vida em família dos horrores do mundo.

Por isso, e também porque aquele sábado – que teria sido o último de sua vida – estava mesmo lúdico e muito bonito, Vitor foi direto abrir a porta. Um homicídio ali, debaixo daquele sol brilhante de abril, destoava de tudo e era esteticamente impossível. Era como imaginar um estupro durante um baile de debutantes, ou um aborto durante um pródigo almoço em uma churrascaria a rodízio. No entanto, foi o que aconteceu. Ele abriu a porta e *alguém* que estava do outro lado simplesmente levantou uma mão armada com um revólver – *da arma ele jamais se esqueceria* – disparou três vezes em seu peito. Foi ele tomar os tiros e cair pra trás arfando. Sentia como se braseiros incandescentes se instalassem em seu tórax repentinamente, cada qual pulsando em um ritmo inexorável de dor. Só conseguia ver o topo de sua sala, lá do local em que caíra. E a visão foi embaçando. Se recordaria depois que descobriu uma teia de aranha pendendo do lustre que era presente de casamento de sua sogra, e que a teia estava ali porque ninguém nunca lembrava de limpar o teto da casa. Estranho que só pensou em seguida que seu agressor poderia permanecer por lá e aguardar sua família chegar, porque seria mais lógico pensar primeiro nisso do que na teia de aranha – mas quem já morreu sabe que os pensamentos nessa hora não são lá muito lógicos. Continuou apavorado enquanto morria, pensando em sua mulher e filhos à mercê do assassino, mas em seguida veio um lampejo de que ele não estava mais por lá e havia se contentado em atirar nele. Simplesmente não o sentia mais à sua volta e por fim se tranquilizou, preparando-se para a morte. Antes de ir, a vista que já nada via, o peito que ardia em agonia, a respiração que lhe faltava, serviram-lhe de pano de fundo e palco para a ideia triste de que estava muito novo para morrer e que não veria os filhos crescerem, tudo por conta de um desgraçado que lhe acertara três tiros de revólver e que conhecia, mas por algum motivo imbecil não conseguia lembrar quem era. Considerou o mundo injusto, arfou, ficou puto de estar morrendo, mas morreu assim mesmo.

Mas esse era só o começo de seus problemas.

# UM

Era muito estranho não sentir fome, frio ou fraqueza, vontade de ir ao banheiro ou sede. Se aquilo era a vida após a morte, era bem besta. Vitor já havia lido muita coisa a respeito de explicações sobrenaturais para o mundo dos não viventes, mas nada do que conhecera, estudara ou ouvira dizer tinha chegado próximo daquela sensação anódina e inodora que contemplava ali. Era como se estivesse em um limbo estranho composto por uma sala mobiliada de forma atemporal. Havia um sofá que tanto poderia ter sido comprado em uma liquidação da moda, quanto adquirido de um antiquário repleto de itens do tempo de seus bisavós. Ao centro, uma mesa com alguns detalhes meio futuristas que também não eram incomuns na época de seus pais. Não havia janelas, mas umas pinturas em quadros com molduras bem torneadas em detalhes encravados em madeira que poderia ser de olmo, mogno ou alguma outra árvore que existira por centúrias na história da humanidade. Nos quadros se retratavam visões primaveris de jardins que tanto poderiam estar situados na vida aristocrática de europeus ricos da era pré-industrial, ou em uma área de piquenique no Século 20, ou mesmo pertencer a uma zona de passeio de parque urbano moderno.

Ou seja, Vitor não tinha condições de saber onde estava, *quando* estava ou o que fazia ali. A sensação de tempo também lhe era estranha: daria reviravoltas no cadáver de Einstein, se é que o velho sábio já não havia virado pó, imaginar o que ali sucedia: uma paradeira no tempo em que Vitor poderia ali estar há cinco minutos, cinco horas ou cinco dias, e ele não conseguia precisar ao certo se mesmo poderiam ser segundos. Quando não há relógios, nem urgência em ir de um para outro lugar, nem qualquer premência física (sede, fome, vontade de urinar), não havia como medir os instantes em que estava, na prática, preso naquele local.

Havia, é claro, uma porta. Mas que não abria. Não tinha maçaneta, só um ferrolho para uma chave às antigas, daquelas medievais e enormes, e uma fechadura. Mas é óbvio que não havia chave ali. Lembrou-se que a palavra "maçaneta" vinha da fruta "maçã", porque as antigas fechaduras eram compostas por aquelas bolotas de abrir em forma circular e convexa, no formato exato de uma maçã. Aquilo lhe lembrou comida com certa nostalgia, mas não sentiu fome. Era muito, muito estranho, porque pelo que se lembrava (e gostaria de dizer que parecia que fora "ontem", mas não conseguiria fazer isso) tinha morrido pouco antes de comer o churrasco que preparava e que já então lhe aguava a boca e aguçava o apetite. A ideia mesma de paladar lhe parecia inóspita, distante, tão longínqua quanto a lembrança de uma solenidade de formatura que já na memória se sabia que era um fato definitivamente acabado e de tão impossível resgate que sequer despertava saudade – era como se a lembrança do momento inexoravelmente perdido pendesse como um lembrete preso a um ímã de geladeira a retratar a vida de outra pessoa que fomos a tantos tempos idos que já não o somos mais.

Para começo de conversa, não vira qualquer luz branca tão logo apagou depois dos tiros. Sabia com certeza que estava morto. Não só porque era um policial e tinha o conhecimento de que os tiros à queima-roupa que sofreu lhe foram letais, disparados por um revólver trinta e oito com munição especial, daqueles que a polícia usava antigamente e bandidos portam até hoje. Aliás, o que seria *hoje* ali onde estava? Teve certeza que morrera, como também não lhe restava dúvida de que dera seu último suspiro no hall de entrada de sua casa em um subúrbio ainda pacato de Belo Horizonte, durante um fim de semana de folga e enquanto sua mulher e filhos iam fazer compras para um churrasco que Vitor jamais iria concluir, não naquela existência então extinta de maneira abrupta e violenta.

Sabia que estava morto com a mesma certeza com a qual soubera que, até então, estivera vivo. Era inexplicável. Era natural, como saber que o céu é o céu e o sol é o sol. Que o redondo é redondo, o quadrado, quadrado... Enfim, você entendeu, não é mesmo? Vitor também havia entendido. O que não fazia sentido eram as luzes finalmente se apagarem e se reacenderem com ele ali, naquela sala atemporal e com roupas que eram dele, ou que *foram* dele. Se lembrava da calça de sarja e que a havia doado ao exército da salvação vinte anos antes e a camisa era social, daquelas de usar com terno – que não usava desde anos antes de perecer, de *atravessar* seja o que quer que tivesse *atravessado*. Os sapatos eram seus, daqueles duros, Vulcabrás, de trinta anos antes do que quer que seja ou de onde quer que estivesse.

Nunca mais os vira. Esses, tinha certeza, usou até acabar, o que não durou muito porque eram sapatos populares e eram os únicos pares que possuía – duraram do fim de sua adolescência até meados da faculdade de Direito. Depois foram simplesmente para o lixo.

Agora estavam ali, calçando seus pés. O que vestia era um mix de várias épocas de sua vida, e de nenhuma época em específico. E estava em um local perdido no meio do nada e sem qualquer noção de tempo e de espaço. Era um local em que estava preso, para falar a verdade, e aquilo que o intrigava passou a deixá-lo bastante bravo, passado o estupor inicial e as indagações, inúmeras, que fervilhavam em sua mente. Já não bastava ser assassinado covardemente, ser privado de sua vida, impedido de acompanhar o desenvolvimento dos filhos que tanto amava, de seu casamento feliz selado para sempre em violência e morte. Será que aquilo era o inferno?

Tinha três filhos, e a lembrança deles lhe doeu. Foi aquilo que precipitou de fato sua ira. O mais velho, Jorge, era o que mais se parecia com ele e também queria ser polícia como o pai. Era loirinho e espadaúdo como o pai e tinha uma cara de criança adulta que deixava indubitáveis os traços fisionômicos do homem feito que o guri viria a ser. As duas mocinhas, Isabela e Bianca, vieram logo em seguida e em escadinha, como se dizia, e haviam puxado a mãe – Vitor sempre brincava com alguma razão que não era um homem bonito. Era um "pomerano" daqueles louros com cabelo cor de palha e sobrancelhas densas e amarelas que começavam a ficar grisalhas depois dos quarenta. Também raleavam seus cabelos e lamentava que ficaria careca

– só não esperava que Deus, ou o Diabo, ou o que quer que fosse, não lhe desse tempo sequer para aguardar os efeitos da calvície. Nem de ficar careca tivera direito, sem contar a dor intensa, a amargura incômoda, a raiva existencial de perder para sempre o contato com os filhos.

Aquilo bastou. Alguém haveria de ouvi-lo. Não é que quisesse respostas. Queria efeitos. Queria que algo acontecesse e que aquela espera sem sentido e sem tempo tivesse algum efeito, qualquer efeito, que redundasse em algo. Quebrou os móveis todos. Era um cara que malhava religiosamente na academia do bairro, era forte, e usou os músculos (que a morte não lhe subtraíra), para quebrar em dois o sofá em que estivera sentado até começar a perambular por aquela sala ridícula. Depois deu um pontapé na mesa de centro, aquela futurista, com pés esquisitos e côncava no tampo, e a mesa voou e em um catiripapo foi de encontro à parede, destruindo também os quadros que estavam ali pendurados e que foram cair e espedaçar-se em um chão *clean* e sem tapetes que compunha aquele torturante e estranho cenário. Olhou à volta, procurando o que quebrar. Havia ainda uma espécie de relicário, uma caixinha de música ou alguma frescura semelhante a um canto perto da porta que não abria. Deu uma porrada de cima para baixo e a pequena cristaleira que o guarnecia foi abaixo junto com o penduricalho delicado, espocando tudo em miríades de vidro, cristal ou seja lá do que fosse construída aquela merda toda. Finalmente se concentrou na porta. Deu alguns passos para trás para tomar impulso e jogou todo o seu peso sobre a porta. Ela não se abalou. Jogou toda sua força de novo, e desta vez deu um chute daqueles bonitos, de filme de karatê, bem na direção da fechadura. Já arrombara duas ou três portas assim ao longo da vida profissional, em uma oportunidade cumprindo uma busca e apreensão na casa de um traficante, em outra perseguindo um assaltante em um beco de favela. Nas duas vezes de que se lembrou as portas racharam em duas. Vitor era um homem de mais de noventa quilos e lhe parecia que essas regras básicas de gravidade não estariam anuladas ali naquela pequena antessala do inferno. Talvez as leis do espaço-tempo sim, mas as da gravidade, pelo que vira do que já quebrara, essas ainda valiam por lá. Talvez o capeta gostasse de Isaac Newton mas não fosse muito fã de Einstein, sabe-se lá. Talvez o capeta fosse nazista e não gostasse de judeus. Se bem que ouvira dizer que Newton era viado, e pelo que sabia nazistas também não gostavam de viados. Era uma possibilidade, então viva a gravidade e tome porrada pra derrubar a porta.

    Não funcionou. Achou estranho que pelos esforços que empreendeu era para sentir dores por todo o corpo, mas dor física também era um conceito relativo ali. Estranho foi contemplar a porta intacta, ainda trancada, e em seguida olhar em volta e verificar, surpreso, que o restante da bagunça e quebradeira que havia protagonizado estava totalmente refeita e reparada e disposta: o sofá de novo intacto, a mesa de centro novinha em folha e bem organizada, os quadros novamente inteiros e recolocados nos mesmos espaços da parede. E, claro, o relicário intacto por sobre a cristaleira reconstituída como que por encanto. Não vira pregos ali. Iria considerar "estranho", mas para uma vida pós morte maluca daquela não havia mais o conceito de estranheza. Para piorar sua loucura só faltavam revistas de sala de espera de consultório por sobre a mesinha, para passar o tempo que não passava. Quase sorriu imaginando quais seriam as revistas: títulos como "Diário do Inferno", ou "Novidades do além Túmulo", ou a "Moda para Defuntos", ou "O que fazer quando você já foi" seriam hilários se não fossem trágicos.

Veio o desespero intenso. Só então chorou. Vieram-lhe a mente os filhos, a esposa tão linda, a carreira policial que lhe angariara tantos amigos e tanta consideração. Ser polícia era algo que gostava intensamente. Por bandidos presos, preservar no que desse a segurança social, tinha até uma certa vaidade em aparecer na imprensa, muito embora seu chefe, o Delegado Cupertino, não gostasse muito que seus tiras fossem midiáticos. Ao menos, não tanto quanto ele. Se fosse para aparecer, era ele o sujeito que deveria ir para a frente das câmeras de TV. Mas esse era o Cupertino, e era um bom chefe. Iria chorar sua morte? E Diana, como iria passar pelo luto com três crianças para tomar conta? E sua mãe que até pouco tempo vivera em uma estância perdida em Boqueirão do Leão, no Rio Grande? Suas lágrimas não surgiram de repente. Parece que brotaram da garganta. A voz embargou de vez e pensou em dar um urro, um novo urro, porque outros já dera enquanto quebrava a sala inteira, mas a voz embargou. Então as lágrimas vieram, junto com uma imensa dor, uma sensação horrível de impotência e de estar sendo vítima de uma injustiça indizível. Uma enorme pena de si mesmo, era isso o que era. Tanta gente que não prestava, pessoas ruins, criminosos perversos, viviam até os noventa anos. Ele ia embora com quarenta e sete anos recém completos, com filhos ainda usando calça curta, com mulher bonita, carinhosa e um resto de carreira promissora pela frente. Que raio de vida e de justiça divina eram essas? As lágrimas passaram aos borbotões e veio o desespero de novo. Crispou as mãos, fechando os punhos em garras e querendo agora se automutilar para ver se aquela merda de história de vida após a morte valia mesmo. Iria morrer de novo, se matando, agora ali naquele cômodo inóspito e atemporal. Iria morder a língua ou bater com a cabeça naquela parede feita de um material que parecia alvenaria mas não era, era mais liso e um pouco artificial demais para ser um simples amontoado de tijolos untados por cimento e cobertos por argamassa. Ajoelhou. Então deu socos no chão. *Pelo menos as mãos vão inchar, doer, quebrar,* pensou. *Isso vai me mostrar se estou vivo ou morto afinal de contas.*

– Não faça isso.

Era uma voz que poderia sair de dentro dele, das paredes, do espaço ou de todos esses lugares ao mesmo tempo. E tinha um tom calmante. Não era suficientemente baixa para ser um sussurro, tampouco era alta demais ou repentina demais para assustar. Parecia ter sido percebida por seu cérebro, antes de ter sido de fato ouvida por ele. Era uma voz de comando, suave e educada, mas de comando. Não havia um "por favor' antes ou depois dela, textual, e nem havia qualquer súplica ou rogativa implícita no seu tom. Era uma ordem emanada de alguém que estava acostumado a mandar sem muito esforço e a ser obedecido sempre, porque não havia exasperação em nenhum sentido naquela simples oração.

Olhou em volta, curiosamente. Depois se riria disso. Era como se a pessoa que lhe dera a ordem de parar seu flagelo estivesse em todos os lugares ao mesmo tempo. Algum tempo ali, e é claro que já não sabia mais quanto tempo se passara, ou *se* passara algum tempo, o fizeram ficar mais místico e exotérico do que em todas as suas mais de quatro décadas de vida. E isso fora muito rápido. Bastar saber que havia morrido e, inobstante esta verdade inevitável, ainda continuava a existir. E existindo, procurou pelo dono da voz, que foi achar encostado na porta que havia tentado arrombar instantes (minutos? horas?) antes. Demorou a localizá-lo porque a sala de repente havia se ampliado. De um tamanho semelhante ao de uma copa doméstica agora aparentava mais um amplo salão, pelo tamanho, mas os móveis permaneciam os mesmos, nos mesmos lugares, intactos. Que a sala era maior, era – ou será que era ele, Vitor, que tinha ficado menor? Era tudo uma questão de perspectiva, pensou. Se não estivesse ficando doido iria até perder seu tempo elucubrando sobre o assunto. Mas a pessoa que viu em pé à porta lhe deu a certeza de que desta vez tinha ficado doido de fato. Todas as peripécias de sua vida não haviam bastado para retirar-lhe a sanidade. Ter capotado um carro quando tinha dezoito anos, bêbado ao volante, não fora o suficiente. Brigar com meia dúzia na porta de uma boate também não fora. A meia dúzia de tiroteios em que se metera ao longo da carreira, o colega de serviço e amigo, o bom inspetor Vasconcelos, que perdera a vida aos seus pés estrebuchando com uma bala na região do estômago, enquanto tiros continuavam a varar e a espocar por cima de sua cabeça em um baile funk, nada disso deixara Vitor louco. Aquela situação e, principalmente, aquele sujeito que lhe havia pedido para parar, eles sim tinham o condão de fazê-lo perder para sempre a sanidade que lhe restava.

– Acho que você quer conversar.

É claro que ele conhecia a voz. Conhecia o cara todo, e era por isso que a insanidade o tomava. Tudo naquele sujeito lhe era absolutamente, claramente familiar. Era ver e verificar que de fato estava diante de uma amálgama, de uma mistura de detalhes que de modo automático lhe lembrava características inconfundíveis que não teria como não intuir. Tudo de gente de sua vida e que havia perdido, gente que morrera e que lhe era querida. O rosto era tão assustadoramente semelhante ao de seu avô Doca que poderia bem passar por um irmão quase gêmeo dele, que seria seu tio-avô, ou um daqueles irmãos gêmeos não idênticos. Então notou que o rosto não era a cópia autenticada da face do avô porque a testa e os cabelos penteados para trás lembravam seu amigo Dunga, assim apelidado porque tinha o cenho turrão e a cabeleira eriçada e para trás, todas semelhantes ao do Dunga jogador de futebol, ídolo de seu Internacional de Porto Alegre tão querido. Só que o Dunga seu amigo havia morrido afogado em um banho de cachoeira perto de Torres. Ah! Detalhe interessante: seu avô falecera de enfisema vinte anos atrás. Os dois estavam ali, na sua frente, mesclados naquela figura indubitável e sinistra. Mas não era só. A figura usava um macacão estilo jardineira, bem fora de moda – não, não iria mais brincar com a ideia do que deveria ser moda ali naquele espaço atemporal, sua mente se recusava a isso. E quem é que usava aquela jardineira? Claro, sua mãe que o tempo levara, um infarte súbito, cinquenta e poucos anos – era uma redundância na família de sua mãe, muita gente morrendo jovem. Por isso ele se aproximava temeroso da casa dos cinquenta, que era a época

## Vitor além da vida

em que perdera mais parentes maternos. Bem, aquilo não tinha mais importância, tinha? Ha, ha, ha.

– Acredito que deva se controlar – disse o cara. – Quer se sentar ou caminhamos? – Ah! Aquela voz... Jamais deixaria de se lembrar do tom de voz paterno. O velho seu Lucas, perdido em jogos de dominó e truco, tomando chimarrão, rezando para que desistisse da polícia mineira e voltasse ao Rio Grande o quanto antes, para fazer carreira no Exército como inúmeros outros membros da família de seu pai. O mesmo tom de voz ao mesmo tempo conciliador e reclamão, como o de um profeta lamuriento, mas com uma entonação de voz paternal, presente no pai que se fora e naquele quebra-cabeças humano ali à sua frente.

Foi tudo muito rápido. Não conseguiu mais se controlar e aquela imagem debochava de Vitor e de tudo o que ele havia sido e poderia vir a ser, se sua vida não tivesse sido interrompida cedo demais, rápido demais, e de um jeito tão injusto e covarde. Aquilo doeu demais na sua alma. Filhos, mulher, gente morta e amada, tudo subiu e desceu, embrulhou o estômago e o inebriou de fúria. Ele queria respostas e não uma pantomima burlesca de seus entes queridos e perdidos. Não podia acreditar que algum lugar do mundo ou fora do mundo se prestasse a criar uma marionete com pedaços arrancados de seu coração e clonados de gente amada que se fora, nem que esse lugar fosse o inferno. Não se lembrava de ser tão ruim e ser tão mal assim a ponto de merecer um fim de vida daquele, ou começo de vida de alma penada ou fantasma daquela forma, conforme o ângulo que se utilizasse para se analisar aquela perturbadora encruzilhada inexplicável e má. Bater nos outros, dar tiros, explodir de raiva e brigar, todos os pecados de sua vida haviam sido facilmente explicáveis pela sua imaturidade, mas não se via perverso em hipótese alguma. Ao contrário, fora um tolo briguento e barulhento que havia salvado vidas e lutado por um mundo melhor. Preferia estourar a cara daquela piada ambulante que falava como seu pai, mas com certeza não seria seu velho, não poderia ser, não merecia ser seu grande guru, do que continuar daquela maneira indefinida confrontado com alucinações e ecos de seu passado, e justamente a parte de seu passado que mais lhe doía. Partiu para cima daquela avantesma, daquele ser esquisito, aquela visão do outro mundo, e partiu com os punhos cerrados e dispostos a socar aquela cara multifacetada e ver se no inferno também havia sangue e se o demônio também perdia dentes e se machucava. Por que era no inferno que estava, não? Porque nada poderia ser pior do que aquilo. E iria usar aqueles mesmos punhos que estivera prestes a usar em sua autoflagelação para ver se aquele pesadelo ou acabava ou ficava real. Estava era desesperado para acabar com aquele anticlímax que só ia ficando pior e pior.

    Só que aquela avantesma, aquela mistura, aquele amálgama inumano em um momento estava ali e no outro não mais estava. Tinha sumido. Vitor estatelou no chão e não se machucou mais porque naquele estranho lugar parece que as pessoas não se machucavam. Ou, ao menos, não se machucavam *mais*. Porque por dentro ele jamais seria o mesmo, estava em farrapos, esmigalhado, sua alma destroçada, e agora agachado ao chão e caído, onde era para estar debruçado e batendo sobre aquela alegoria semi-humana de seu passado e que havia desaparecido. Agora chorava um choro doído que nunca chorara antes. Um pranto daqueles de doer o peito – e percebeu que se ressentia disso. Era como se a dor existencial ainda existisse, ao contrário da dor física que desaparecera daquele limbo infernal.

– Assim que estiver pronto – a voz. O Amálgama, que ele passaria a chamar assim, estava agora atrás dele, na sala cada vez mais ampla, que havia ficado do tamanho de uma quadra de basquete. Sentado no sofá, cruzando as pernas e sorrindo. O sorriso era o de seu tio Augusto, irmão de sua mãe, para variar levado por um infarto, aos cinquenta e tantos anos. Enfim, o padrão da Família materna, os Schunnemann que sempre morriam jovens e do coração. A cruzada de pernas era de sua namorada do ginasial, Priscila, morta em um acidente de carro pouco antes de concluir o ensino médio. Sua primeira grande perda.

Urrou: – Quem é você, pooorraaaa....? – e fechou os olhos. Isso. Ia fechar os olhos. Não ia ver mais nada, essa seria sua vingança, seu jeito de se defender daquele ser do outro mundo. Só que ele também era um ser do outro mundo agora, não era? E o cara começou a falar dentro da sua mente:

– Vamos dar uma volta? Parece que você queria sair daqui.

Só por curiosidade mórbida Vitor abriu os olhos e viu que o sujeito estava onde devia estar a porta, que não mais existia. Aliás, a sala também não existia mais. Estavam em um jardim primaveril e bonito, e via flores e pássaros voando em torno de árvores frondosas cujas copas cobriam um caminho de seixos entrecortado por um jardim que serpenteava a trilha de pedrinhas que levava a um lugar que ele não sabia qual era, mas era depois de uma pequena colina verdejante que enchia o horizonte de encantamento. Aquela atmosfera de paz lembrava a paisagem de um quadro antigo que havia na casa de seus pais e que ficava emoldurado na parede atrás da mesa da sala, onde sua mãe costurava e seu pai recebia visitas importantes – e é claro que quando havia gente grã-fina em casa sua mãe escondia os carretéis de linha, os moldes, e a máquina se fechava e virava uma cômoda discreta ao lado de um biombo chinês daqueles antigos que se viam em filmes e que toda casa dos anos 1970 tinha. O oriente estava na moda, era misterioso e não estava ainda repleto de doidos fundamentalistas explodindo bombas e cometendo atentados terroristas, ou escravizando gente e destruindo monumentos históricos. Pronto! Descobriu. Estava agora dentro de um quadro de paisagem de sua infância – tudo para piorar sua loucura. Mas havia algo de melhor naquilo tudo. Melhor não, menos pior. Pelo menos poderia sair daquele mundo hermético e infernal que era a sala que não existia mais. Pensou em perguntar para aquele estranho ser se era para acompanhá-lo, mas seria uma pergunta redundante. O sujeito meio que era um mestre de cerimônias e lhe mostrava o caminho, que ele no fundo, no fundo, já sabia qual era, porque vira aquela paisagem emoldurada na mesa dos pais por toda sua infância. Sabia que ao fim da colina haveria mais um ligeiro declive, como sempre permeado por um bucólico caminho de seixos e que daria em uma cabana daquelas bem desoladas, com chaminé, no meio do nada e com um velho de barba branca fumando um cachimbo de preto velho macumbeiro na pequena varanda do casebre de madeira. Era isso que iria encontrar. Então, não era novidade nenhuma.

    Levantou-se e relaxou. Não havia como aquela situação piorar e o seu anfitrião – odiava aquela ideia, mas era o que mais exatamente

### Vitor além da vida

se aproximava da realidade naquele momento – de fato contava com sua presença naquela travessia, naquele percurso, ou naquela fuga do nada para o mais nada ainda. Depende do ângulo, do ponto de vista que se apegue – esse, amigo, é o segredo da vida, ho, ho, ho. Agora estava virando um Papai Noel, apesar do cara com a longa barba branca ainda estar do lado de lá da montanha, e tinha certeza de que iria encontrá-lo ao fim do trajeto.

Foram andando. É claro que Vitor lançou a famosa pergunta "quem é você e aonde estamos", e é claro que o ser que o guiava respondeu com um sorriso. Fazia parte das regras eternas do jogo das sombras não dar respostas diretas quando se estava naquele limbo estranho e sobrenatural. Só que o cara sorriu um sorriso – que mais uma vez lhe evocou um parente morto – e acabou respondendo:

– Estou tentando parecer com gente confortável e familiar para você. Para que se sinta bem, tranquilo, em casa. Mas parece que não está funcionando muito bem não é mesmo? – dizia olhando para trás enquanto caminhava. Aquele cabelo começando a ficar calvo e ainda espetado como o do seu amigo de infância, aquela fronte de seu pai e aquele sorriso... meu Deus, não desmaiava porque tecnicamente estava morto e quem está morto não desmaia.

Como não respondeu, o Amálgama insisitiu: – Vamos ver se dou um jeitinho nisso. – e deu um giro de corpo, e de repente parecia um boneco do Ken da Barbie, mas com uma voz de Frank Sinatra que ainda evocava seu pai. Uma voz de Frank Sinatra com sotaque gaúcho, puta que o pariu!

– Melhorou? – perguntou. Faltava cantar "My way". Porque o sujeito não tentava com Elvis Presley? Ou algo mais nacional, tipo Roberto Carlos... Ah! Mas esse não estava morto. Se bem que, pelos cálculos de Vitor, estivesse chegando aos oitenta anos... Mas morto não estava.

– Então você não é ninguém. É isso? – Seguia-o. Não seria obrigado a isso, mas era o mais lógico, era o único caminho, e havia alguma coisa no ser humano chamado "curiosidade" que simplesmente não morria, mesmo quando as pessoas morrem.

Ele andava jovialmente. Contemplava em volta como se a convidar Vitor para contemplar também. E a voz do Frank continuava ali, o ligeiro sotaque gaúcho de seu finado pai também, e Vitor não lhe encheu de porrada porque sentia que iria socar o etéreo, diante das anteriores experiências de quebradeira naquela antecâmara do inferno pela qual passara.

Digamos que eu sou parte de você – disse sem dizer. A voz parecia ecoar dentro da mente de Vitor... – Mas há muitas outras perguntas mais interessantes e que poderei, ou não poderei, lhe responder, e que você vai ter que descobrir ou completar por si próprio, porque não há dúvidas que simplesmente terminem com as respostas que recebemos, não é mesmo?

– E onde estou e para onde estamos indo? Já que ficou eloquente de uma hora pra outra, termine o serviço.

Ele riu. Estranho, mas aquela risada era *dele*. Não de seu pai, ou de sua mãe, ou do tio, ou da ex-namorada, ou do amigo de infância. O sujeito de alguma forma tinha alguma personalidade própria por debaixo daquele mosaico mal definido de toscas lembranças de um passado querido. O Ken da Barbie de repente

### Vitor além da vida

se parecia de novo com seu amigo Dunga e ao invés de responder acelerou o passo e foram andando ambos colina acima. Vitor não se cansava, mas também não fez qualquer esforço de maratonista para acompanhar o bambolear do sujeito, que era assexuado, meio homem e meio mulher. A calça que usava tinha um "quê" atemporal, era verde musgo com bolinhas pretas e ele usava um fraque estranho, daqueles que só havia visto no museu da Inconfidência Mineira em Ouro Preto – roupa daquele algodão tingido de escuro do século passado, aquele estilo rústico de roupa que não existia mais. Isso era agora, naquele momento, porque em instantes e depois da colina o jeito e a roupa do tal sujeito poderiam mudar de novo.

Depois de subirem até o alto da colina, é claro que ele avistou a casinha do quadro da copa de sua casa de infância, e é claro que havia aquela chaminé com a fumacinha saindo. Só não havia ainda reparado no ocupante da casa, um velho barbudo parecendo um Papai Noel caipira. Claro que não, porque ao olhar de viés verificou quase ao mesmo tempo em que seu raciocínio registrou a possibilidade de mais uma peça: seu estranho anfitrião havia desaparecido. Quando olhou para frente é que viu o preto velho, com direito a macacão surrado de brim antigo, alpargatas e chapéu de palha. Também fumava um cachimbo rústico, um pito de macumba que fedia, como deveria feder quando o menino Vitor via o velho na porta da casa no quadro da sua infância perdida no tempo.

– Agora você não me surpreendeu. – seu sarcasmo cáustico estava de volta. Não era mau sinal. Ficava assim depois que se recuperava de um choque ou de uma notícia péssima. Primeiro a pancada o desnorteava, e a vida lhe dedicara muitas, depois partia para a ironia e o deboche. Era assim que se defendia.

– Então podemos entrar. – E velho tinha um tom de voz de velhinho de novela, de Sítio do Pica Pau Amarelo. Tudo muito iconográfico naquele teatro do absurdo, faltava entrar o intervalo comercial ou você clicar no "like" para acessar algum canal do YouTube. Só que era verdade e era a vida dele. Ou será que era a morte?

Entrou. A choupana não existia na sua memória, mas era como a intuíra quando jovem. Fogão à lenha no centro de uma sala rústica e ao pé da chaminé rompia um telhado de madeirame e lajotas acima. Uma cama de palha com um cobertor ensebado a um canto, uma poltrona daquelas que todo velho deveria ter, quase uma cadeira de balanço. Ah! E havia um cão lá, que levantou ainda cabisbaixo, mas abanando o rabo timidamente e indo de encontro a Vitor. Afinal, eram velhos amigos...

– Fantasma! Até você... – e o cachorro pulou nele com força e ele o afagou. Tinha sido o cão da sua infância, que perdera aos oito, dez anos de idade, não se lembrava exatamente, de uma doença que empesteou a vizinhança e levou diversos outros cachorros de vizinhos e mais uns cães de rua que badernavam pelas ruas de sua mocidade.

Enquanto acariciava o pelo felpudo do vira lata, que ele parecia profético ao batizar de "Fantasma" na infância, o velho sentou defronte a ele na tal poltrona, e havia uma outra ao seu lado. E Vitor se sentou com Fantasma a seus pés. Estranho que de início achasse que não havia sensações físicas naquele inferno, porque agora estava bastante cansado, *mortalmente* cansado, a expressão lhe foi inevitável. E também sentia fome – será?

– É porque você agora se sente em casa. – disse o velho, dando uma tragada no pito de preto velho de macumba – E de uma certa forma você está. Peço desculpas. Ele tenta os acolher e deixar tranquilo, mas nunca deixa. E você só atrapalha ficando nervoso.

– Vou ajudar menos ainda se não me explicar o que está acontecendo. – Sua voz estava clara, mas escondia mágoa e raiva contidas, o que não passou despercebido ao estranho velho. – Vou ter que repetir as perguntas de sempre? Pra quantas pessoas você já teve que responder isso? Aquele sujeito espécie de porteiro, é isso? Estamos no inferno? Porra, eu achava que merecia ao menos um purgatório...

O velho riu copiosamente. No início ainda tentou responder, mas a enxurrada de perguntas foi tornando suas faces cada vez mais coradas e seus olhinhos brilhavam por baixo das pestanas brancas grossas. Então rompeu em gargalhadas que só amainaram – esmaecendo-lhe a face – conforme foi observando que elas iam irritando mais e mais Vitor. Deve ter se lembrado que não fora fácil contê-lo e trazê-lo até ali e talvez, dada sua estranha utilidade naquele mundo estranho, tivesse que fazer todo um esforço para manter cativo e tranquilo seu convidado. Deve ter sido isso, porque Vitor viu que ele imediatamente se arrependeu do acesso de risos, esfregou os olhinhos cansados e adotou um tom mais apaziguador:

– Não faço isso com ninguém, só com você – disse o velho. – E não, você não está no inferno e nem no purgatório. Aliás, talvez merecesse o céu... – e quase, quase riu de novo.

– Então o que é isso? – Agora o bom e velho Fantasma, o cachorro de sua infância, estranhava o tom na voz de Vitor. Era medo e era raiva e era ódio de não estar onde deveria estar, ao lado da família, e de não saber onde estava e de repente estar preso. Isso sem dever nada a ninguém.

– Bem. – O velho retornou com o tom apaziguador e didático, parecendo buscar as melhores palavras para explicar uma verdade dura. – Como vou dizer? Você não está lá e nem está vivo, entendeu? Nem no natural e nem no sobrenatural. Nem céu, nem inferno, nem purgatório e nem vida, entendeu?

– Não.

Os olhos do preto velho injetaram de novo. Agora era só o velhinho do quadro, sem nuances de gente querida que já havia falecido, sem detalhes pop atemporais ou roupas de épocas misturadas e distantes. Era o velho do quadro de quando era pequeno, e foi ele quem falou:

– Você está no meio do caminho, Vitor. Você está na sua mente.

# DOIS

Ser viúva e não ser era muito mais que um drama Shakespeariano. Seu marido havia virado um vegetal, mantido por aparelhos. O médico bonitão de olhos verdes (ou azuis? Ela não saberia agora) havia dito que o coma não era induzido e que não havia previsão para que Vitor voltasse, se é que voltaria algum dia. Faltou mencionar a eutanásia... Ah! Mas que insinuou, insinuou. Ela não admitiria ver o pai de seus filhos acamado daquele jeito, sem sorrir, se divertir, fazer amor ou tomar chimarrão, não necessariamente nessa ordem (hahaha). Isso era fora de dúvida. Outra coisa era ser a responsável pela morte dele, ainda que indiretamente, ainda que apenas concordasse com a ideia que leu nas entrelinhas das falas dos homens de branco: vamos desligar os aparelhos, que tal? Jamais permitiria isso. E se ele melhorasse? Era possível, não era?

– Tudo é possível – dissera-lhe o médico dos olhos claros. Proença era o nome no jaleco. O primeiro nome deveria ser ridículo para que o sujeito utilizasse só o sobrenome, assim, publicamente. – Mas as informações que temos do córtex cerebral dele não são boas, minha senhora. Ele voltar a abrir os olhos é possível. Ele voltar à normalidade, aí já é com o cara lá de cima.

Um médico religioso! Ela finalmente havia encontrado um, naquele momento tão difícil de mulher entrando na meia-idade com três filhos pra criar e o marido entubado e dependendo de aparelhos para viver. Tivera educação luterana, filha de pastor e dona de casa, mas com toda a religião do mundo a impregnar sua juventude, sempre, sempre, sempre, lhe disseram em casa para não misturar as coisas do homem com as coisas de Deus. Agora vinha um médico, um cientista, um profissional por natureza pragmático e misturava Deus com hemoglobina, cura espiritual com recuperação biológica, alta médica com milagre. Ela ia dizer "meu Deus", mas não lhe parecia conveniente. Não naquele momento e diante daquela encruzilhada metafísica em que se encontrava.

Havia pedido para que o médico esperasse. Que todos esperassem. Sua mãe estava com seus filhos em casa. Viera do interior só pra isso. Enchia a cabeça dos meninos com aquele besteirol insano que somente ela conseguia produzir em meros cinco minutos de conversa, mas ao menos cuidava dos netos e a deixava livre para peregrinar entre o hospital, a delegacia de polícia, bancos, convênio de saúde da polícia que, se não fosse ele... Ela estaria mendigando o tratamento de Vitor, que se fora (ou estava indo) sem deixar reservas financeiras sequer para a compra do mês.

Vitor estar não-vivo – uma expressão que Diana havia criado – era financeiramente bem pior do que tê-lo morto. Sem os aparelhos, ela e os meninos teriam pensão, seguro de vida, transfeririam os bens e, de uma maneira ou de outra, a vida seguiria em frente. Com ele naquele estado de quase morte, naquele estado vegetativo, ela não era viúva e, portanto, não tinha direito a pensão ou a seguro, sequer a coroa de flores ou votos de pesares. E aguentava as mazelas da viuvez sem estar viúva, claro. O marido não estava em casa mais, o lugar dele na cama estava vago, não havia ninguém para ajudar o filho com o dever de matemática, ou para ir passear com as duas meninas no shopping, enquanto o primogênito ia jogar bola. Não havia mais o pai de família que colocava o lixo na rua ou chegava cansado em casa, com a roupa suja de lama ou de terra de vez em quando, ou fedendo à cadeia, que é um cheiro característico, nítido e inconfundível, impressionante, que ela nunca tinha sentido igual antes e nunca iria sentir de novo depois ou em outro lugar, ou vindo de outra pessoa, assim ela esperava.

Consolar os filhos pela morte do pai teria sido duro. Ela própria chorava o tempo todo e, sabia, de suas crianças, o filho mais velho não entendia, estava revoltado com a cena do pai sangrando baleado no hall de casa, e andava chorando também ele pelos cantos e escondido, bancando o forte. Aquilo doía muito, muito. Mas ter que lidar com as esperanças diárias dos filhos, aquilo sim era insuportável. A mais novinha, Isabela, logo pela manhã acordava e dizia que havia sonhado com o pai, que o pai iria voltar, estava voltando, não é mamãe? A do meio era Bianca, um bloco de gelo, mas mesmo assim se referia ao pai no presente, sempre. Inconscientemente negava a morte do pai tão querido. O mais velho, Jorge, esse era o pai clonado, até no jeito gauchesco de andar, como se fosse um peão de fazenda montado, mas sem sela e sem animal, só as pernas arqueadas de *cowboy* preparadas para a bombacha. Ela simplesmente não conseguia lidar com as esperanças das crianças, nutri-las de maneira mentirosa para que não se desesperassem, dizer um "vai dar certo", ou um "Deus nos trará ele de volta e perfeito", ou "não se preocupe". Era justamente para se preocupar, porra! Um maluco tinha entrado na sua casa enquanto fora fazer compras, dia claro. O cara de pau havia entrado pela porta da frente tocando campainha. Havia vizinhos na porta, aguando jardim e jogando conversa fora, à uma quadra de distância! Que cara de pau, meu Deus! E a polícia, a nossa polícia, a polícia de Vitor, continuava na estaca zero.

– As imagens de câmeras de segurança não revelaram muita coisa, madame – dissera-lhe o tal de Dr. Cupertino. Era o novo chefe do seu marido, que viera da delegacia de tóxicos da capital para a homicídios havia pouco mais de seis meses. Que bom, não é, porque era o lugar certo para apurarem o que havia ocorrido com Vitor, ao menos, senão para salvá-lo, ou para por quem o matou na cadeia, ao menos para impedir que o maluco psicopata assassino voltasse para terminar de trucidá-la e às crianças.

– Quem matou está à solta, então. Ele poderá voltar. – Sua voz saiu miúda, surpreendendo-a.

Era uma mulher forte, que falava grosso e não tinha medo de homem. Aquela tibieza na voz lhe era absolutamente incomum. No fórum, em sustentações orais, impunha medo e respeito. Ninguém tirava onda dela, que achava graça de colegas que reclamavam de assédio sexual, paqueras indesejadas, ou mesmo de terem sido vencidas pelo cansaço diante das tentativas constantes de um pretendente pegajoso. Ela não conseguiria conceber aquilo, não ela, Diana. Por isso achava graça. Poderia pensar em uma meia dúzia de formas de se desvencilhar de um chato, que iam de um chute no saco ao *spray* de pimenta, ou mesmo a chamar-lhe às falas, xingar o atrevido todo, tapa na cara ou polícia. Só havia se casado com Vitor porque era doce dentro de casa, meigo, e deixava que ela mandasse. Podia espancar bandidos da porta da rua pra fora, mas dentro do ninho da família Hanneman, Vitor era um paizão afetuoso, marido dócil e sempre sorridente. Sempre. Merda de vida. As lágrimas vieram, mesmo antes de Cupertino responder:

– Vocês estarão... – pareceu hesitar. – Na verdade, vocês já estão sendo monitoradas o tempo todo. A perícia não encontrou DNA ou digitais que não fossem dos membros da família, na cena do crime, o que era de se esperar diante da... *forma* como tudo aconteceu.

Ele não era bom para dar más notícias ou para falar de tragédias, apesar das décadas de serviço policial que o Delegado Cupertino tinha. O que ele estava querendo dizer é que o atirador não tinha entrado na casa. Batera a campainha, seu marido atendeu e... Bum! Bum! Bum! Rápido e simples assim, e a vida dela e dos filhos, e de Vitor, se ainda tivesse uma, estaria marcada para sempre.

– Nós já sabemos que ele não tinha nenhum desafeto para além da normalidade da função de investigador. Um ou outro traficante que pôs na cadeia, mas coisa de profissional. Nada que justificasse tamanho ódio – e Cupertino apontou para o piso de granito onde poucos dias atrás jazera o corpo quase sem vida de um colega, marido dela. Era impressionante como as coisas precisavam ser objetivas, dolorosamente objetivas.

– E eu também disse pro senhor que ele não tinha inimigos entre os parentes, entes queridos, vizinhos e amigos. – Diana de uma hora para outra começou a enjoar daquela conversa toda. Vontade de vomitar, talvez. Queria encerrá-la logo, dispensar o delegado e ir ver os filhos. Abraçá-los.

– Portanto, temos muito trabalho a fazer. E já começamos. Vamos manter a senhora a par de tudo, fique tranquila.

O velho delegado teria apanhado um chapéu e se levantado para ir embora, se chapéus ainda estivessem na moda. Ao contrário, sua calva nordestina e grande permanecia um escândalo a ornar sua fronte e parecia que destacava mais ainda o imenso nariz de batata semelhante ao de um *cartoon*. O paletó o enjambrava muito mal, não somente por um natural desleixo no vestir-se, característica antiga daquele homem, mas porque aqueles dias de tragédia foram mal-dormidos para toda a delegacia em que Vitor trabalhava. Colegas e chefes, subordinados e amigos, todo mundo ficara chocado, todo mundo queria encontrar o criminoso e elucidar aquilo. Estavam naquela fase de choque profissional que antecede esforços verdadeiramente práticos e que poderiam, com algum esforço, levar a resultados mais efetivos nas investigações. Antes que Cupertino e seus homens pusessem a cabeça no lugar, no entanto, eram só mais gente chorando e se lamuriando, e nada mais.

Ele deixou Diana sozinha em sua semi-viuvez. Ou seria quase viuvez? Era uma palavra nova, uma situação nova, que ela ainda estava aprendendo a viver. Jorge e Bianca estavam na sala jogando algum jogo besta de videogame e Bianca estava com a avó no quintal dos fundos, o quintal que nunca mais teria os churrascos caprichosos e cuidadosos realizados pelo marido apaixonado por carnes assadas, espeto e carvão. Sua mãe viera lhes dar apoio, mas não iria se demorar mais. Era triste, porque era a parente que lhe sobrara, mas agora doía mais ver a cuia de chimarrão há um canto da cozinha, como a esperar por Vitor. Aquela não era uma casa, era uma tumba de maus pensamentos e lástimas. Ela sentia vontade de chorar e de gritar ao mesmo tempo e queria muito, intensamente, que o relógio do tempo voltasse uma semana que fosse, para

### Vitor além da vida

retornar à vidinha que ela considerava besta, mas que, como havia deploravelmente descoberto, era uma vida danada de boa.

E como assim câmeras de segurança nada haviam registrado? As suas estavam malditamente desligadas, como geralmente ficavam durante um dia seguro como aquele. Ligavam-se alarmes e câmeras só à noite, porque com dia claro se presumia que não haveria necessidade. Ah! Só haviam esquecido de combinar aquilo com o criminoso! No início da rua havia uma padaria que registrara um ir e vir tímido de veículos, todas as placas estavam agora sendo pesquisadas no sistema de dados, em busca talvez de um registro de furto ou roubo, ou de algum proprietário que fosse também bandido ou investigado ou coisa do tipo. Ela não tinha esperança e aquilo não a preocupava tanto quanto deveria, não depois que Cupertino lhe externara a confiança de que sua família *restante* permanecia guardada. Trocaria facilmente a impunidade do atirador pela recuperação plena do marido, se é que era possível barganhar com Deus.

Jorge, da sala, perscrutava a mãe. Como ele era parecido com Vitor! As mesmas sobrancelhas grossas, quase unidas entre os olhos, apesar de ser ainda um adolescente. Quando pequeno, perdido na rua, foi encaminhado de volta à casa dos pais por uma vizinha que pouco se avistava. A mulher reconhecera-lhe a origem pela semelhança com o pai que via vez ou outra recolhendo o lixo ou buscando a correspondência na caixa do correio. E ele era um sujeito peculiar naquelas redondezas: louro, atarracado e forte como um *pit-bull*, se destacava na multidão miscigenada das Minas Gerais, aquela terra de morenos e caboclos. Quando ia a Boqueirão com Vitor, aí sim poderia dizer que seu marido era só mais um entre os germânicos alourados. Todo mundo parecia primo dele! Mas em Belo Horizonte, para onde ele viera há mais de vinte anos, onde a conhecera, ele sem dúvida era fisicamente um estranho no ninho ao redor.

Enquanto deixava Bianca aparentemente tranquila com os olhos absortos na tela da TV, matando gente a tiros em um videogame absurdamente mau e violento, Jorge levantou-se e foi, carrancudo, ter com a mãe. Escapara à Diana a incoerência de dois de seus filhos ali na sala, matando bandidos a tiros em um jogo de computador, quando o marido e pai fora abatido dias antes de maneira semelhante e nem por isso menos covarde. Quando ela sobrevivesse a tudo isso iria rever conceitos e aquele jogo, e outros mais, todos de tiro e luta, morte e violência, iriam sumir daquela casa. Agora, no entanto, aquele aprendiz de homem que era a cara do pai surgia com ares de fiscal que exigia prestação de contas, bem à sua frente, mãos na cintura. Diana se segurou para não ser ríspida com o filho – estava difícil demais para todos eles, mas especialmente para o rapaz.

– O que o delegado disse? – indagou ele.

– Eles estão olhando, meu filho. – Passou a mão nos cabelos cacheados de Jorge. Ele a repeliu, como moços daquela idade faziam, constrangidos com afetuosidades maternas. – E lhe confesso que minha cabeça agora não é a de uma advogada criminalista. Pouco me importa saber em que ponto a polícia está, desde que estejamos seguros.

– E estamos? – Ele deixou escapar um tremular na voz insegura de menino que está virando homem.

– Sim. – Olhou para Bianca. A menina fazia questão de permanecer distante. Uma luz de alarme acendeu no coração da mãe: – Querem pipoca?

### Vitor além da vida

– Não. – ele respondeu, subindo para o quarto que ficava no segundo andar, cuja porta iria fechar. Ali ele se isolava do mundo, sempre, especialmente agora.

Sobraram Bianca, na sala e dando tiros virtuais cada vez mais repetidos, cruentos, e Isabela no quintal. Decidiu continuar por esta última e depois voltar para a sala. Queria ver o que a filha mais nova estava fazendo. Era de longe a mais geniosa da casa. Chegou silenciosa e lentamente ao quintal, quase que propositalmente, como se acalentasse encontrar a filha beijando secretamente um namorado – que ainda não havia, óbvio. Isabela tinha onze anos, o que era já tarde para muitas famílias, mas ali, com meio sangue luterano e meio sangue presbiteriano nas veias, com tradicionalismo religioso de ambos os lados, a família Hanneman ainda era às antigas.

O quintal era sóbrio como seu dono. Havia uma espreguiçadeira de macramê pendurada em um gancho no teto, uma churrasqueira de chaminé e um pequeno espaço *gourmet* defronte de um diminuto jardim com grama e umas roseiras que o próprio Vitor cuidava, e Diana quando dava tempo. Ele era o fazedor de coisas daquele lar, jardins, churrascos e trocas de lâmpadas. Ela, profissional e mãe, chegava em casa às pressas por volta da hora do almoço, terminava de ajeitar a refeição de todos, buscava e levava filhos à escola e ia para o fórum. Todos os dias era assim, até às oito da noite, quando ela costumava dizer que a casa "desligava". Jorge em um quarto, as meninas no outro, geralmente mexendo em celulares ou lendo revistas enquanto o sono não chegava, ela e o marido na banheira da suíte, relaxando e namorando. Ah! Como ela queria voltar à normalidade. Deparou-se com Isabela teclando um *laptop*, sentada no chão perto das roseiras. Sua avó já havia se retirado para a cozinha, ia fazer bolinhos de chuva e ir embora – como Diana conhecia bem Dona Tereza! Resolveu não interromper a filha absorta. Sentou-se na espreguiçadeira e ficou olhando até que ela reparasse que era observada e interrompesse seu diálogo diáfano composto de cliques e apertar de teclas.

– Redes sociais interessantes? – pergunto à Isabela, tão logo os olhos mortiços da menina subiram da tela do computador até onde estava a mãe.

A menina não respondeu. Voltou para a tela. Era como se a realidade virtual fosse menos dura. Diana deixou por um tempo. Deixara de se preocupar com os filhos na internet depois que Vitor descobrira um filtro de dados que impedia todos os computadores da casa de acessarem sites maliciosos. Uma espécie de *Net Nanny*. E tinha as senhas de acesso dos filhos nas páginas de relacionamento. Depois sempre olhava por onde os "guris" – ele assim os chamava – andavam navegando e com quem trocavam mensagens.

– Isabela? – indagou de novo depois de alguns minutos, impaciente.

A menina tirou a cara do celular bruscamente e olhou para a mãe, contrariada. Estava visivelmente irritada por ser interrompida em algo muito importante, mas não respondeu à mãe. Simplesmente a olhou com aqueles olhos que não haviam puxado a nenhum dos dois pais e que eram fugidios, esparsos, tinham algo de sombrio e sub-reptício. Seu olhar, naquele momento, era uma espécie de "o quê?" impaciente.

– O que estava fazendo? Conversando com alguém? Colocando o papo em dia? – Diana, como se sentiu respondida, continuou com o diálogo que era monólogo.

### Vitor além da vida

Isabela se levantou, lágrimas lhe surgiam, mas simplesmente se levantou pisando duro, celular em uma das mãos, e seguiu resoluta para o mesmo destino do irmão, o segundo andar da casa, a zona dos quartos, onde teria paz para se alhear daquele mundo duro. Seus filhos não se comunicavam com ela, e não havia mais Vitor para intermediar alguma aproximação com os guris. Ele estava distante, talvez em outra vida, e ela simplesmente não conseguiria seguir sozinha. Tinha ouvido dizer várias vezes que pessoas conseguiam tirar forças das provações mais extremas e conheciam seus próprios limites, descobriam forças que até então não sabiam ter. Poderia ser verdade, mas não com ela. Estava no limite *real*, de onde não superaria mais nada, e só queria tomar uns Valiums e dormir, dormir, dormir para sempre, e acordar ao lado do homem que mais amara, tanto que não sabia que amava com tal intensidade. O choro convulsivo lhe surgiu pela garganta e foi tomando seu ser. Chegava a soluçar e só se continha um pouco porque não queria ser ouvida chorando pelos filhos, que não precisavam de mais dor em suas jovens e inexperientes vidas. Ali tudo era dor e desespero . Agora Diana sabia porque havia pessoas que perdiam entes queridos vítimas de violência e simplesmente não se importavam com processos e culpas, que pouco se lixavam para o que acontecesse com o bandido que tirara a vida de uma pessoa amada, simplesmente porque a dor da perda era muito maior que o ódio e a revolta pela covardia do ato de matar.

Enxugou as lágrimas como deu na manga da camisa bordada que usava, comprada no sul, onde passearam pela última vez dois anos atrás. Nunca mais iria viajar para o sul se Vitor não saísse do coma! E se saísse um alface, menos ainda, iria ter que gastar o que tinha e o que não tinha com tratamentos e sabe-se mais o que. Enquanto sua sogra vivera, e a haviam perdido há pouco mais de um ano, fora uma velha alemoa secona para quem tanto fazia ouvir dizer que o filho estava à morte ou que quebrara uma perna jogando futebol – ela ruminava, nada dizia, e voltava ao tricô, que era o que melhor sabia fazer. Avisara pelo telefone a um tio perdido do marido e só ouvira resmungos. Desligou como deu e chorou do lado de cá, porque descobriu amargamente que agora era com ela, só com ela.

Lembrou de Bianca e a procurou, sonâmbula de culpa, porque afinal de contas havia mais uma filha. Bianca era a mais quieta e, por isso, a menos notada, o que Diana admitia só internamente e não sem uma ponta (muitas pontas) de inúmeras culpas. Fora o parto mais difícil, a filha do meio, a não esperada e a que permaneceu por menos tempo dengosa e caçula. Aprendera cedo demais a não depender de ninguém e de se refugiar em um aspecto taciturno que lembrava o de um adulto. Assim ela estava, na sala, e agora o vídeo game havia terminado, ou passado de fase, ou simplesmente ela apertara o *stop*. A tela da TV estava escura, mas a menina parecia vidrada olhando pra ela, olhando para o nada, contemplando mortícia algo que não estava ali. Poderia ser que estivesse tentando pensar em como difícil era a vida e como sua infância terminara cedo, interrompida de maneira abrupta por um assassino imbecil. Ou talvez estivesse aguardando acordar de um pesadelo estranhamente real. Bianca olhava para o nada, e o nada era ela, e Diana a abraçou. Foi quando a filha desabou em um pranto até então contido e enfiou a cabeça no colo da mãe, que parecia lhe afagar a alma enquanto fazia cachinhos com as pontas do cabelo da guria.

# TRÊS

Chamou o preto velho de Nô e pronto. Ele era o primeiro que não era o Amálgama, aquele estranho ser que era uma mistura de um monte de imagens e experiências dele. Era o outro, o terceiro, e por isso suportou sua presença na cabana. Não que sua figura lhe fosse estranha, muito antes pelo contrário. A Vitor ele parecia como os pretos velhos tão comuns de serem retratados em quadros de candomblé que guarneciam as casas de sua infância, quando ainda havia muitos adeptos do espiritismo e religiões afro perdidas. Ele se recorda que mesmo nos lares católicos ou protestantes havia certa devoção, certo respeito com a figura do preto velho, visto como alguém sábio. Se não era guia de uns e outros, era um ser respeitável pela velhice e pelo sofrimento, e era justamente assim que Vitor via aquela nova criatura que surgira em seu limbo pessoal. Com ele, viu que se acostumava com o estranho fato de que era ninguém em lugar algum e como é natural de todos os seres humanos, vivos ou mortos, começou a se habituar com aquela situação. Na sua profissão, cansara de se deparar com gente presa pela primeira vez que se desesperava e falava em se matar, ficava com prisão de ventre dias e dias ou, ao invés, se borrava todo nas calças quando entrava na cela. Fazia greve de fome consciente ou inconsciente, emagrecia a olhos vistos e passava mal, se revoltava nos primeiros dias e quebrava tudo ou era quebrado pelos companheiros de cela. Passado algum tempo, eis que o sujeito recuperava a fala mansa, a tranquilidade, confraternizava com outros presos, comia e ainda reclamava da comida.

Guardadas algumas proporções, que sempre são boas de serem guardadas, ele com o tempo passou não a se conformar, mas a parar de se desesperar e tentar sofrer menos, por mais estranha que a ideia de "tempo" passasse por sua cabeça naqueles dias que não eram dias, eram surtos. De repente seu anfitrião havia sumido e em seu lugar surgira o novo colega de limbo, o preto velho. Poderiam ser ambos o mesmo ser enigmático, mas em seu íntimo Vitor sabia que não eram os mesmos caras. Apelidou o novo amigo de "Nô", que considerou nome de preto velho. Ele seria o seu "Sexta-Feira", como Crusoé tivera o dele, com a importante diferença de que Nô, na verdade, desde o começo demonstrou ser seu líder. Falava pouco, mas lhe mostrou os utensílios domésticos, como acender uma fogueira e matar o tempo aviventando o fogo. Calor e frio passaram a existir desde então. Vitor, novamente mandado por Nô, pôs um chaleira para ferver água e descobriu onde estava o pó de café. Com isso, também surgiu a vontade de tomar café. A fome veio com o primeiro macarrão que cozinharam. Depois, foi até o banheiro e se descobriu com as necessidades fisiológicas absolutamente normais e em dia. Cada um fez sua cama de cada lado de um trapiche sobre a sala da cabana e dormiram o sono dos justos, que veio como nos velhos tempos de menino de Vitor, sem insônias ou sonhos.

Acordou no dia seguinte ouvindo o galo cantar e descobriu que havia um galinheiro naquele cenário bucólico de sua imaginação que de repente, naquele lugar, era real. Fantasma é que havia sumido, o que o incomodou momentaneamente, mas só um pouco, porque afinal de contas o lugar não existia. Se o lugar não existia, Fantasma também não, e então o que não existia não podia sumir, não é mesmo?

– Vamos fritar ovos? – perguntou para Nô. Já então voltava do galinheiro onde um galo róseo e várias galinhas confraternizavam numa fuzarca erótica.

Seu colega nada disse. Só pôs a mesa do café enquanto a cafeteira apitava. Vitor descobriu que estava com fome e devorou os ovos à medida que ficavam prontos na frigideira revelada por Nô em um compartimento próximo do fogão à lenha e colocada em uso quase que imediatamente, com óleo que – Vitor desconfiava – era manteiga de garrafa à moda nordestina. Estava tudo delicioso. Enquanto terminavam de mastigar, foi a vez de Nô indagar:

– Entendeu o que está acontecendo? – sua voz era estranhamente clara, apesar de todo o regionalismo interiorano e caipira que carregava, e era como se ela também ecoasse na mente de Vitor.

– Nada. Só que está mais tranquilo. – Ia dizer que estava bom, mas se lembrou dos filhos. E olhou para o velho, num agradecimento sincero: – Obrigado.

Os olhos de Nô cintilaram por um instante, depois voltou a dar atenção aos ovos que cozinhava. No entanto, havia um raciocínio incompleto. Esclareceu, apontando cerimoniosamente a cabeça com o dedo indicador da mão calejada de preto velho:

– O que acontece *aqui* – e chegou mesmo a encostar o indicador na têmpora – acaba ocorrendo de fato – e num gesto mais amplo suas mãos passearam pelo interior da cabana, referindo-se à tudo a sua volta.

– Os móveis que destruí...

– Não existiam. Só existe o que nosso anfitrião deseja que exista. Ele constrói e desconstrói. Mas o que você faz na mente deixa marcas.

– Entendi. Isso só está acontecendo dentro da minha cabeça, é isso? Eu vou acordar e você e aquele maluco que muda de cara e roupa não terão existido? É tudo um sonho ruim?

Nô riu gostosamente. Era muito mais que um sorriso ou uma risota breve, mas não chegaria a uma gargalhada escandalosa, desbragada e inconveniente. Era um riso mais de satisfação do que de graça. Riso de pai que acha "bonitinho" a confusão no filho. Não respondeu. Levantou-se e começou a recolher a louça. Vitor o acompanhou. O velho preferiu lavar tudo em uma bica d'água do lado de fora da cabana e ficaram fazendo isso por alguns minutos contemplativos sem falar nada, enquanto ouviam os pios dos passarinhos. Não dava para discernir-lhes a espécie pelo piado, e Vitor jamais fora bom em bichos ou tipos de flores. Já com árvores e outras plantas se dava bem. Percebia, por exemplo, que havia pinheiros que cresciam imponentes ao redor do caminho até a casa, e uma mangueira frondosa logo à frente do pequeno alpendre da entrada. Também viu um riachinho e ao redor dele rododendros e um pessegueiro. Mais adiante um pomar com limoeiros e pés de laranja. Uma gameleira também estava por lá, linda. Lembrava-lhe certa época em que se deslocou ao sertão mineiro para cumprir umas ordens de prisão e ficou encantado com a vegetação insólita da região.

### Vitor além da vida

Voltaram e Nô se deitou na rede. Contemplava alguma coisa no teto, que Vitor conferiu, mas eram só telhas do telhado rude e tosco daquela cabana aconchegante. Iriam agora dar uma descansada, e só depois caminhar. Mas a derradeira pergunta permanecia sem resposta, e Nô não parecia ser homem de deixar perguntas sem resposta. Sacou fumo de uma algibeira e começou a municiar um pito, um cachimbo antigo e barato com aquele tabaco. *Ah!* – pensou Vitor, mas não disse. – *Agora o cachimbo de preto velho para complementar o ícone! Não falta mais nada. Quando é que ele iria começar a fazer macumba?* Permitiu-se por breves momentos aqueles pensamentos a um só tempo desrespeitosos e amenos, ironicamente amenos. Sem dúvida, sua cabeça entrava nos eixos.

– Não é sonho. Nunca é só sonho, sabia disso?

Vitor fez que não com a cabeça. De novo a voz do preto velho entrava em seu cérebro ao mesmo tempo que soava. Era como se não fossem necessários sons, bastando aquela comunicação telepática estranha. Era como se a fala de Nô fosse adivinhada por Vitor antes da voz propagar garganta afora. Era mais ou menos isso, ou não. Ele estava se cansando de tentar entender, porque tudo era estranho demais para fazer algum sentido.

– Você está meio que vivendo dentro da sua mente e não está nem aqui e nem lá. – Nô apontou para um lado e outro da rede, leste e oeste, presente e futuro.

– Céu e inferno?

O velho se empertigou um pouco. Só um pouco, quase se sentando na rede para fitar Vitor, aboletado em um banco defronte dele. Então deu uma puxada na brasa do pito e se deitou de novo.

– Isso não existe. Ao contrário, onde você está existe.

– Então não estou morto.

– Não ainda, moço. – E tragou mais cachimbadas. Chamava Vitor de "moço", o que era muito amplo. Poderia ser senhoril, ou gozação, ou simplesmente o jeito de um velho falar com alguém mais jovem.

– Então estou morrendo? – Aquelas charadas começavam a exasperá-lo, e então começou a interrogar como um policial faz com um suspeito. – E quem é aquele sujeito estranho e maluco? Ele vai voltar? Eu vou voltar? Ou estou indo... embora?

A olhada do velho para ele dessa vez foi um pouco mais entediada e menos profunda. Parecia querer dormir. Parecia ter mil anos de cansaço, uma sensação que chegou a Vitor repentinamente. Antes de fechar os olhos, falou baixinho:

– Vamos combinar que eu te respondo tudo a seu tempo. Só tem que ter paciência. Vamos descansar. – E fechou os olhos.

O velho dormia e ele não tinha o que fazer, nada para ler, que era seu grande passatempo... Ia completar: era seu grande passatempo *enquanto estava vivo*, mas achou ridículo demais e largou a ideia para depois. Parado ali, ele ia voltar a pensar na mulher e nos filhos e no inusitado da morte, ou quase morte, daí porque resolveu passear um pouco, explorar em volta daquele mundo doido, daquele seu limbo particular – fosse ele parte de sua imaginação ou não.

Nô já roncava quando Vitor se levantou e saiu andando a esmo. Será que ia se perder? Bem, não seria o primeiro caso (e nem o último) de alguém que se perde em seus pensamentos e lembranças. Portanto, resolveu arriscar. Havia uma trilha que contornava um pequeno lago atrás da cabana, mais e mais longe de onde viera, do escritório estranho em que fora acolhido, e inconscientemente se propôs a permanecer distante daquele primeiro pesadelo de sua chegada. Pelos fundos da casa se distanciou ainda mais de seu começo, ou recomeço, e do sujeito de mil caras que ele apelidou de Amálgama. Partiu assim compenetrado na paisagem, que tinha um céu muito azul e aqui e ali uma ou outra nuvenzinha lembrando que chuvas existiam e poderiam ocorrer neste ou em qualquer universo alternativo do presente ou de um futuro próximo ou distante. Chegou a assoviar, e se surpreendeu com esse gesto de desprendimento e alegria, porque tudo até ali havia sido lágrimas, dor e revolta, mas chegou à conclusão que aquele passeio de alguma forma lhe lembrava como era estar vivo e, mais ainda, que qualquer que fosse o significado daquela história triste e confusa, não chegara ainda ao seu fim. Será que o pior já havia passado? Havia algo pior do que tomar três tiros e acordar em um hospício inexpugnável? Ele não sabia. A única coisa que sabia, ali, é que o dia estava lindo.

Prosseguiu esticando as pernas em torno do lago e lembrou-se de sua infância, quando passeava com seu cachorro na Ilha Verde, em Lajeado. Era de novo o bom e velho Fantasma que o havia recebido na cabana. Onde ele estava agora? Tinha desaparecido junto com o avantesma. Era um cão animado, um vira lata felpudo impossível de adestrar, muito atrevido e alegre. Bem que ele estava precisando do Fantasma agora. Se aquela história que Nô havia começado a contar tinha algum acerto, seria pensar em seu bicho de estimação que ele se materializaria agora, andando ao seu lado e saltitando, não é? Pois pensou e pensou, e nada do cachorro aparecer, enquanto terminava de circundar o lago, onde dois ou três patos se banhavam. *Não deve ser assim*, pensou. *Não deve ser assim consciente. Imaginou e aparece. Deve ter algum segredo... Uma palavra mágica.* Aí quase caiu na gargalhada, enquanto terminava de contornar a trilha e rumava para uma picada emoldurada por ipês e flores. Será que teria que gritar "Shazam" para que alguma coisa funcionasse naquele maldito local? A ideia era ridícula demais. As pessoas riam quando as coisas eram inusitadas, repentinas ou eram impossíveis, ou tudo junto, como agora. Mas decerto deveria haver algum segredo, algum detalhe que ele não havia percebido, para permitir que alguns pensamentos acontecessem e se tornassem realidade e outros não, por mais que o termo "realidade", ali, parecesse deslocado e absurdo.

Quando era uma criança que vivia no interior do Rio Grande do Sul, fora um guri introspectivo que lia gibis e queria ser como o pai, que parecia jamais lhe dar atenção. Depois, já adulto, sua maturidade lhe faria ver que o velho Klaus Hanneman tinha um problema muito grave em demonstrar sentimentos ou exteriorizar afetos. Era como se não soubesse dar afagos e beijos ou elogios – uma característica que isolava seu pai das outras pessoas, inclusive seus familiares. Quanto mais próximos seus entes queridos e amigos estivessem dele, para mais distante eram repelidos. Depois do pai, ele passou a enxergar melhor esse tipo de característica em outras pessoas e descobriu que o fenômeno não era estranho ou raro e a vida das pessoas nas grandes cidades o tornava bastante comum, vulgar mesmo. A selva de concreto e as multidões te isolavam mais ainda do outro

## Vitor além da vida

e se alguém já tinha algum dom ou tendência ao isolamento, ao alheamento, estar junto de outras pessoas, no meio de um bando de gente em uma festa, por exemplo, ou em um concerto de rock, ou estádio de futebol, somente atiçava o problema e aumentava suas consequências.

O pai nunca soubera lhe mostrar o mundo, mas dera exemplos sólidos de dedicação e trabalho honesto, o que Vitor havia absorvido o suficiente para estudar arduamente e se tornar um policial o mais honesto que saberia ser. Passados vinte anos de seu ingresso na academia de polícia civil de um estado que lhe era estranho, distante de seu sul natal, podia dizer que seu passado era límpido como as águas daquela lagoa que ele agora deixava para trás, enveredando por um trajeto mais sinuoso e menos iluminado, com as copas das árvores começando a se agigantar e a lançar sombras sobre aquela picada. Havia errado muito durante a vida, mas de certa forma acreditava que se limpara de seus erros fazendo coisas boas. Muito mais que as más. Andava serenamente e com uma segurança que jamais sentira, como se estivesse passeando pelo quintal de sua infância, lidando com o irmão mais velho que vivia lhe pregando peças, e era o maior perigo da casa. Morrera cedo, de acidente de carro, e esse fora um dos motivos de Vitor para abandonar o sul e virar funcionário público em um estado distante de sua terra natal. Fosse Vitor ou o finado irmão, Vinícius, o autor da estripulia, sua mãe raramente ralhava com quaisquer deles e permanecia costurando e assistindo telenovelas. Sempre que se lembrava da mãe, vinha-lhe a imagem dela costurando, cerzindo, com óculos com fundo de garrafa, vendo a TV antiga que parecia uma caixa de apicultor, com uma imagem que parecia um borrão descarnado, mostrando a novela da tarde ou a novela da noite. Quando não havia novela na emissora principal, sua mãe trocava de canal para assistir a alguma outra. Apreciava mesmo as mexicanas, que eram as que ele julgava piores. Tudo para fugir da realidade, tudo era escapismo para aquela mulher distante.

O caminho parecia terminar em uma clareira em que havia um banco. Nenhum sinal de animais grandes ali, não como os patos no lago. Só uns esquilos que fugiram de seu olhar, e Vitor achou que, se havia esquilos, faria frio. Isso e as borboletas que estavam em quantidade peculiar, naquele seu vôo estranho, perto de mais rododendros e gerânios aparentemente plantados naquele pequeno descampado no entremeio das árvores. Eram umas vinte ou trinta borboletas de várias cores, algumas que nunca vira e (ele jurava) teria ficado estranhado com as cores de combinações estranhas das asas das borboletas se as tivesse visto em circunstâncias *normais*, mas nada havia de normal ali e ele estava ficando tão calejado com as surpresas que apareciam a cada momento que, ora raios, cores diferentes em borboletas eram um minúsculo detalhe do que já havia ocorrido de inusitado com ele desde os tiros até ali. Ou, muito provavelmente, eram peculiaridades irrisórias diante do que estava por vir. Porque, quando deixou de reparar nas borboletas, já percebeu de esguelha que era observado por algo muito maior, do tamanho de um homem adulto. Ou de uma mulher. Seu gênero era indiscernível, mas estava vivo, com aparência de gente e se aproximava.

# QUATRO

O Delegado Cupertino era um homem antigo em todos os detalhes e costumes com os quais entulhava seu dia. Usava, por exemplo, terno e gravata o tempo todo, inclusive aos sábados. Nos domingos ele ia à missa com calça jeans e camisa social de manga curta e assim permanecia por todo o dia, fizesse calor escaldante ou chovesse. Nesse último caso, sua única condescendência para com o figurino imutável era acrescentar um guarda-chuva ao seu perfil conservador. Seus hábitos também eram sempre os mesmos: ou estava na delegacia, em casa ou na livraria. Lia muito. Romances policiais e biografias eram seu forte, mas estava descobrindo livros de ciência política depois de velho, e finalmente pretendia entender os burocratas e governos, porque para esses nunca dera bola e sua linguagem sempre lhe fora incompreensível. Por isso nunca galgou altas esferas do poder e permaneceu delegado, investigando crimes. Nunca soube puxar saco, nunca trocou favores e detestava cerimônias cívicas ou eventos sociais em que tinha que agradar chefes ou cumprimentar esposas e filhos de seus colegas de serviço, afetando uma simpatia que não tinha. Denis Cupertino era um homem tímido. Feio, grandalhão, careca, e tímido.

Sua absoluta falta de jeito para conversar ficava exposta como uma ferida em situações como aquela. Naquela sala de reuniões da sede da Secretaria ele estava ao lado do chefe de polícia em pessoa, um dândi arrogante com idade para ser seu filho, com o cabelo emplastrado de brilhantina ou algum creme repugnante do gênero. Angelo Álvaro era o nome dele, nome de fresco. *Essa merda no cabelo dele parece sêmen,* ruminava internamente Cupertino. *Essa merda parece porra.* O pior é que o chefe de polícia não viera sozinho. Fazia-se acompanhar de outro delegado, ex-aluno de Cupertino na academia de polícia, chamada por todos que por ela passavam de Acadepol. O nome dele era meio estranho e dele não iria se lembrar se não tivesse sido reapresentado ao sujeito naquela reunião, onde também estavam dois inspetores de polícia escolhidos a dedo por ele para acompanharem o caso de Vitor Housemann: José Carlos Arruda, o Arrudão, recém promovido, não era um gênio, mas era leal como um cachorro policial, matava mais que peste bubônica, tinha o bom humor de um aidético com dor de dente; o outro era Emerson Cleverson, negro alto adorado pelas mulheres, atlético, metido a Sherlock, caxias, passava a noite na delegacia investigando gente pela internet, era especialista em computadores. O outro cara à mesa era o chefe do setor de perícias, Eudes Bonfim. Era aquela turma a responsável por descobrir quem tentara matar um investigador de polícia dias antes. E era necessário descobrir rápido, porque a imprensa estava pegando no pé da corporação – se dizia que investigadores incapazes de descobrir quem dera tiros em um dos seus não seriam eficientes para defender a população. O comentário, espalhado em blogs, atingira as crônicas dos portais de notícias e jornais por conta de um influente e decano jornalista, e irritara sobremodo ao chefe de polícia.

### Vitor além da vida

Havia uma mesa grande de reuniões na sala, um computador no seu centro acoplado a uma tela grande em um dos cantos. Eudes iria lhes mostrar imagens, mas antes (e como sempre) o chefe iria falar. Angelo Àlvaro limpou a garganta antes de começar (também como sempre):

– Bem. – Voz abaritonada, ele fazia fonoaudiólogo, é o que fofocavam na capital. Pretensões políticas mais altas futuramente. – Todos sabemos por que estamos aqui. Perdemos um dos nossos... Quer dizer, ele está em estado vegetativo e é provável que não volte. – um silêncio técnico, afetando alguma tristeza que Cupertino sabia inexistente naquele fanfarrão, que continuou: – E simplesmente não estamos indo adiante com a apuração do caso até aqui, não é mesmo?

Ele esperava um meneio de cabeça. Ninguém o atendeu. Ninguém gostava dele. Além de ser mais novo que a maioria dos velhos tiras que eram lenda no departamento, Cupertino entre eles, corria à boca miúda que só prendia putas e bicheiros em seus tempos nas ruas e que afinava para tiroteios. Além, é claro, de ser um bajulador profissional de governadores e prefeitos. Todos sabiam disso e o chefe de polícia também sabia. Portanto, seu silêncio foi retórico. Continuou:

– Todos sabemos que vocês estão varando noites e dias procurando o vagabundo que fez isso. Vocês estão, digamos assim... emocionalmente envolvidos, não é mesmo? – ele sorriu, mas seus olhos não sorriram. Era um lobo preparando-se para saltar na presa. O sorriso era só para açucarar o bote, mas o sorriso era tão gelado que mais alertava que tranquilizava: – Pois bem, viemos aqui, eu e o delegado Hendrick, ver como andam as coisas, ver o que temos aqui, e oferecer nossos préstimos, não é Dr. Hendrick?

Era esse o nome da fera. Seu ex-aluno. Hendrick Machado. Cupertino não se lembrara do nome até então, mas o aluno era sofrível, atirava mal, péssimo em investigações e técnicas de perícia, mas era político e era astuto. Talvez por isso estivesse ali. Seguia o novo mestre, estava ocupando espaços e acompanhando o chefe de polícia, uma índole que demonstrara desde a Acadepol e que devia ter aperfeiçoado muito naqueles anos que o separavam de sua formação incipiente, repleta de resultados medíocres.

– E então, o que temos, Cupertino? – tratava-o como um subordinado, sem o "doutor". Não que Cupertino se importasse, mas com o outro era "Dr. Hendrick". O chefe criava uma hierarquia ali, e a presença do outro delegado começava a feder.

– Bem. – começou o velho delegado, tamborilando na mesa como acontecia quando estava constrangido em ter que falar em público. Sua mulher tentara lhe corrigir o tique nervoso, inutilmente. – Bem, entrevistamos todos os vizinhos e os familiares, na medida do possível. A viúva... bem, a esposa do policial Vitor foi mais técnica, afinal ela é advogada. Com as crianças não pudemos ir muito fundo, mas tem uma psicóloga olhando isso...

– Olhando? Não olhou? – não era uma pergunta do chefe, era uma cobrança. Ele, afinal, estava ali para isso.

– Não. Os meninos estão abalados. Preferimos ganhar tempo com vizinhos, amigos e inimigos. A equipe do Arrudão entrevistou formal e informalmente todos eles, próximos e distantes. Foram sete dias de depoimentos e conversas.

Era para Arrudão continuar dali, mas sua cara de paisagem não se modificou. Cupertino o conhecia e até esperava que ele o ajudasse com alguma explanação, mas no fundo sabia que o inspetor Arruda era muito mais do que um cara de poucas palavras. Era de nenhuma palavra, como todo bom subordinado de ação. Como se seguia um silêncio incômodo, Cupertino se resignou em prosseguir:

– Os vizinhos não repararam em nada de estranho no bairro naquele dia e no período dos tiros. Nenhum carro estranho. Ninguém rondara o local naquele horário ou mesmo nos dias anteriores. As visitas de sempre naquele dia: correio, o rapaz que entrega jornais, no dia anterior o gás, a mãe do colega de uma das crianças. Enfim, rotina de família.

– Visitas iam e vinham, mas nada de notável. Ou de memorável – Kleverson procurou ajudar ao colega.

– E é isso também o que as imagens das câmeras mostram? – interrompeu o chefe, impaciente.

Cupertino já ia responder, mas Eudes Bomfim se adiantou. Era a praia dele, perito em imagens, resíduos, em praticamente tudo. O melhor do estado. E era eloquente. Cupertino iria se lembrar da intervenção e agradecê-lo por isso mais tarde:

– Doutor, essas imagens eu gostaria de mostrar. –E sem esperar qualquer sinal de vida do chefe, atracou-se com o computador que foi ligando e teclando com uma agilidade absurda de quem se dá melhor com máquinas do que com seres humanos. Aquela era a praia de Eudes: – Vocês vão ver que as imagens são bastante convencionais, carros indo e vindo, pessoas caminhando com cachorros e em duplas. Enfim, era um sábado ensolarado em um bairro tipicamente residencial de classe média. Não poderia ser de outra forma.

E ligou as imagens. Elas estavam já previamente preparadas, porque estavam editadas. Eudes suprimira as partes chatas, sobre as quais ele e Emerson Cleverson haviam se debruçado por vários dias. Haviam olhado *frame* a *frame*, conferido horários e analisados aquelas imagens rotineiras e modorrentas de trás pra frente e de frente para trás, por vários ângulos. Sobrara para exibir pro chefe e pro puxa-saco que lhe carregava a pasta a síntese do estudo de todas aquelas cenas, que o perito passou a exibir em seguida.

– Vocês verão que não há carros que vão e voltam pelo quarteirão, ou nas ruas mais próximas, ou veículos parados ou estacionados com gente dentro nas imediações... – e fez a tela se dividir em várias cenas de vários ângulos, e o que se viam era carros e pessoas indo e vindo, afetando familiaridade com o local.

– É um bairro em que todos se conhecem. – Cleverson interferiu, alto e espadaúdo, pinta de dançarino de axé. Aquele gostava de aparecer. Era confiável e bom tira, mas exibido: – Naquelas ruas, chefe, só trafegam carros de moradores do local e só vai lá quem é de lá. A não ser, é claro, quando se recebem visitas, festas e churrascos, essas coisas. Mas aquele era um sábado banal e não descobrimos nada nas câmeras da casa dos colegas, dos vizinhos, ou mesmo as câmeras de segurança do bairro, como vocês podem observar.

– E por que ninguém tem imagens do momento dos disparos?

– Chefe, isso também me matou de frustração. – Eudes voltou a carga e com dois cliques aproximou o máximo a imagem que se tinha da frente da casa de Vitor. – Temos um curioso ponto cego aqui. Há imagens de um lado e do outro do imóvel do nosso colega. Há imagens até mesmo dos fundos, mas da frente, no dia dos fatos, não há.

Aproximou a imagem mais nítida e precisa do local dos tiros, que era próxima de sua porta de entrada. Era possível ver com um mínimo de precisão que o muro era baixo e havia um portão pequeno para pedestres fechado só no trinco. No entanto, a visão era lateral. Não mostrava diretamente a frente da casa ou o pórtico onde seria necessário parar e apertar a campainha – justamente o que o atirador havia feito.

– Também consideramos estranho o fato. – prosseguiu Eudes – Muito estranho, câmeras para todo lado e nenhuma justamente na entrada da casa. E da casa de um policial que tem algum bom conhecimento da importância dessas imagens e dos pontos estratégicos onde geralmente devem estar situadas as câmeras de segurança.

– Não parece possível que seja apenas coincidência. – comentou o chefe de polícia.

– É e não é. – Eudes de novo. Mas ele não prosseguiu. Passou a palavra a Cleverson, o responsável por aquele detalhe, e que continou:

– Descobrimos que havia uma câmera mais central que filmava justamente o local dos disparos, a frente da casa, sua porta de entrada. Foi uma câmera que deu defeito há cerca de um mês atrás. Não estava funcionando e Vitor e a mulher iriam consertar, mas retardavam o fato porque a eventual troca seria cara e confiavam que as câmeras dos vizinhos ou da rua cobrissem aquele ponto cego.

– No entanto, nenhuma câmera cobria a entrada. – A deixa foi de Cupertino.

– E... – o chefe começou a olhar no relógio. Não parecia com tempo para pequenos suspenses.

– Bem. – Eudes voltou à carga. – Não havia outras câmeras. A prefeitura até mantinha uma no cruzamento e que, de longe, mostrava a entrada da casa, mas justo essa, estranhamente, naquele dia, também estava quebrada.

A equipe já havia conjecturado a respeito daquela estranha lacuna. Geralmente vizinhos não focalizam a porta da casa de outros vizinhos e então era possível – *não provável, salientara Cupertino, mas possível* – que naquele caso por uma questão de privacidade ninguém quisesse invadir a privacidade dos Hanneman. Portanto, nenhum vizinho quisera investir em devassar a intimidade da casa ao lado e, com isso, a câmera quebrada havia criado um ponto cego no monitoramento daquela rua. *Era estranho*, Eudes havia dito então, *mas poderia ter ocorrido*.

– Nenhum vizinho gravou imagens daquele ponto cego. – Cupertino esclareceu. – Consideramos a hipótese difícil de ser engolida, mas partimos da premissa de que seria possível a coincidência. Essa e mais a câmera da prefeitura, entretanto, aí as coisas começaram a ficar mais difíceis de digerir.

– Uma sucessão de fatos inusitados demais para não serem questionados. – Eudes falava com o chefe. Todos falavam com o chefe. Aquela era uma prestação de contas.

Angelo Àlvaro, no entanto, nada disse. Seu acólito, o "Doutor" Hendrick, olhava para o superior e não para as imagens que eram projetadas do computador na tela grande de TV ali na parede na outra ponta da sala. As imagens eram bem definidas e na tela havia uma divisão em quatro, mostrando vários lados da casa em uma mesma fotomontagem que retratava o momento presumível do ataque do agressor sobre diversos ângulos. Menos o que interessava. Conforme mais se aproximasse com o cursor, mais as imagens granulavam e ficavam desfocadas, mas dava pra ver que era um perfeito sábado ensolarado em uma rua tranquila com carros indo e vindo muito lentamente, mas rotineiramente e, naquele dia, talvez pelo calor, ou pelo horário (próximo do almoço), ninguém caminhava debaixo daquele sol. Ninguém foi visto entrando naquele portão, ou dele saindo após os disparos.

A próxima imagem a ser mostrada, e que todos fizeram um esforço enorme para ver, porque era lamentável, foi da esposa de Vitor estacionando o carro, descendo com os filhos, o rapaz na frente, as duas meninas que estavam no banco de trás em seguida. Diana já desceu aparentemente preocupada porque deve ter visto a porta escancarada da sala, como havia relatado ao policial que lhe tomou as primeiras declarações logo após os fatos. Ela corre para dentro da casa e fica por lá. As imagens não a mostram gesticulando e não há sons para registrar os seus berros de pavor. A câmera permite em seguida ver uma das filhas, a mais velha, correndo jardim a fora com as mãos na cabeça, visivelmente desesperada, e a outra menor abraçada pelo irmão, rosto enfiado no peito dele, evidentemente chorando. O menino – e isso foi o mais marcante, ao menos para Cupertino – olhava em volta sem saber o que fazer, perdido, desolado, sem chão. Depois, policiais e paramédicos chegando em profusão, e aquela família perdida no meio deles, até que algum amigo os levou embora enquanto a vítima era socorrida, colocada na maca, levada, naquela confusão toda.

– Pois é isso. – concluiu Eudes, até para quebrar o silêncio chato de todos diante da melancolia da cena da descoberta da família. – Como perícia de imagens, é isso o que temos até aqui.

– Temos uma certeza. – asseverou Cupertino. – Não dá para acreditar na coincidência do ponto cego das câmeras. Diana, a mulher de Vitor, em seguida à descoberta que todos revimos chamou a polícia e o socorro, que demorou não mais do que dez minutos. Acompanhou os bombeiros até o hospital enquanto um vizinho ficava com os filhos. Quando finalmente teve tempo de voltar em casa a primeira coisa que fez foi revisar imagens e nos procurar. Ela também achou estranho.

O chefe de polícia olhava para eles com ares de paisagem. Esperava nitidamente algo melhor, não indagações sem resposta. Parecia prestes a reclamar, mas ao invés disso voltou a perguntar:

– Alguma outra linha? – era o padrão. Queria dizer "linha de investigação", no jargão policial, mas ali estavam entre especialistas. Não era preciso completar frases. E o chefe queria mostrar que era "do pedaço".

Cupertino ia dar a palavra a Kleverson, mas o negão, ou "afrodescendente", como diziam agora (Kleverson preferia o "negão" – atraía garotas), se adiantou e começou a relatar a parte dele nas investigações até ali:

– Chefe, eu e Arrudão ficamos por conta de vitimologia e vida pregressa, não é Arrudão? – o parceiro apenas respondeu com um "hãhã", que para ele era eloquente, e Kleverson prosseguiu: – Todos os casos mais famosos, psicopatas presos por Vitor, condenados, homicidas que juraram vingança, bandidos que o ameaçaram... Olhamos tudo. Pesquisei no sistema e Arrudão entrevistou alguns caras, quer dizer, os que estão vivos, não é Arrudão?

– Sim. – Não havia jeito para Arrudão, uma hora ele teria que começar a falar alguma coisa. – Porque alguns estão mortos.

– Magnífico, inspetor! – arrematou Angelo Álvaro. Ele aproveitou a brecha, o danado. – Com os mortos não dá pra falar não é mesmo?

– Com eles não. Mas com os familiares falei. – O policial parecia feliz com sua resposta, ingênua e firme. Cupertino também gostou. O chefe não iria fazer facilmente de bobo aquele ali. Arrudão prosseguiu: – Nem vivos nem mortos pareciam ter qualquer bronca com o colega, Chefe. Quer dizer, é claro que vagabundo sempre tem raiva de tira, mas fora isso nada de especial. Nenhum doido aparentemente querendo mata-lo, e Vitor também não era do tipo de policial... como posso dizer isso?

Olhava súplice para Cupertino, que salvou o subordinado:

– O inspetor Arruda quer dizer que Vitor Hanneman não era do tipo de criar inimigos, abusar de autoridade, agredir suspeitos, não é, Arrudão?

Arrudão fez que sim com a cabeça e abaixou o cenho. Era o limite de sua retórica. Responder perguntas simples com respostas simples. Falara até demais para os seus padrões. O Chefe não estava satisfeito e queria que ele prosseguisse, era nítido isso no semblante do figurão sentado na cabeceira da mesa, e ele certamente iria cobrar mais explicações, mas Kleverson interveio providencialmente:

– É exatamente isso que mostram também as minhas pesquisas, chefe. Vitor prendeu muita gente, apurou muito crime, investigou muito caso. Mas seu trabalho era mais dedutivo que de campo, sabe como é. Conversava com suspeitos, mas entregava o caso para o delegado. Participou de uns ou dois tiroteios, já se atracou com criminosos mais perigosos e discutiu um bocado. Há relatos de colegas seus do antigo departamento dele que também colhi. Mas tudo rotina de investigador de polícia, chefe.

E era isso o que tinham até ali. Estavam pesquisando as placas dos carros que haviam visto passar pela rua nas filmagens e até agora nenhum dos veículos era de gente "suspeita": cidadãos com a ficha gravemente suja, gente que Vitor ajudara a condenar, carros ou motocicletas furtados e roubados. Ou seja, estaca zero.

– Estaca zero, cavalheiros? – Era o chefe de polícia de novo. Decididamente, ele viera ali para aquilo. Os demais o sentiam satisfeito em saber que a investigação não evoluíra. – Então, querem me dizer que em uma semana de investigações por conta de seu colega... nosso colega em vida vegetativa, não temos nada para dar pra família dele, pro juiz ou pra imprensa? É isso?

O clima naquela sala nunca fora ameno, mas de alguma forma aquele era o ápice do constrangimento. Ao redor do chefe Ângelo Álvaro, todos se entreolhavam e as expressões ali eram as mais diversificadas possíveis, nenhuma delas confortável. Cupertino estava horrorizado com aquilo tudo, com nojo do chefe que quase se vangloriava com aquele fracasso parcial, mais disposto a cortar cabeças do que a apurar crimes, enquanto Cléverson não sabia o que dizer, porque na verdade esperava até ser elogiado pelos esforços que ele e Arrudão haviam dispendido até ali. Este último não conseguia entender um crime tão misterioso porque era um cara de tiros e músculos e agora estava irritado que aquele janota ali à sua frente, ao lado de outro engomado, lhe exigissem se transformar em um supercérebro detetivesco. Eudes, de longe o mais constrangido no literal sentido da palavra, se comportava como um visitante presenciando o casal de anfitriões batendo boca e esperava, constrito, que a discussão se encerrasse para pedir mais café. Hendrick não esperava aquilo do chefe. Viera preparado para sutilmente ser inserido naquele esquadrão mequetrefe, não para presenciar o chefe de polícia bancando o tira mau. Coube a Cupertino, como o mais graduado dentre os interlocutores do Chefe, quebrar o silêncio incômodo:

– Há linhas de investigação importantes. – arremeteu, ainda com os olhos tristes e decepcionados – Vamos investigar todos os vizinhos, porque há pessoas com segredos inimagináveis em seu passado. Vamos procurar saber que raios de coincidência é essa de que nem a vítima, seus vizinhos ou a prefeitura, de maneira estranha, mantinham câmeras de segurança voltadas para o local dos disparos. A balística também está ficando pronta e vamos saber detalhes sobre a arma e a munição...

– Cupertino, pare. – sentenciou Ângelo Álvaro. Não gritava, mas também não falava baixo. O tom era ríspido. – Nós queremos apresentar alguém para o juiz, o promotor e os repórteres. Nós queremos uma prisão. Eu quero poder explicar pra viúva do Hanneman, ou seja lá o que for, que o cara que deu tiros no marido dela está preso e não representa riscos para aquela família ou para a sociedade. Você, de todos nós, é o que mais sabe como isso funciona.

Agora ninguém falou nada. Não havia o que falar. Era o chefe monologando, discursando, destilando seu mau humor viperino:

– Portanto, Cupertino... – só então pareceu reparar que havia mais gente ali: – e cavalheiros, vocês sabem que eu preciso de um réu. Ou do cadáver de um réu, se é que me entenderam agora. Não me importa como, mas preciso o mais rápido possível. E é por isso, porque sabia que na verdade haviam andado muito pouco, ou quase nada, e na verdade nada, que trouxe o Dr. Hendrick aqui, não é Doutor?

O jovem aprendiz de poltrão enrubesceu, mas ficou firme, ensaiou um sorriso sem graça e olhou para o chefe, que continuou em tom áspero fazendo sua preleção:

– Hendrick Machado vai compor com vocês o grupo de investigações. – Sorriu, mas não havia alegria ou diversão ali. Havia deboche. – Será meus olhos e ouvidos e o que ele *decidir* eu assino embaixo – dera ênfase no "decidir", deixando claro que havia um novo delegado no comando. – E eu preciso de resultados rápidos. Se eles não vierem, vou ter que pedir intervenção da Polícia Federal e isso será péssimo para o governador em ano eleitoral.

Faltou dizer "meu amigo, o governador", mas se conteve. Se levantou da cabeceira da mesa de reuniões, meneou secamente a cabeça em um cumprimento geral e protocolar e foi embora, inclusive deixando para trás seu incômodo pupilo. Não bateu a porta, mas fechou-a bruscamente, deixando para trás e de novo o incômodo silêncio. O mais surpreso era Hendrick, o almofadinha plantado ali pelo chefe. De certa forma, Cupertino intuíra isso desde que havia visto o delegado jovem na companhia de Ângelo Álvaro. Só a cara de pau do anúncio mórbido e repentino é que o surpreendera. Aos demais sobrava a afronta de serem considerados incompetentes pela chefia e de lhes ser imposto um novo chefe que não conhecia e que deveria ser o homem mais jovem presente àquela mesa. E esse novo colega compulsório simplesmente não sabia o que dizer naquele momento.

Cupertino simplesmente se levantou e foi embora. Não olhou para trás, mas sabia que seus fieis subordinados iriam fazer o mesmo. Depois que se ligassem. Não iria dar bola para o puxa-saco do chefe implantado na equipe porque sua vontade era mandar mesmo os dois à puta que os pariu. No entanto, se lembrava de Vitor, um policial camarada que nunca dissipara sua confiança e que fora leal em todas as oportunidades em que haviam trabalhado juntos. Sobretudo, pensou em Diana, com quem havia acabado de conversar e cujos olhos súplices aguardavam notícias, informações, um desate para aquele mistério todo. Tudo ali serviria como um alento para ela, no meio de tanta dor e medo.

### Vitor além da vida

Por obra divina conseguiu alcançar o elevador sozinho, sem nenhuma incômoda companhia para descer até o térreo. A equipe devia estar ainda se ajeitando para sair ou fazendo uma pausa técnica para não ofender o novo delegado. Ainda bem. Não suportaria um dedo de prosa, mesmo com seus fieis colaboradores. Iria para casa tomar um leite quente e aproveitar a noite alta para dormir sem ser incomodado pela esposa. Passou pelo recepcionista e acenou sem sequer olhar pra cara do sujeito e ganhou a rua. Belo Horizonte permanecia sendo uma cidade bonita e com ar pacato, se você morava ou trabalhava, ou os dois, nas imediações da Avenida do Contorno e do Palácio da Liberdade. Um governador atrás do outro haviam seguido à risca o mesmo planejamento populista de segurança pública: dar policiamento ostensivo e eficiente onde havia formadores de opinião e gente endinheirada, e que se danasse a classe trabalhadora que vivia na periferia aterrorizada com assaltos e gangues de traficantes operando escandalosamente em plena rua, na porta de igrejas e escolas, sem dar a mínima para a presença de crianças e adolescentes que, aliás, aliciavam. Mas ali, naquela noite, perto da Savassi, a sensação que a capital mineira dava era de segurança absoluta, tanto que era bastante comum que pessoas praticassem caminhadas mesmo naquele horário tardio, namorados passeassem de mãos dadas ou mesmo um ou outro boêmio orbitasse atrás de luzes de bares e boates, que por ali também as havia bastante.

Noites como aquela sempre lhe agradaram, e por isso não apressou o passo, muito embora estivesse maluco para tirar o paletó e a gravata e meter-se embaixo do cobertor. Talvez antes assistisse um pouco de TV para baixar a adrenalina, com o leite quente. Tinha filhos, todos espalhados no mundo. Filhos a gente faz pro mundo, eles não nos cuidam na velhice – quem lhe dissera isso fora seu velho pai, também ele apenas um retrato na parede e um número de telefone para ser ligado em datas festivas e um endereço para visitar duas vezes por ano, se tanto, depois da maturidade e do casamento de Cupertino e até o momento em que última luz brilhou nos olhos do pai enfermo, lá se iam mais de vinte anos. Pelo menos para dizer adeus o delegado estivera lá. Não sabia porque lembrava do pai naquele momento – achava que era o desamparo, a desilusão, a tristeza, que sempre nos faz lembrar de quem nos inspira confiança e proteção. Era isso. Cupertino agora estava virando psicólogo, palmas pra ele. Cuidava e tratava da própria cabeça... ora, bolas. Que merda.

As quadras se sucediam. Viu garis limpando a rua – o novo prefeito gostava de por seu pessoal da limpeza para trabalhar de madrugada, que era para ninguém ver a sujeira deixada nas calçadas daquela cidade que já fora, e de certa maneira ainda era, a *cidade jardim.* Passou por uns dois vagabundos perambulando drogados, mas inofensivos. Um fez que iria lhe pedir algo mas o delegado tinha cara de delegado, um ar de poucos amigos e o pobre mendigo andrajoso olhou bem no olho dele, engoliu seco e baixou a vista e apertou o passo. Ao longe, já se via seu prédio. Comprara o apartamento ali à muito custo e quando imóveis naquela região ainda eram baratos e possíveis de serem comprados. Já morava lá há três décadas, criara os filhos ali, quase se separara ali, ali soube que tinha câncer, e lá convalesceu da quimioterapia e se curou, também há uma eternidade longínqua e da qual fazia questão de se esquecer. O apartamento era a sua cara e a cara de sua esposa. Não tinha nenhuma vontade de viajar e visitar águas termais, ou praias, ou *resorts* ou outros países – sua casa era seu mundo e era ali que, de pijama, se sentia bem, E agora acelerou as passadas para seu retiro tão buscado, para descansar, para clarear as ideias ou simplesmente para se apagar do mundo, se acabar dele ou apear do planeta, que era o mais interessante de ser feito agora. Não tinha mais cabeça para pensar em mortes misteriosas, em policial agonizando ou na maldade humana.

Só que na portaria cercada por grades e porteiro fardado, atento àquela hora da noite, havia um homem. Um que conhecia muito bem e do qual se comentara naquela noite e naquela reunião. De longe, aliás, Cupertino já o havia reconhecido, mesmo antes de chegar-lhe perto e ouvir-lhe o cumprimento seco e discreto. Seu perfil magro, aquilino, suas vestes do século passado de fidalgo perdido no tempo, eram inconfundíveis. Mais de perto, sua barba chinesa e pontuda e seu ar triste lembravam um Dom Quixote moderno, dada sua magreza quase doentia e suas faces encovadas e, é claro, as olheiras.

– Boa noite, Delegado. – e sorriu, algo irônico – Desculpe esperar aqui, desculpa o adiantado da hora, mas tenho a impressão que em outro local ou horário o senhor não iria me receber. Não depois da notícia de hoje...

Era Santiago Felipe, o jornalista dos crimes, a voz da polícia e dos bandidos, o repórter farejador investigativo mais famoso da capital mineira. E também era o cara que escrachara no jornal as investigações sobre a tentativa de homicídio de Vitor Hanneman. Aquela noite não iria terminar tão cedo.

– Estou indo dormir. E você me incomoda.

Pararam frente a frente, Santiago empertigado, Cupertino normalmente alto. O delegado queria passar e o jornalista, claramente, interrompia seus passos e não o deixava chegar até o elevador, em um impasse incômodo que alertou o porteiro. Ele se aproximou para verificar se o morador do prédio precisava de ajuda. Nada aflito, porque o visitante era um idoso esquálido e o morador era um delegado forte e espadaúdo e habitualmente armado, como era do conhecimento de todos os vizinhos e funcionários do condomínio.

– Antes de ir dormir, reflita. – a voz de Santiago Felipe continuava serena e amistosa. –Doutor, vocês precisam chamar o Silva. Ele pode ajudar e ajudar rápido.

Aquilo arrefeceu os ânimos de Cupertino, que olhou para o porteiro, como se o dispensasse de interferir. O rapaz entendeu e voltou para o interior do balcão da portaria.

– Paulo Roberto Silva está aposentado há algum tempo e você sabe disso. Ele é danado de bom, mas está fora de combate, de pijama, não trabalha mais na polícia, entendeu?

– Cupertino, ele pode voltar para nos ajudar. – O velho jornalista sorriu, bondosamente. – Já fez isso antes e você também sabe disso. Ele sempre procura se esconder, mas eu tenho o contato dele, sabia? Ele perdeu o pai recentemente, ligue pra ele, preste-lhe condolências... e peça ajuda.

O policial não respondeu, porque sabia que Santiago estava certo.

# CINCO

Ix não era homem e nem era mulher. Às vezes parecia uma mulher menos feminina e mais despachada, daquelas companheironas de tomar chope que todo mundo gostaria de ter como amiga. Outras vezes, parecia um homem gay pouquinha coisa afetado. No entanto, ele era uma mescla perfeita de características masculinas e femininas. Ele seria um "it", a entidade sem gênero que existe na língua inglesa, ou o "es" sem gênero do alemão falado em casa pelos avós de Vitor. Mas a própria entidade disse se chamar assim.

– Moderno, não? – dizia o estranho ser, sorrindo com sua boca grande. Era uma boca enorme, na verdade, quase inumana, e chegava a dar calafrios. – Moderno e sem preconceitos. Eu sei que você não tem preconceitos, Vitor. E seremos apenas bons amigos aqui, não se preocupe, para todo o sempre ou por pouco tempo.

Vitor não se preocupava. Chegara à conclusão de que não iria nunca mais sair daquele mundo de loucos que era sua cabeça. E acreditava piamente que estava dentro dela e que iria acordar do outro lado da vida e descobrir, então e finalmente, que havia morrido. Aí iria virar energia e vagar pelos pampas de sua terra natal e ajudar a iluminar a vida de seus três lindos filhos que ainda viviam e... merda, iria chorar de novo.

Caminhavam lado a lado pela trilha, cada vez mais distantes da choupana que havia virado o novo lar dele naquele mundo caótico. De algum modo, parecia que naquela casinha guardada pelo preto velho e por Fantasma, que ressurgira e agora os acompanhava, ele conseguiria ficar livre do Amálgama, aquele cara que era um mosaico de tudo e de todos e que, de fato, esse sim, dava calafrios de pavor em Vitor. Não porque fosse feio. Avantesma não tinha rosto, não tinha jeito, ele era todos em um só, e tudo o que era também vinha de sua cabeça. Mas era porque ele havia adquirido naquele contexto um augúrio ruim, como se fosse sempre um emissário de más notícias, a antítese do anfitrião que tentara ser naquele estranho mundo agora habitado por um homem que não sabia se estava morto ou vivo.

Ix saltitava. Era magro e era forte ao mesmo tempo, e sem querer Vitor estava pensando nele no masculino, muito embora não possuísse gênero e parecesse de fato tão gentil e melífluo que parecia assexuado. Mas era aquele vício gramatical de colocar no masculino tudo aquilo que tivesse dois gêneros... fazer o quê? Nos educamos assim em língua portuguesa.

– Ou pra sempre ou até breve? – indagou da criatura.

– Sim. Não depende de nós.

– Depende de quem, então?

A entidade se contorceu de ironia. Contorcia-se como uma cobra. Será que ele era mesmo preferível ao Amálgama? Vitor nessa hora teve dúvidas, mas de certo modo era o culpado por aquela reação distorcida da criatura, colocando-a em uma sinuca dialética comum de ser empregada nas centenas de interrogatórios que realizava regularmente, enquanto esteve na ativa, enquanto esteve...

– Vivo? – Ix interrompeu seu pensamento. Agora ria. Debochado. A boca enorme e cheia de dentes. Lágrimas de prazer jorrando dos cantos de seus olhos mágicos e espectrais, que pareciam olhos de bonecas sem cílios, ou de dondocas ou de travestis daqueles que criavam sobrancelhas eternas que impediam os olhos costurados por bisturis de cirurgiões plásticos de se fecharem. Ou olhos de tubarão.

– Agora você também lê pensamentos?

– Nada se esconde aqui. É impossível. E as palavras são apenas uma maneira de nos comunicarmos. Mas vamos andar mais adiante, quero lhe mostrar algumas coisas deste mundo e lhe contar um pouquinho de mim. Se a conversa transcorrer suave, se você não ficar bravo, falamos da sua vida, ou da sua morte, também. Combinado?

Fora o primeiro trato justo e claro que tivera naqueles tempos (não iria dizer dias) em que permanecia por lá. Seguiu Ix. Saíram da estradinha bucólica de terra e começaram a caminhar por uma ravina lateral a um alagadiço, um quase pântano. Via pássaros estranhos agora, voando baixo, e grandes. Alguns pareciam Tuiuiús, outros cegonhas, mas os bicos eram de aves de rapina. Não sabia porque, mas quando saíam da estrada se afastava dele toda aquela sensação de segurança que até então o dominava. Uma sensação de "pior já passou", de estar perto de casa, muito embora agora habitasse aquela estranha e nova normalidade.

Andaram mais e o baixio virou relva, apareceu um curral, mas ele não viu gado algum. Ainda bem. Se por ali os pássaros eram diferentes e um tanto selvagens, não queria imaginar as vacas, ou touros, ou búfalos que poderiam estar naquele cercado e que graças a Deus não estavam. Havia um banco de seixo cortado ao meio em uma espécie vaga de caramanchão na verdade coberto por gramíneas que se assemelhavam a parreiras, cobrindo um sol muito brilhante, mas frio, como se estivessem em uma radiosa manhã de inverno. No banco primeiro se sentou Ix. Tinha agora nas mãos uma flor. Uma rosa, mas de uma tonalidade acinzentada que Vitor nunca vira. E Ix recomeçou a falar, mais para a flor do que para ele.

– É muito difícil viver novas realidades. Eu pertenço a esta e nunca tive outra, mas você veio agora para este mundo e é notável que se encontre ainda assim tão equilibrado e consciente. Você tem o meu respeito por isso. – A entidade parecia sincera e agora não dava mais gargalhadas.

Vitor pensou em responder verbalmente, mas se lembrou que a criatura era telepata e então *pensou* na resposta. Formulou as frases na cabeça, como se estivesse imaginando um texto a estar prestes a ser escrito e enquanto as pontas dos dedos se preparavam para aderir às teclas do computador, justamente um átimo de instante antes de começar a digitar as letras, as frases, os espaços e as vidas das pessoas que estavam por serem criadas e narradas. Aquele deveria ser o ofício de todo escritor. Vitor redigia muito relatórios, mas ainda que tratassem da realidade crua de seu cotidiano policial, uma pontinha de criatividade era necessária para evitar a repetição de termos e para concatenar uma frase a outra, gerando nexo lógico à narrativa, por mais mórbida ou ordinária que fosse, a ser relatada. E foi assim que pensou na resposta: entendia que não fazia sentido se desesperar. Já havia perdido a calma e não havia adiantado nada, e sua vida até ali fora sempre um vai e vem intenso de emoções controladas e comedimento em meio a um *stress* contínuo. Vira gente morrendo demais, bandidos demais, desgraças demais, para ser hoje, ainda que ali, naquela situação extrema, uma pessoa susceptível a melindres desnecessários. Enquanto pudesse se conter, se conteria, era a sua natureza. E foi esta natureza que tentou estruturar em sua cabeça enquanto respondia em pensamentos.

Ix olhou para ele. Sorriu. Parecia encantado com o novo habitante daquele mundo de loucos.

– Fascinante. É mais legal quando vem da sua mente! – parecia genuinamente admirado e feliz – Mas é cansativo. – fez um muxoxo, como se amofinado, como se estivesse fazendo um biquinho na hora de contar uma fábula para uma criança, como se estivesse falando "tadinho do lobo mau" para a criança que ouvia a história.

– Cansativo?

– É. Principalmente para você. Veja, como estamos dentro da sua cabeça...– Parou de falar, como se estivesse contando um *spoiler*. – Bem, como *também* estamos dentro da sua cabeça, tanto faz se falar ou pensar. E sua voz é bonita. Já mostrou que entendeu um pouquinho de como as coisas funcionam aqui, então relaxe e seja você mesmo.

– Prometo. Em troca, você vai me explicar mais sobre este lugar?

Olhou em volta. Parecia entardecer. Perdera por completo a noção do tempo ali, mas saíram com dia claro, pelo que notou haviam andado pouco, quase nada, e mesmo assim o dia parecia querer ir embora. As aves não pairavam mais por ali, mas ouvia um ruído estranho de pio de jurupoca que não era jurupoca. E que parecia rosnar. Procurou, quase sem perceber, pelo retorno até a choupana, que começava a tratar de "casa", e olhou ao redor até perceber que estava perdido. Perdido dentro de sua própria cabeça, segundo a entidade. Bom, ele não seria o primeiro em sentido figurado a se perder em seus pensamentos.

– O preto velho já lhe contou. Udo é o nome dele, sabia? Ele habita o meu mundo e se reveste de qualidades e características para parecer familiar a você, para te tranquilizar. Mas você o chama de preto velho, não é mesmo?

– Nô. Um bom nome para um preto velho.

– Isso. Nô. – Ix agora era um professor jovem ensinando a um aluno calouro mais jovem ainda. Bem didático e tranquilo. Mas por trás daquela aura toda parecia haver um vulcão prestes a entrar em erupção. – Ele foi encaminhado pra você pra te dar tranquilidade. Amálgama achou melhor. Você o chama de Amálgama, não é?

Pareceu ridículo a Vitor continuar confirmando as perguntas de Ix, que obviamente já sabia de todas as respostas, uma vez que era impossível esconder qualquer coisa para alguém dentro de sua cabeça, considerando-se ainda o fato impressionante de que falava com um telepata. Apenas meneou a cabeça, querendo dizer que "sim".

– De vez em quando aparece gente como você por aqui. Gente que não está aqui e nem está lá. – Apontou para o céu, agora de um azul escuro moribundo. – Gente que é um *erro*, um erro de sincronia, de continuidade.

– É para rir? – agora Vitor começava a ficar puto de novo. As meias verdades e os enigmas atuavam nele como um combustível inflamável subitamente posto em chamas. Mal disfarçava naquela resposta sua recém-recuperada agressividade.

– Não. – Agora Ix perdera a alegria no olhar. Estava frio. Sua voz era fria. Quase gelava o ar à sua volta – É para chorar, meu bom amigo. É para chorar. Venha, vou lhe mostrar uma coisa.

### Vitor além da vida

O convite era quase ordem e o ser se levantou quase de um salto, Vitor em seus calcanhares. Caminhou lépido até uma trincheira natural formada de sebes e atrás dela havia um lago natural. Sentaram-se à moda hindu, ambos, primeiro Ix e depois seu convidado, com as pernas cruzadas. Então o ser sacou de novo da rosa cinzenta, agora mais escura, o que poderia ser causado pela luz. Mas estava *muito escuro*, suspeitava Vitor, e não era ainda noite. A rosa estava negra.

Ix agora pensou, e ele ouviu seus pensamentos. Ix iria mostrar o que ocorria, iria fazer uma demonstração, e Vitor sentiu em sua cabeça que a entidade dizia alguma coisa semelhante a imagens valerem mais do que palavras, a ser melhor sentir e ver do que ouvir, perguntar e responder. Em seguida desfolhou lentamente as pétalas da rosa negra e as jogou sobre o pequeno lago límpido e, agora, translúcido, espelhando uma luminosidade que não se sabia de onde vinha ou para onde ia, porque tudo ao redor já era quase noite. Vitor fixou seu olhar naquele lago hipnótico e se esqueceu por alguns instantes o mundo sem nexo ao seu redor, o estranho pio de coruja que não era coruja, de jurupoca que não jurupocava. Esqueceu-se das aves estranhas e do ser estranho ao seu lado, que tampouco era gente e era vivo demais para ser apenas uma lembrança.

– O que vamos fazer agora é especial, secreto e proibido, e não poderá ser repetido jamais, entendeu? – a ordem de Ix, disfarçada de pergunta, surgiu em sua mente, e não era daquelas que admitiam resposta, hesitação ou desdém. Sequer titubeio permitia.

O leito do lago começou a se transformar. As luzes sutis que surgiam começaram a se adensar, formando uma nova textura escura, porém brilhante, e estas novas cores começaram a tomar forma, como se fossem nuvens se transformando conforme o vento as tocava até o horizonte. Vitor começou a perceber formas surgindo, e virando coisas vivas que se mexiam e que pareciam familiares. Teria tocado a água do lago se conseguisse se mexer, mas estava estático, paralisado de medo, mais do que já sentira quando o avião em que estava com a esposa, voltando da lua de mel, dera uma pane e planara aos solavancos antes de arremeter e recuperar altitude. Naquela ocasião se sentira assim: indefeso, nas mãos de Deus, sem ter o que fazer a não ser esperar o instante inesperado. Era como se sentia agora. Só que mais. As formas iam se contorcendo e de repente viu seu filho mais velho, Jorge, e ele estava na cozinha de sua casa... aquela era a cozinha de sua casa! Tão perto e tão inexpugnável! E ele jantava sucrilhos, como sempre fora seu hábito desde a infância. O menino adorava sucrilhos. E por detrás dele viu Diana abrindo a porta da geladeira com um telefone na mão, e de repente sabia com quem ela conversava. Com alguém do hospital, querendo saber notícias dele, de seu corpo, mas ele estava ali! Naquele mundo de faz de conta, do lado de aberrações, vendo parte da sua vida se esvair na superfície de um lago fantasmagórico.

Não percebeu de imediato que sofria um colapso. Perdeu o chão e a sensação de tempo e espaço e as coisas escureceram de vez, por instantes que poderiam ser dias, que poderiam ser uma vida. Quando voltou a recuperar algum equilíbrio, quando voltou a conseguir pensar em si e no que ocorria, estava de novo na choupana, que não era o lar que vira na superfície do lago, mas era o mais próximo a isto que agora possuía. O preto velho, Nô, agora lhe fervia um chá, e ele sabia que era um chá não só pelo cheiro, mas porque sabia, porque afinal tudo ocorria dentro de sua cabeça – e corria fora. Acontecia também fora de sua realidade mais íntima.

– Que bom que entendeu. Desculpe o susto. – Era Ix, sentado em um *puff* que até então não existira no casebre, e aliás não combinava em nada com aquele ambiente rústico. Parecia um estranho adorno saído de um seriado *camp* da década de 1970, daqueles filminhos que passavam de tarde na TV e que lhe haviam encantado a infância.

Reparou na hora que o velho não gostava de Ix, porque olhou para ele com ar de reprovação, como se o ser andrógino tivesse acabado de perpetrar uma travessura que quase retirara por completo a sanidade do hóspede da casa. Do hóspede dele, Nô – que Ix chamava de... Udo. Nome alemão. Disso Vitor se recordava, tinha um primo com este nome ainda vivendo no velho continente, não importava agora. Tentou se levantar, ainda tonto. Ix prosseguiu, tentando acalmá-lo:

– Calma que isso leva tempo. – apanhou uma das duas xícaras que o velho fornecia. A outra, Nô entregou nas mãos de Vitor, que acolheu com as suas ao redor, fazendo com que as fechasse e empunhasse o vasilhame. – Você precisava ver que o mundo continua acontecendo e que você está fora do mundo, mas não cruzou ainda a fronteira final.

O chá era preto, amargo e bom. Lá fora fazia noite, mas ali dentro é que havia trevas. O velho voltou para seu canto. Vitor permaneceu calado e descobriu que pouco adiantava falar, porque nada entendia e tudo o que pensava acabava mesmo descoberto pelo seu interlocutor. Em vez de formar frases com pensamentos, preferiu deixar-se levar pelo que ocorria à sua volta. Estava muito fraco para pensar em qualquer coisa positiva que pudesse contribuir para retirá-lo do choque da aparição da mulher e do filho em circunstâncias tão insólitas. Em meio a um pesadelo que nunca acabava.

– Era para você estar morto. – Ix agora se pendurou na beirada do *puff* para chegar mais perto de seu interlocutor. – De vez em quando acontece isso. O imponderável. Era para você morrer, mas não morreu, e não podemos fazer nada a respeito, porque não chegou a sua hora. Você não pode ir embora como se estivesse morto e não pode voltar, porque também não está vivo. Não *totalmente* vivo.

Neste instante Ix pareceu sentir pena de Vitor, do efeito que aquelas palavras lhe causavam, e se levantou. Colocou a mão aberta com as palmas voltadas para a cabeça do pobre diabo semi-morto e tocou sua cabeça que ardia de uma febre infinita de dores e dúvidas. Então, o que a entidade queria dizer foi significado por aquele toque, e de repente Vitor entendeu onde se encontrava. Ele estava em um desvão do espaço-tempo, em uma esquina do *continuum* temporal, ele fora uma experiência malograda daquele que havia projetado o mundo e que se esquecera de bolar direito o jeito e o momento em que ele iria morrer. Até o ser mais perfeito de todos se omitia e errava e Vitor era aquele erro. Alguém que esqueceram de deixar morrer. Sua existência era uma incoerência evolutiva e temporal. Sua existência não era para ser. Agora ele entendia.

– E agora, o que eu faço? – choramingou. Queria colo. E, de um certo modo, pela primeira vez, queria morrer. A morte, ao menos agora, seria uma certeza.

# SEIS

Diana aguardava na antessala do setor de Terapia Intensiva do Hospital Mater Dei a chegada dos dois médicos, o cirurgião e outro que eles chamavam de "intensivista", que era o responsável por aquela extrema unção disfarçada de procedimento clínico que ocorria com os quase defuntos que frequentavam por dias o setor de moribundos dos hospitais, *esperando a morte chegar*, como Raul Seixas e Paulo Coelho gostavam de dizer, a dez mil anos atrás.

Ela estava, é claro, um trapo. Sem dormir, irritada com a mãe e com os filhos. E avistava de longe seu marido lutando pela vida, já sabedora de que, se sobrevivesse, o que era muito difícil, seria para se tornar um vegetal. Será que era isso que ela queria? Já ouvira falar várias vezes que gente que escapou da morte no último suspiro, depois de meses entubado, até anos em coma, e conhecia aquele cântico esperançoso de que tudo era possível para quem tinha fé. Mas *o quê* voltaria? Isso era o mais importante. Diana queria seu marido de volta, e os filhos claro que também o queriam: Jorge enchera-se de um súbito orgulho pela valentia do pai, que alguém deixara escapar levianamente que era um herói, que lutava para vencer a morte, e o menino, sete dias depois da tragédia, começava a acreditar que Vitor de fato sairia dessa.

Outros não notariam, mas mãe sempre nota estas mudanças repentinas nos filhos: o garoto voltara a comer, ele que só lambiscava como um passarinho naqueles dias sombrios, e voltou a pentear o cabelo para trás como o pai fazia e como ele também imitava quando estava empolgado com alguma aventura ou sucesso do pai policial que, por mais que poupasse a família de suas histórias profissionais, às vezes deixava escapar uma ou outra, ou contavam por ele algum dia excepcionalmente emocionante de seu trabalho policial. Nestas ocasiões, Jorge sumia e depois voltava com uma camisa parecida com a de Vitor e o cabelo cortado para trás, rente e reto, à moda dos quarentões que iniciam o processo de calvície e procuram esconder as falhas de cabelo na entrada da testa e no cocuruto.

Vitor era assim. Diana se lembrou, naquele átrio da antessala dos quase defuntos, esperando por dois médicos para saber notícias ainda piores daquilo que já estava horrível e definhava, de uma terça à noite (lembrava-se que era terça, dia de sua Yoga, que ela teve que cancelar) em que Vitor havia aparecido com dois colegas de delegacia, entusiasmados ao extremo, com caixas de cerveja e uma carne para churrasco, dizendo que aquela data era especial: haviam prendido um traficante foragido à anos, uma chaga viva da polícia mineira, indivíduo perigosíssimo. E a operação policial tivera lances de filme hollywoodiano: quem contava era o Camargo, o baixinho barrigudo que ela nunca suportara e que perderia a vida poucos meses depois em um acidente de trânsito: entraram em em uma mansão de condomínio fechado, arrombando o portão. Eram uns oito fortemente armados, Vitor, ele Camargo, o tal do Arruda, e o Breno, e outros que ela não se lembrava. Dois

## Vitor além da vida

pularam o muro dos fundos, Vitor era um deles. Pela frente o bandido respondeu com uma saraivada de tiros que fez os policiais se agacharem atrás de uma mureta de poço artesiano e de uma pérgola de jardim. Tiros para todo lado. O tal cara não poderia estar sozinho. Bandidão, capo, nunca se esconde só, leva com ele os capangas – era Breno quem reforçava agora, jovem e boa pinta, um aprendiz de Vitor Hanneman, como todos no departamento gostavam de falar. Breno passaria um ano depois no concurso de Delegado do DF e se mudaria para Brasília – destino melhor que o de Camargo e, agora, de seu marido, Diana mesmo lembrando do passado alegre não deixava escapar o presente terrível.

– Tiros pra todo lado – Camargo prosseguia, já aboletado em uma banqueta de jardim naquela área verde de caramanchão de fundos que era o xodó dos Hanneman, principalmente nos primeiros anos da construção da casa que destruíra as economias daquele promissor casal – O Vitor e o delegado Manoel e a Sara, aquela lésbica recém chegada do norte de Minas, pularam pelos fundos, pelo muro dos fundos, lembra Vitor? Pois é, acharam que escaparam dos tiros, mas lá havia cachorros, e bravos, uns *dobermanns, rottweilers, pit-bulls*, tudo cachorro gringo, alemão, acho que é por isso que o Hanneman aqui se deu bem com eles, né, Vitor. – E ria, geralmente só Camargo ria de suas piadas, um detalhe que rapidamente Diana descobrira no desagradável colega de seu marido. Só que desta vez a euforia dos três policiais era conjunta e eles pareciam crianças voltando de um passeio no parque.

Diana quis saber como fora com os cachorros. Neste exato momento, Jorge e Bianca desceram do segundo andar, onde brincavam em algum jogo de tabuleiro. Eles eram apenas crianças então, o mais velho recém-entrado na pré-adolescência, Bianca e Isabela ainda brincando de boneca. Ficaram à deriva, à moda dos filhos retirados do aconchego do quarto perto da hora de dormir, meio assustados, meio deslumbrados com a visita inesperada e barulhenta, promessa de que aquela noite renderia momentos mágicos que retardariam a hora terminal do "boa noite", da oração e do sono – chatíssimo para todas as crianças.

Sem perceber a presença dos filhos, ou talvez percebendo e fazendo daqueles "testes" que gostava de fazer para testar a inteligência e os nervos da prole, Vitor começara então a narrar sua estripulia perigosa, bebendo no bico uma *long neck* da Brahma, sua cerveja preferida em Minas:

– Os cachorros vieram. Parece até brincadeira, eram três brutos e nós éramos três, parecia que era uma daquelas feras para estraçalhar cada um de nós. O delegado largou a submetralhadora, a submetralhadora! Correu assustado igual menino. Sempre fui contra delegado em início de carreira chefiando essas operações, mas o Cupertino não nos dá ouvidos, né? Bom chefe o Cupertino, mas coração grande demais, protege muito a própria classe...

– Mas conta logo... – Breno insistia.

– Isso, Vitor, já que perdi a aula de Yoga mesmo... – Diana se divertia, parecia estranho para ela agora que um dia tivesse sorrido e um dia tivesse sido feliz e orgulhosa do marido, e satisfeita com a felicidade dele, que era como estava naquele instante mágico do tempo.

– A Sara. Eu contei da Sara? – e olhou para Camargo, que desatava a rir. – A lésbica, como você diz, seu desbocado. Está em uma casa de família, viu? Pois a Sara que todo mundo sempre achou machona parece que tem trauma de infância, é, trauma de infância, foi o que ela disse, né? Depois dos fatos.

O "depois dos fatos", à moda dos depoimentos colhidos em delegacias, fez com que os dois colegas de Vitor desatassem a rir. Breno não aguentou mais e correu para o banheiro do quintal, daqueles que só existem com uma pia e uma privada, só para os bêbados não perturbarem a casa durante as festinhas. Mas do banheiro se ouviam suas gargalhadas enquanto Vitor prosseguia:

– Sobrei eu e minha pistola, com mais um pente na costura da calça. – agora ele falava para a mulher e os filhos, e sorvia mais cerveja, e tudo nele era satisfação de estar ali e ter sobrevivido – o primeiro era preto e era *rottweiler*. Aliás, todos três eram. Eu avisei para não fazerem barulho, mas o delegado novinho ficou no rádio avisando da batida, avisou a torcida do Cruzeiro e do Atlético, e alto, e a bandidada dentro da casa deve ter tido tempo de se armar e de soltar os cães. E veio o primeiro... os dentes dele, Diana, passaram perto do meu pescoço. Cachorro treinado para matar é assim, né?

Jorge arregalou os olhos. Mais tarde ele subiria de novo os degraus para o segundo andar e de lá voltaria com uma camisa preta da polícia civil, tamanho juvenil e presente do pai, e com o cabelo penteado para trás, com pinta de tira, andando com as pernas arqueadas como Vitor fazia. As meninas pareciam não entender muito, mas estavam felizes porque o pai estava.

– Bem. Só deu para segurar o pescoço do bruto. E nisso, já viu, né? Fiz o que nenhum policial pode fazer, coisa que nem recruta faz... adivinha, Diana.

– Ele largou a arma. – Camargo supriu a lacuna que era para ela responder. Diana realmente detestava cada vez mais aquele cara. Chegou até a parar de rir. Cogitou larga-los ali e aproveitar para correr até a Yoga que ainda dava tempo. Mas preferira esperar. Curiosidade feminina realmente é um sentimento poderosíssimo.

– Larguei a arma para segurar o pescoço daquela fera enorme. Já imaginei que os outros viriam fazer a festa e me dilacerar, porque os outros dois também eram do mesmo tamanho, e agora minha pistola estava aos meus pés, próxima mas longe do meu alcance. Foram segundos que pareceram horas, mas apertei mais ainda o pescoço do cão, que rosnava e não gania e babava de raiva. Tive um colega de escola, o Mosquito, que uma vez entrou em um sítio para roubar manga lá no sul e veio um cão assim para cima dele. Ele não teve a mesma sorte, não. Foi todo rasgado no dente. Sabe o que ele me disse? Era como se cachorros assim tivessem punhais serrilhados na boca, em vez de dentes. E mordem para travar a mandíbula e ir arrancando carne, e osso e músculo... E dói a cada dentada, a cada solavanco. Se não aparecesse o dono do sítio e não desse um tiro no próprio animal, o Mosquito já era. Mesmo assim ele ficou meses no hospital, fez plásticas...

– Vitor, você com suas histórias do sul... – Diana a as achava boas, mas cansativas, e sempre vinham no meio de outras histórias.

– Com a senhora também é assim? – Breno voltara do banheiro e já apanhava uma cerveja. – Lá da Delegacia não tem história nova sem lembranças do passado gauchesco, tchê!

### Vitor além da vida

— Tá bom. Tá bom... — e voltou a contar. — Só tinha uma chance. Torci o pescoço do cão e joguei-o com todas as forças em cima de um dos outros dois. O bicho era pesado. Uns quarenta a cinquenta quilos. Estou dolorido até agora, benzinho. Vou precisar de massagem hoje. E Gelol. E amor.

— E vai terminar de contar a história — ela enrubesceu. Mais tarde alertaria novamente ao marido que não gostava dessas histórias íntimas à beira da churrasqueira e na frente de estranhos.

— Bem. Deu certo. Estou aqui, né? Enquanto os dois se engalfinhavam, peguei a pistola no chão e ergui o cano. O terceiro cão estava a uns dois metros de mim, e também babava, e também era grande. Foi um tiro só, no meio da cara dele, da fuça, estourou pedaço de cérebro de cão pra todo lado. — Ele não se incomodou com os filhos, agora mais impressionados, Bianca fazendo cara de nojo, Isabela quase chorando, Jorge visivelmente impressionado imaginando a história toda em sua fantasia de sonhos de olhos abertos. — Não dava pra contar vitória, porque eu tinha os outros dois cachorros, né? Que já deviam ter se apartado e voltavam para o jantar deles que era eu. Foi quando veio a rajada de metranca do delegado. Ratatatatatatatatata! Zuniu bala na minha orelha, me joguei ao chão e dane-se cachorro, que tiro é pior. Quando olhei, os dois cachorrões permaneciam rosnando de longe, os tiros os assustaram. Mas não pegou um! O Delegado quase me mata pra me salvar e não acerta um filha da puta de um cachorro...

— Vitor! Olha as crianças.

— Desculpe. — Ele tomou mais cerveja, piscou para Jorge, mandou um beijo para as meninas. — Quem matou os dois foi a Sara, agora recuperada do susto. Boa moça. E você falando mal dela, Camargo!

– E o delegadinho vai dizer amanhã na delegacia que salvou sua vida!

– Já disse, Camargo, disse hoje. Vai repetir amanhã. E pela vida inteira.

E como havia acabado a história toda? Bem, ao longo do churrasco, risadas e brincadeiras entre colegas, já com as meninas de volta aos quartos e George perambulando em volta do pai e dos amigos adultos, o resto da trama foi se montando: os bandidos se renderam depois de um deles tomar um tiro no pescoço, um que não era o chefe. O chefe fora o primeiro a "arregar", segundo Breno, porque bandidão de morro, traficantão forte, sempre é o primeiro a se render, porque tem vida boa e dinheiro escondido e não quer morrer jovem. Deixa pra morrerem na frente os meninos que eles corrompem nas favelas, que tiram das casas e escolas, das igrejas e do esporte, para alcovitar no submundo asqueroso das associações criminosas – Deus, como Vitor odiava aquilo!

Vitor odiava muitas coisas, mas certamente odiava morrer. Aquilo era o pior de tudo. Diana, sentada ali naquele vestíbulo frio, luxuoso, mas deprimente, se sentia um peixe fora d'água, acordada de um sonho gostoso para uma realidade de pesadelo, voltando daquele doce momento do passado, como no filme de Carlos Saura, para a dura realidade de seu mundo que se esvaía em uma dor inesperada e súbita que ela jamais imaginara um dia sentir.

Chegaram os médicos, Proença e o outro, Randolfo. Pela idade, o pai devia ser fã de Randolph Scot, o velho *cowboy* machão que depois ela soube era, de fato, um homossexual famoso das entranhas de Hollywood. Mas lotava salas de cinema nas décadas

### Vitor além da vida

de 1950 e 1960 e arrancava suspiros das então meninas, moças virgenzinhas que iam com os namorados ser bolinadas no escurinho das salas de projeção. Aquele velho galã lançara uma série de guris com o nome de Randolfo naquela época, gente hoje com sessenta, setenta anos, e era esta mais ou menos a faixa etária do experiente médico que acompanhava Proença naquela tarde noite. *"Vamos conversar?"* Foi a deixa dele para retirá-los dali e conduzi-la até um pequeno consultório com maca, monitor sobre uma mesa e um cabideiro com jalecos a um canto.

Feitas as apresentações de praxe, o Dr. Randolfo sentenciou súbito, sem tremores na voz, frio, mas atencioso. Olhava-a nos olhos. Devia fazer aquilo há uns cinquenta anos:

– Ele está estável. É grave, mas ele está estável. É muito forte.

– Isso significa que está na mesma? – Ela não reconhecia sua própria voz, geralmente impetuosa e de mulher forte. Agora, seus murmúrios eram uma arenga choramingona.

Proença interferiu. Pôs-lhe a mão com uma baita aliança e um anel de formatura sobre um dos ombros. Quase se debruçou sobre ela. Era o mais humano e adquirira com Diana uma certa empatia ao longo daqueles dias que pareciam anos – como ela estava envelhecendo tanto em tão pouco tempo?

– Ele parou de piorar, é nisto que deve se concentrar. – explicou, enquanto o intensivista Randolfo desenhava alguma coisa com caneta em um papel, para explicar melhor à esposa do paciente.

– Como assim?

– Está vendo este esquema? – o velho intensivista lhe mostrou em um papel um gráfico com uma curva que começava alta, baixava um pouco, e depois se estabilizava um pouco mais abaixo – É assim que explico para os familiares dos meus pacientes o estado deles na terapia intensiva. Seu marido chegou *aqui*. – E mostrou o começo alto da curva do gráfico, para prosseguir: – Estava em choque. Reanimamos ele dentro do possível, mas diversos órgãos vitais dele estão... *comprometidos*. Não diria irremediavelmente, veja bem. Mas agora são incapazes de funcionar sem a ajuda de aparelhos.

– Ele está morrendo? – Lágrimas brotavam na jovem senhora, ainda bonita, mas com olheiras que a faziam parecer um urso panda, sem maquiagem, rugas que antes não existiam surgindo no canto dos olhos e da boca seca, sem batom, lábios trêmulos.

– Vamos voltar ao esquema? – ele sorriu. Também estava acostumado com aquele tipo de interrupção, de indagação. Nada ali parecia novidade para ele. – Bem. Ele estabilizou. Assim, podemos trabalhar com calma, recuperar o que pode ser recuperado, *operar*, como vocês dizem. Cauterizamos feridas, contivemos sangramentos, estancamos a hemorragia interna. Ele melhorou mais ainda.

Ela queria sorrir, mas por que será que tinha medo? De nutrir falsas esperanças talvez. Se acreditasse na cura dele e ela não ocorresse, ela seria capaz de morrer, e se aqueles médicos lhe dessem esperanças falsas, meu Deus, ela seria capaz de matá-los. Diana simplesmente não conseguia perguntar mais nada, articular qualquer pensamento coerente diante daquele impasse e daquelas avaliações médicas sempre tão cuidadosas, tão politicamente corretas, estudadas para não comprometer os homens de branco com prognósticos que poderiam não se realizar. "*São como comentaristas de futebol.* – Ela pensou rapidamente, com estranheza. – *Durante a partida não podem arriscar palpites. Se errarem, perdem o emprego. Pode ser a seleção do mundo contra o pior time do universo, que não podem nunca garantir vitória ou derrota. Nem sequer podem torcer."*

– Diana. – Proença rompeu-lhe o silêncio, desta vez sem a mão no ombro – Vitor é um homem forte e está lutando bravamente pela vida. Você tem que fazer o mesmo aqui do lado de fora. Ele está em coma induzido, não está sofrendo. Temos que esperar pelo melhor, nos preparando para tudo.

– Para o... pior? – ela perguntou. – E o que seria esse pior? Ele volta ou não?

– Somos médicos, não somos adivinhos. – Randolfo foi mais duro agora, acompanhando o tom dela – Ele tem boas chances de retornar. Mas também pode não resistir. Os próximos dias serão decisivos, permaneceremos trabalhando. Vai ficar sabendo de tudo sempre que ocorram novidades.

Pronto, era aquilo, tipo um boletim médico, daqueles da época do presidente Tancredo com diverticulite, morre não morre, ou quando Ayrton Senna acidentou, lembranças fúnebres de sua infância e adolescência, as únicas que teve e das quais se recordava no começo de sua vida. Queria perguntar mais, se ele teria sequelas, o que afinal de contas era o mais grave – coração, pulmão, rins, o diabo... mas não teve mais forças. Cumprimentou-os como deu e saiu zonza, procurando a saída do hospital, a recepção, um taxi, a guarda nacional, qualquer coisa. Não queria mais estar ali. Ali era uma antessala do cemitério.

Demorou duas horas para chegar em casa. Belo Horizonte no pior horário, começo da noite. Noventa minutos para que o Uber andasse três quilômetros, ônibus soltando fumaça, gente feia, barulho. Sua cabeça não suportava mais tanta pressão e doía tanto que quase preferia estar em coma induzido como seu marido. O motorista do aplicativo tentou entabular um começo de conversa, mas alguma coisa no rosto dela, principalmente no *olhar dela* o fez interromper o sorriso e a frase que começava a esboçar e voltar as atenções para o trânsito, deixando o tempo passar em meio aos engarrafamentos tradicionais na capital de todos os mineiros em um fim de tarde em que ameaçava chover. Finalmente avistou o portão de sua casa, os muros baixos, a caixa de correio, hoje só utilizada para receber boletos de contas a pagar e más notícias. Piores ainda do que aquelas que já vivenciava. Sua casa lhe parecia um antro de torturas, por um lado. Era uma casa e era um local de crime e ainda havia resquícios de sangue de depois da perícia que saponáceo algum, esfregão algum, conseguia remover. Mas depois daquele dia do cão, dos médicos frios com meias-verdade e meias-mentiras, depois daquele trânsito intenso e da dor de cabeça compartilhada com o motorista emudecido do Uber, sua casa de repente voltava a ser o paraíso que sempre fora.

    Sua mãe a guardava com os filhos, naquele instante fora de sua vista. Mas ela não estava sozinha. O Delegado Cupertino e um outro homem que ela não conhecia, moreno baixo, jeito tímido, um bigode ralo e cabelo escovinha, a esperavam. Dona Tereza arrumou um jeito de sair de perto, era para ter ido embora, mas não ia, se é que dá para entender. Mas de hoje para amanhã não passava, que Diana conhecia muito bem a mãe, já impaciente de fazer mera figuração para a filha e os netos que nunca conquistara ao longo da vida.

## Vitor além da vida

– Desculpe se viemos sem avisar. O celular da senhora estava desligado. – O policial que ela conhecia foi se levantando junto com o outro cara, enquanto se desculpava.

– Bateria descarregada. – Ela se sentou. Não reparou na mão estendida do outro homem, que ficou no ar quando todos se acomodaram nas poltronas da pequena sala.

– Este é Eudes Bonfim, nosso melhor perito. Criamos uma força tarefa para resolver a questão do delito sofrido por seu marido. Ele é um dos componentes.

A introdução feita por Cupertino talvez visasse tranquilizá-la, mas Diana permaneceu indiferente. Chamar a cavalaria ou o melhor dos peritos não resolveria a história do seu mundo, que estava destruído. Impacientou-se de novo, queria uma notícia boa que fosse, uma maldita notícia boa que fosse para fechar o dia, estava exausta e ainda teria que resolver o fim de noite dos filhos, porque de repente teve que voltar a colocá-los na cama depois do trauma sofrido. Faltava voltarem a fazer xixi enquanto dormiam para completar o quadro. Por outro lado, aqueles caras lhe davam informação e proteção, tão eficiente que mal avistava os policiais colocados em locais estratégicos para vigiá-los e monitorá-los. Pareciam sombras, que iria perder em breve, não dava para manter aquela escolha de vigilantes por muito tempo, o Estado precisava deles para prender outros bandidos. Eram, sem dúvida, o melhor que a polícia possuía para aquele tipo de serviço, e ela não poderia simplesmente bater-lhes a porta na cara. Agora precisava deles tanto quanto dos médicos, por mais deploráveis que fossem as esperanças de que um ou outro grupo resolvesse um problema de fato insolúvel.

– Delegado, tenho certeza de que esta conversa é absolutamente necessária, senão não teria vindo aqui. – Tentou recuperar o ar profissional da advogada brilhante que era, ou um dia já fora. – Mas gostaria que fosse claro e fosse breve, foi um dia terrível com notícias nada boas do hospital.

– Fiquei sabendo. – o velho policial respondeu e demorou alguns segundos estratégicos para continuar. – Estamos todos torcendo, mas enquanto isto precisamos continuar o nosso trabalho que também é para o bem da senhora e de seus familiares.

– Pois não. – Nem um café ofereceu aos dois, queria que dissessem logo ao que vieram e fossem embora.

Cupertino, então, foi direto ao ponto: ele e Eudes esquadrinharam a casa em busca de pistas, viram e reviram inúmeros frames das imagens das câmaras de segurança daquela casa e das imediações e não havia qualquer indício, qualquer sinal ou evidência, nenhuma imagem que os auxiliasse. Literalmente, o atirador surgira do nada e voltara para o nada como em um passe de mágica.

– Senhora. – o perito finalmente falou – Sou homem de ciências. Sou perito criminal há vinte anos e nos dedicamos há mais de uma semana à investigação incessante da tentativa de homicídio. Tecnicamente, o que é a minha parte da apuração, simplesmente não conseguimos identificar qualquer suspeito entrando ou saindo da casa. Não conseguimos identificar qualquer impressão digital ou traço de DNA de pessoa estranha à casa....

– Ficaram dois dias aqui revirando tudo enquanto eu pernoitava na UTI do hospital com Vitor, passando pozinho para recolher digitais, e só encontraram sinais dos moradores da casa?

— E um ou outro prestador de serviços, já identificados – completou Eudes, solícito.

— Então chegamos à conclusão... – sua boca adquiriu um ricto que mal disfarçava a revolta que custava a conter – à conclusão científica, como o senhor disse, de que a pessoa que tentou assassinar meu marido, e provavelmente conseguiu...

— Senhora... Doutora Diana... – Cupertino quase se levantou, conciliador.

— Não, Delegado, espere. Quero terminar. – E voltou-se para Eudes. – Quer dizer que o assassino, ou quase assassino, ou é minha faxineira, ou o entregador de compras do supermercado, ou eu ou meus filhos? É isso?

— Claro que não, doutora.

— Então como quer que eu entenda sua ausência de pistas e provas? Como uma confissão de que irão arquivar o caso?

Desta vez Cupertino procurou ser mais intenso, reclinou-se para frente do sofá, quase fez que ia por as mãos nas mãos de Diana. Não o fez, o que seria uma intimidade absurda entre dois profissionais que mal se conhecem, naquele momento constrangedor para todos. Mas a intenção visível nos olhos do Delegado a fizeram interromper seu discurso de decepção e de revolta contidos até ali. Ela se calou.

— Ninguém vai encerrar este caso até colocarmos o culpado, ou culpados, na cadeia, tenha a certeza disso. Ainda que a senhora não queira mais saber da evolução do trabalho, ou dos insucessos das investigações, as tentativas continuarão incessantes. Ainda que a senhora se canse da apuração, ela continuará. Ainda que não queira mais nos ver, ou nos queira mal, ela continuará. Continuará por seu marido e por tudo o que ele representa para nós.

Após algum silêncio, causado porque Diana simplesmente não sabia mais o que dizer, o perito voltou à tona:

– Vamos continuar vasculhando todos os detalhes da carreira do seu marido e dos seus pretensos e supostos inimigos – que até aqui também não identificamos. Nossa chefia está nisso até o fim. Se precisarmos, senhora, voltaremos aqui em busca de mais pistas.

Ela hesitou. Eudes ia concluir, mas Cupertino fez o serviço:

– Não existe crime insolúvel. Este não será um deles. Estamos trazendo mais alguns profissionais para nos ajudar, gente que não falha nesse tipo de situação.

– Já tem peritos, delegados, policiais, já esquadrinharam minha casa, quem mais vão chamar? Um médium?

*Se necessário fosse,* pensou o Delegado. Não. Iria seguir os conselhos do jornalista Santiago Felipe, que interrompera seu descanso na noite anterior, tal como ele agora fazia com a quase viúva de Vitor. Iria chamar um velho amigo. Não um médium, mas quase. O quão rápido conseguiram, saíram daquela casa que mais parecia um mausoléu de gente viva, despedindo-se de uma mulher perplexa e atarantada, sem saber para onde ir. Passaram por dois policiais à paisana que rondavam a rua, a tudo atentos, e que menearam a cabeça para Cupertino. Ele não acenou de volta. Murmurou rabugento para Eudes Bonfim, que custava a acompanhar-lhe os passos largos:

– Santiago estava certo. Agora temos que encontrar o Silva.

# SETE

Gente de cidade grande sempre acha que trator é tudo igual. Não sabem diferenciar uma colheitadeira de uma roçadeira, de uma plantadeira, acham que a diferença entre um e outro é só o engate ou a carga. Na verdade, até sua velocidade, desempenho, peso é diferente, conforme o tipo da máquina. Aristides Flamarion, um cara de cidade grande que nascera e crescera em Belo Horizonte, filho de pais também citadinos e com parentes interioranos que pouco via e quando via era em festas, nada soubera até então daquelas peculiaridades. Afinal, pensara ele, em festas do interior, rapazes e moças se interessam por bailes, freezers lotados de cerveja, moda de viola e sexo campestre. Caras urbanóides não visitam o interior para procurar saber da qualidade e dos tipos de trator, não é mesmo?

Ao menos ele, bem como todos os familiares diretos da família Flamarion, nunca se indagaram sobre detalhes de máquinas agrícolas. Seu pai, policial, e sua mãe dona de casa, lhes deram na infância quando muito um vislumbre doméstico de patos e galinhas em terreiros e certa vez Aristides se recordou de ordenhar uma vaca, quando ainda era bem menino. Já adulto, casado, com filhas, sua vida o levara via de regra a outros ambientes urbanos e os tratores e sua história ficaram para os episódios de Globo Rural que raramente via e para os *causos* contados pelos parentes do interior que ainda possuía. Mesmo na profissão, Aristides Flamarion nunca antes chegara perto desses detalhes distantes. Há mais de dez anos era *analista de sinistros*, nome chique para detetives particulares contratados por companhias de seguro para investigar incidentes a serem indenizados. Nessa lida diária, uma ou duas vezes se deparara com acidentes rurais, mas envolvendo veículos já colididos, já havia investigado suicídios camuflados para gerarem indenizações e até gente que se fingiu de morta para receber em nome de terceiros valor da apólice do seguro de vida. Nada, até então, relacionado a tratores em específico.

Até agora. Por causa daquela nova investigação estava ele ali em um descampado perto de um silo de armazenagem de grãos, com um milharal de espigas altas e quase prontas para colheita à sua frente, ocultando-o do silo e de quem passasse por uma estradinha de terra próxima. Estava um calor senegalesco, ele calculava que beirava uns quarenta graus com uma sensação ainda pior para ele, de calça jeans e camisa de manga cumprida para escapar dos pernilongos borrachudos que eram uma das características desagradáveis daquela bela região do Pantanal Brasileiro, perto de Corumbá, no Mato Grosso do Sul. E ele estava ali justamente por causa de tratores.

A coisa toda começara com um telefonema e uma reunião. Do seu escritório Aristides se deslocou rapidamente para a filial de uma seguradora na zona sul de Beagá. Lá, por videoconferência, conversou com os chefes dos chefes, em São Paulo. Havia uma demanda grande de benefícios de seguro, *indenizações* como se costumava dizer, provenientes de uma mesma região do Mato

### Vitor além da vida

Grosso do Sul, próxima de Corumbá e do Pantanal, lugar em que nunca antes ocorreram furtos ou roubos de tratores. No entanto, disseram-lhe, em seis meses e depois de oito indenizações pagas, chegaram à conclusão de que havia alguma coisa errada naqueles novos índices malucos de ocorrências sucessivas em um paraíso ecológico e turístico. Os fazendeiros da região eram poucos, dedicados a grãos, e os silos graneleiros não eram vigiados por segurança particular justamente por isso. Tratores iam e viam normalmente e eram guardados nos próprios silos ou próximos a sedes de fazendas, sempre seguros, alguns até com a chave na ignição – para os que precisavam de chave, porque Aristides teve que descobrir logo em seguida que alguns nem disso precisavam. Tinham uma espécie de sensor de ignição que simplificava o funcionamento da máquina com um mero aperto de botão.

Portanto, seria simples levá-los embora. Só que o que inibe essa espécie de crime é que é muito difícil desovar, desmontar e vender peças roubadas de tratores. Eles não desaparecem simplesmente. Havia inúmeras ocorrências de furtos e roubos de tratores pelo Brasil afora, mas no local em que ocorriam os sinistros aquilo era quase uma novidade, e uma raridade na frequência em que estavam ocorrendo. Aquilo intrigava os novos clientes de Aristides Flamarion, e o queriam nisso para verificar o paradeiro das máquinas e o que estava de fato ocorrendo por lá. Ou Corumbá era um entreposto para encaminhar tratores furtados para a Bolívia, ali próxima, ou alguém estava enganando a seguradora.

Ele apostava na segunda hipótese. Como filho de policial, sua primeira providência ao chegar às terras pantaneiras fora procurar a polícia, conversou com alguns investigadores e uma delegada. Se apresentou como filho de policial, descobriu um ou dois conhecidos comuns, e pronto! Fora montada a conexão perfeita que lhe permitiu ouvir dos tiras que não havia sequer indício daqueles tratores saindo da região e tampouco se dizia do ingresso dos tratores na Bolívia.

– Isso por um simples motivo. – dissera-lhe a delegada, Vanessa alguma coisa, carioca linda, quarentona solteiríssima e que lhe perguntou se queria tomar um drink ao cair da tarde em um bar à beira do Rio Miranda.

– Qual?

– A Bolívia é tão miserável que nem seus bandidos tem dinheiro para receptar tratores furtados. Conhece a Bolívia? Imagine uma cidade pobre do sertão do nordeste e multiplique por dez a miséria. É a Bolívia.

A mulher era bem-humorada, mas Flamarion não cedera ao seu charme e às suas pernas. Tinha esposa e filhas em casa e preservava muito o lar doméstico, herança do pai, que fora casado trinta anos, casado até a morte. Nunca vira o pai pulando cerca. Aliás, os vícios do pai eram jogar pôquer e fumar, e só. Mesmo assim, havia parado com os dois uns dez anos antes de sua morte, chateado com o filho que não cursara a faculdade de Direito como ele queria, mas orgulhoso do filho honesto e amoroso que forjara. Bem, aquele grande pai de família, o filho do seu Rubens e da Dona Luísa, o analista de seguros, estava ali no meio de um descampado, oculto por um milharal denso, com borrachudos à sua volta, em um calor intenso, usando a objetiva

## Vitor além da vida

de sua câmera fotográfica profissional para tentar enxergar o que ocorria naquele silo enorme, o maior da região.

Via a porta do silo se abrir e dois homens saindo dele para ir até uma pequena caminhonete estacionada em local próximo. Mesmo através da objetiva que funcionava como binóculos não conseguia discernir-lhes a fisionomia, mas apostava que o da direita era o mesmo cara cuja foto e dados pessoais constavam das fichas que imprimira e que formavam uma pequena pasta que trazia ao lado, no solo, por cima de um cobertor que esticara ali em um piquenique improvisado para ver e não ser visto com algum conforto. É que o tipo físico do cara era peculiar: muito grande, muito gordo, cabelo escovinha rareando na frente, grande atrás, como um ídolo de *boy band* dos anos 1980, um menudo temporão e gordo de cerca de quarenta anos. E louro, bem louro. Aníbal alguma coisa. Estava na ficha. O cara fora "premiado" com dois seguros de mais de quinhentos mil reais cada um. Dois tratores em sequencia furtados. Cadeados arrombados. Ocorrências policiais. Dinheiro da seguradora pra lá, pra cobrir as perdas do Aníbal, mas nada de tratores pra cá. Eles jamais foram encontrados, e olha que um deles era uma colheitadeira enorme, hein?

Eles gesticulavam enquanto o colega do gordo entrava na caminhonete, se debruçava no painel e aparentemente pegava alguma coisa no porta luvas. Era um envelope pardo rechonchudo, discernível mesmo àquela distância na teleobjetiva da câmera de Flamarion. Saiu do carro de novo e entregou o envelope ao gordo, que entreabriu o pacote e enfiou a mão, parecendo contar. Dinheiro. Lugar estranho para pagar contas ou fechar negócios, não? Flamarion bateu uma foto, e depois outra do silo, para onde os dois voltaram. Desta vez não entreabriram o portão. Um sujeito com pinta de capanga abriu pra eles. Abriu não, escancarou. E deu pra ver lá dentro um arado grande no fundo, ao lado de um tanque misturador de grãos enorme. A porta permaneceu aberta o tempo suficiente para os dois entrarem conversando e rindo, percebeu o gordo dando um tapinha nas costas do outro homem, bem mais baixo e de um tipo físico bastante comum, de chapéu de *cowboy* e barriguinha de chope, andando como um vaqueiro com as pernas entreabertas e tortas, como as de um peão de rodeio aposentado.

Flamarion foi batendo fotos e aproximando a objetiva da máquina. Lá dentro, próximo do arado e do tanque, dava pra ver dois tratores, não em estado de uso, mas desmontados. Também retratou a cena com vários takes. Aquilo estava ficando bom. A porta do silo ficou aberta e ele aproveitou para focalizar bem, primeiro o interior do local, com os tratores desmontados, depois bateu mais algumas fotos bem mais nítidas dos rostos dos dois homens. Três, porque também deu uma colher de chá pro capanga que abrira o portão. Uma muriçoca zuniu em seu ouvido e lhe deu um safanão, agitando o capinzal que o ocultava. Aproveitou a distração para conferir na pasta ali ao lado, na ligeira sombra criada pelo arbusto atrás dele, onde improvisara seu manto de piquenique. Arrastou-se como um soldado espreitando o inimigo até a coberta e abriu a pasta para examinar as fotos das máquinas agrícolas, com a máquina fotográfica ali ao lado, carregada por ele como se carrega a um bebê. Como carregara as filhas por madrugadas insones tão logo nasciam e até que aprendessem a parar de brigar com o sono e a dormir sozinhas. Folheou o pequeno dossiê, foi da foto de Anibal até as ocorrências do sinistro, conferindo pelos dados que nenhum dos dois furtos de tratores fora naquele local, mas em fazendas próximas. Ali, portanto, não era o local do sumiço dos tratores, mas talvez fosse o local em que eram armazenados, depois de desaparecidos. Foi olhando, abriu os papéis e calmamente, no meio daquele silêncio e daquele calor todo, procurou pelas fotos das máquinas, mais no fim do dossiê.

Enquanto conferia seus documentos, Aristides Flamarion não percebeu que sua movimentação alertara de algum modo não o gordo menudão e nem seu colega com pernas e chapéu de *cowboy*, mas o empregado, que saiu da porta e entrou no silo, deixando Aníbal e o outro conversando, enquanto apontavam para os tratores lá dentro. Voltou com um binóculos e começou a procurar a origem do barulho, que não era ainda um barulho, muito mais um arrulho do vento, uma inquietação, causadas por Flamarion. Enquanto o fazia, o investigador de sinistros permanecia entretido examinando documentos, ali abaixado no meio do milharal, espanando muriçocas. Finalmente encontrou as fotos dos tratores e achou uma colheitadeira e uma sementeira, abriu as fotos, já ampliadas e impressas, bastante nítidas e em cores, e abriu a grande angular da máquina fotográfica para comparar com os pedaços de trator que a porta do silo aberta lhe permitira ver e fotografar. Assustou-se com o que descobriu: pelo menos a colheitadeira tinha bastante semelhança com aquela furtada e que constava de seu dossiê, e de repente começou a matutar ser bastante estranho um milharal desenvolvido daquele, uma fazenda aparentemente produtiva e precisando de máquinas para plantio, aragem, colheita, e em pleno dia de semana máquinas agrícolas fechadas e talvez escondidas dentro de um silo que deveria servir para guardar grãos e não tratores.

Conferiu o material e resolveu guardá-lo. É claro que fez algum barulho e alguns movimentos um pouco mais bruscos que não combinavam com aquela paisagem de pasmaceira daquele milharal alto e sem ventos, mas não lhe importou ser discreto uma vez que já considerava feito seu trabalho e, afinal, os caras estavam a pelo menos uns quinhentos metros do seu esconderijo e não teriam tempo para vencer aquela distância enquanto ele terminava de recolher máquina, dossiê, cobertor e andar mais uns cinquenta metros platô acima e até atrás de um pequeno monturo que margeava a estrada vicinal em que se encontrava discretamente estacionado seu veículo. Tão tranquilo estava que resolveu bater mais duas fotos, desta vez dos dois sujeitos, o lourão e o outro, com jeito de *cowboy*, porque pelo que viu ainda estavam conversando próximos do carro deles ou na porta do silo, como os deixara antes.

Soergueu-se do capinzal com a objetiva já apontada para a cena dos fatos. Com certeza, com aquela pequena série definitiva de fotos conseguiria comprovar um mínimo de dúvida razoável para fazer com que sua empregadora abrisse um processo e parasse de pagar benefícios daqueles sinistros suspeitos – se possível ainda tentasse por na cadeia quem fosse o culpado por aquilo tudo. Em um quadro mais otimista, em uma variável mais benéfica, talvez até a seguradora conseguisse ressarcir-se da grana que já havia pago. Para isso, bastava identificar bem os dois suspeitos, e para isso focalizou a objetiva da câmara na

### Vitor além da vida

primeira coisa que viu, o indivíduo grande e quase albino, o tal de Aníbal já agora mais atento, e o outro capanga dentro do carro e fora da objetiva. Só que havia algo estranho com aquele ângulo espontâneo praticamente achado por Flamarion. Não era só ele que focalizava o grandalhão através da objetiva. O sujeito, lá de longe e bem no foco da câmera, também olhava fixamente para ele. Flamarion não se lembrava muito das aulas de física que sempre detestou, mas naquele momento e em um átimo surgiu na sua mente a ideia de "refração", uma das leis ou regras da ótica, sabe-se lá que nome davam para aquilo que, no entanto, tinha um significado simples que sua professora da época, uma morena afro corpulenta e cujo nome ele não se recordou na hora. Ela sorria um sorriso lindo para lembrar os alunos em lições que procuravam ser bem-humoradas, apesar do tema inóspito: se você olha para alguma coisa animada, se você vê seus olhos e sua fronte, ela também pode ver você. Formavam o que a professora da época chamava de *ponto de incidência constante*, através de um ângulo dado pelo direcionamento da luz.

Pois é. Se Flamarion via Aníbal, o gorila branco, ele também podia vê-lo. Claro que não com detalhes, mas no meio daquela plantação alta os cabelos encaracolados e castanhos bem claros de Flamarion contrastavam o suficiente com o verde do milho prestes a ser colhido e ao capim alto, e certamente a câmera com objetiva surgia fácil eriçada como um falo a se projetar do entremeio de arbustos que foram até ali um esconderijo improvisado. Poderia até parecer ao seu alvo que aquela câmera com objetiva longa fosse um cano de espingarda, uma arma de cano longo, e aí os problemas que ainda eram intuídos pareceram ao investigador de seguros prementes e reais. Viu nos olhos do sujeito sua preocupação e alarme e se esqueceu de uma regrinha que seus amigos tiras viviam lhe dizendo: quando estiver escondido não se mova. Alvo imóvel não é visto tão fácil assim. Movimento alerta o inimigo. Enfim, essas besteiras todas de policiais voluntariosos especialistas em guerrilhas urbanas, que subiam favelas para trocar tiros com traficantes em uma realidade distópica e inacreditavelmente distante daquela que agora vivia Aristides Flamarion.

Que a regra valia, valia. Mas Flamarion não a seguiu e se encolheu todo e saiu se arrastando como uma cobra e recolhendo seus objetos. Fez bastante barulho e não ligou para as muriçocas à sua volta enquanto recolhia câmera, dossiê, cobertor, papeis, um repelente em spray que até ali só fizera feder e nada mais e saiu de cócoras e gatinhas em direção ao seu carro, estacionado uns cinquenta metros milharal acima. Sua grande tranquilidade era essa. Nem bala de revólver o alcançaria e já estaria dentro do carro quando o brutamontes sacudisse seu corpanzil e resolvesse começar a persegui-lo. Ainda que fosse de carro, ele confiava em seu Gol alugado 1.5 e estava há poucos quilômetros da civilização e da delegacia de polícia da delegada de pernas bonitas e sorriso atraente. A estrada só cabia um carro e era ruim o bastante para não comportar perseguições cinematográficas, a tal ponto que Flamarion julgava, com aparente acerto, que dentro do carro sua missão de fuga estaria praticamente encerrada e ele à salvo.

Correu de cócoras e começou a subir o monturo. Ouviu ao longe um barulho de motor, mas estava (ainda?) muito, muito longe. Já começava a discernir o capô de seu Gol branco, padrão locadora

## Vitor além da vida

de veículos, bem sem graça, quando viu mais um ronco bem mais perto e viu poeira, poeira de estrada, poeira de estrada de carro chegando, poeira de estrada de carro chegando veloz. Aí percebeu que algumas variáveis não tinham sido sopesadas em sua rápida equação mental. O *cowboy* jagunço, por exemplo, que ele não vira na última imagem, tinha sumido de cena e não estava no roteiro que tivesse dado a volta na pequena caminhonete. Também não lhe parecera que este segundo ator fosse fazer parte do espetáculo porque, afinal de contas, não o vira, até onde ele sabia. A última das hipóteses não consideradas por Aristides Flamarion: o tal jagunço poderia ser de fato um jagunço e estar armado, com arma que dá tiros à distância. Portanto, não seria necessária corrida alguma ao pote de ouro. Bastava mirar e acertar.

O primeiro barulho de disparo foi quase instantâneo, quando ao investigador faltavam uns vinte metros para chegar ao seu carro, o suficiente para ele olhar para o lado esquerdo e verificar que vinha na sua direção por aquela mesma estradinha bifurcada em que estacionara a caminhonete, uma Strada pequenina, dois lugares. Mas só precisava de um, o do motorista, e se estivesse armado bastava mesmo só um para acertá-lo. Pelo que verificou rapidamente de rabo de olho o cara estava com um trabuco que tentava manejar com a mão esquerda do lado de fora da janela do motorista, que era ele. E ainda dava para ver o chapéu do sujeito de dentro do carro, chegando cada vez mais perto, bastante rápido, muito embora aquele carro fosse lento e a estrada cheia de buracos, não patrolada e em péssimas condições de rodagem. Aquela iminência embrulhou o estômago de Flamarion, mas não havia tempo para vomitar. Era correr e correr. Mas, para onde? Como na poesia de

Drummond: *"José, para onde?"* Jogou para os lados tudo o que possuía e que lhe tolhia os movimentos e isso tudo foi bastante rápido e instintivo. Manteve somente a máquina fotográfica junto ao corpo porque ela balançava a tiracolo e seria estúpido parar para dispensá-la. Se o carro vinha da estrada, então era voltar para o milharal e encontrar um jeito de esconder naquele capim todo – era a única resposta emergencial possível, que ele seguiu prontamente, embrenhando-se de novo no mato, desta feita sem preocupar-se em andar de cócoras, porque saiu do campo de visão do capanga motorizado e ao mesmo tempo escondia-se do outro tipo distante quase um quilômetro dali e que não teria tempo de chegar até o local da algazarra. Sua chance era alcançar um local para chamar a polícia ou esconder-se até tudo serenar e poder voltar ao carro. Valia a pena até mesmo aguardar por um local com sinal de celular, o seu estava no bolso bem afivelado da calça. Ia dar certo.

Outro tiro zuniu bem perto de seus ouvidos e sentiu alguma coisa espoucando em uma touceira mais forte de capim uns cinco metros ao seu lado, mais à frente. De soslaio observou que o seu perseguidor levara a pequena caminhonete até onde dava pra ir, em um valo perto de um aceiro, e por lá não tinha mais como seguir adiante motorizado. Mas ele subira no capô, o filho da puta, e fazia pontaria. *Hora de agachar-se de novo, Flamarion, que você tem três filhas para cuidar, meu amigo!* E tome suor e sangue – porque tiriricas, aquele capim cortante, cuidavam de arranhar-lhe a fronte e os braços e tudo que estava descoberto de roupas, enquanto se embrenhava no milharal cada vez mais alto. Pelo menos os tiros haviam parado, certo? Não ouviu mais nenhum barulho, nem de tiros, nem de gente, nem de motor, e considerou que estava perto de se safar, até porque atingiu o que aqueles matutos chamam de "corredor", um espaço entre as fileiras plantadas nos hectares, por onde passavam tratores e agricultores da colheita e do plantio. Bem no meio do milharal, foi lá que ele chegou, quando ouviu barulho de novo.

O motor agora roncava mais grosso e era mais forte, o barulho era mais nítido, mesmo estando ainda há uns quinhentos metros dele, vencendo a curvatura da encruzilhada que acessava aquele extenso corredor de plantio. Era um trator e nele estava o grandalhão quase albino, cabelo raleando mais longo, louro quase branco, e dava para vê-lo na cabine aberta de um trator pequeno se comparado aos outros normais de colher e de semear, porque não tinha engate e nem reboque. Só que era grande o suficiente para passar às pressas por cima de alguém naquele corredor estreito, e era forte e ágil o suficiente para se embrenhar no milharal caso a tática do nosso amigo Aristides Flamarion fosse a mesma: voltar para o mato. Agora ali estava um veículo híbrido, pronto para persegui-lo em uma via de rodagem, pronto para continuar atrás dele no meio da plantação. E o veículo era dirigido por um cara que, mesmo a distância, parecia determinado a alcançá-lo. Alcançá-lo não. Passar por cima dele.

Bom, aquele não era o fim do mundo, não é mesmo? Tratores não atingem grandes velocidades não é? Mesmo aquele menor e mais levinho. Não é? Bem, era e não era. Aristides olhou para trás e continuou correndo, procurando não se desesperar, lembrando-se do que estudara sobre tratores para aquela maldita missão. Velocidade média, 20 a 30 km/h. Moleza, ele era atleta de fim de semana, depois do próximo descampado já saía da visão do louco degenerado ali atrás e entrava na área de cobertura de celular e havia esconderijos, se lembrava até de um braço de rio, para se esgueirar e ligar. Pelo menos, o tratorista maluco não o avistaria mais, e não havia sinal do outro carro, porque o jagunço de chapéu iria ter que voltar até o silo e dar a volta para chegar até ali e não havia tempo pra isso. Desde que o trator ajudasse e fosse daqueles mais lentos... mas não era, né? Claro que não era. Quando as coisas tem que dar errado, elas dão errado, como dizia a Lei de Murphy. Pão de pobre cai sempre com a manteiga pra baixo, dizia seu pai.

O trator era bem rápido e ele se lembrou de um daqueles que estudara pela internet: passava de 80 km/h mesmo naquele tipo precário de piso não asfaltado. Aliás, era preparado para correr *ali*. Era ali que ele desenvolvia toda sua capacidade e força, e era o que fazia agora. O ronco do motor começou a ficar mais alto, sinal óbvio que a máquina estava chegando mais e mais perto. Ele tentou se recordar o nome da porcaria do trator, jurando pra si mesmo que se escapasse daquela não só jamais iria mexer com aquelas máquinas de novo, como também que iria mandar um email para o fabricante recomendando que os próximos modelos fossem mais lentos por uma questão de segurança, afinal de contas, poderiam machucar alguém. Esse alguém era ele, que corria ali, começando a se cansar, correndo sem parar e medindo sua capacidade respiratória de homem de quase quarenta anos que graças a Deus até ali nunca fumara mas que iria acender um charuto em consagração à vida se escapasse daquela armadilha mortal.

O nome do trator era Falk alguma coisa, lembrou de repente enquanto iniciou uma ligeira subida e começou a divisar na

### Vitor além da vida

linha do horizonte o que parecia ser uma curva. Mas também reparou que aquele corredor de plantio fazia um ligeiro aclive, muito suave, quase bucólico em uma situação normal. Aquilo, porém, estava longe da normalidade, porque o barulho do motor estava mais e mais perto. Até o início daquela corrida desesperada não se arriscara ainda a olhar para trás, porque, claro, com isso perderia em velocidade, poucos décimos de segundo talvez, mas o suficiente que ali poderia ser a diferença entre viver e morrer. Sua chance, até então, era virar a curva, achar o braço de rio, achar cobertura para celular, etc... Então, resolveu olhar para trás para ver, rapidinho, a quantas andava, ou corria, seu louco perseguidor. E então seu estômago embrulhou. O cara estava no máximo a uns cinquenta metros dele, e acelerando, e de cima da boléia do trator, ou sabe-se lá que nome tinha aquela geringonça, o maluco lourão ria frio, com um olhar cheio de sangue que brilhava o brilho opaco da morte.

Então era entrar mata adentro, plantação a dentro, e ver no que dava. Era aquilo ou aquilo, porque lá na esquina o que viu lhe fez pensar que não iria voltar a fazer amor com a esposa linda e nem iria mais dar beijo de boa noite nas três filhas, o *cowboy* com picape tinha conseguido dar a volta na plantação, e esse seu carro quase voava no trecho vicinal da viela logo a frente. Ele iria conseguir fazer a curva antes e entrar no corredor da plantação. Então, Flamarion, já era pra você – pensou o investigador de seguros. Estaria entre dois agressores, encurralado. Era descobrir se preferia morrer de tiro, esmagado pelo trator ou atropelado pelo veículo do *cowboy*. Isso se não botasse o pulmão para fora antes, porque seu fôlego fora embora e agora somente conseguia correr por amor à vida, por um estímulo superior e existencial, por puro medo.

Pulou pra dentro da braquiária, como se diz na roça, principalmente em algumas regiões do imenso sertão mineiro. O milho alto lhe arranhava e tropeçava nas touceiras, mas seguia em frente desesperado. Aquilo lhe garantiria alguns minutos, né. Pelo menos, diminuía pela metade o número de seus agressores, porque a caminhonete do *cowboy* de pernas arqueadas e jeito de jagunço não conseguiria entrar naquele emaranhado de espigas gigantes típicas do Pantanal. Não iria conseguir chegar lá, mas conseguiria atirar até ali, né? Flamarion havia se esquecido disso, até que ouviu outro tiro zunindo perto dele. Sorte que o cara era ruim de pontaria – ele conhecia uns dois ou três policiais, e mesmo seu finado pai, que conseguiriam derrubar uma latinha de cerveja de cima de um mourão de cerca há cinquenta metros de distância, o mesmo tanto que o separava do cara do trator até o momento que se embrenhou naquela muralha verde em busca da salvação de sua vida.

Seus pulmões arfavam. Buscava ar. Uma coisa é correr um quilômetro, dois. Jogadores de futebol, mesmo os de fim de semana, faziam isso durante uma partida. Ele estava em boas condições físicas, senão já teria caído, estaria morto. No entanto, uma coisa é correr, outra bem diferente é *ter* que correr. É correr com alguém querendo matá-lo no seu encalço. É correr pelas filhas, pela esposa, pela vida. É correr sem saber se vai chegar ao fim da linha, da trilha, ou se vai ser atropelado por um maldito trator conduzido por um psicopata, antes de chegar. Ou se vai levar um tiro de um jagunço no meio do caminho. Aquela condição de incerteza alterava tudo e vinha o desespero e o desespero não era bom para os pulmões ou as pernas. Era um péssimo aliado quando se tinha que correr pelo meio do mato e as pernas cansadas do investigador de seguros sofriam com o piso irregular do terreno, estava de sapatos tênis pouco confortáveis para aquela corrida que, na concepção dele, era uma maratona de minutos, estranha, pela vida, e o fôlego se esvaía à medida que suas esperanças de viver também iam embora.

O trator estava entrando no milharal. No íntimo, Flamarion sabia que não somente aquele Falk ficaria lento naquele terreno, mas ele também tinha diminuído e muito a marcha. E já não estava mais aguentando correr. Conseguiria permanecer fugindo mais alguns minutos, no máximo, e então seus pulmões o derrotariam, suas pernas não iriam mais responder (já não estavam mais respondendo) e, no mínimo, ele se tornaria um alvo fácil para o atirador de meia tigela que, a uma distância mais curta, não erraria o próximo disparo. Aliás, o *cowboy* parou a *pick-up* no limite da área plantada e disparou a correr de arma em punho mais a direita do trator guiado pelo cara louro que resfolegava enquanto sua máquina vencia o aceiro e subia nos pés de milho, engatava uma marcha forte e acelerava. Flamarion teria, na verdade, menos de dois minutos de vida até ser alcançado pelo trator, que ali naquele terreno, derrubando pés de milho e vencendo touceiras e cupins, chegaria até ele há uns vinte quilômetros por hora, ainda uma velocidade bem superior àquela que um homem normal, atlético, descansado, conseguiria cobrir em tão pouco tempo, e o investigador de seguros não era do tipo esportivo, jogava pelada aos fins de semana, estava chegando a idade madura e estava exausto e apavorado. Começou a chorar e se lembrou de rezar um último adeus, acalentando sua alma para se encontrar com o Criador. O que lhe magoou, muito, repentinamente, é que lhe chegou à cabeça a ideia de que seu corpo talvez jamais fosse descoberto. Aliás, dificilmente seria. Por ali os caras simplesmente o enterrariam no meio do milharal, ou jogariam cimento por cima dele. Ou, ainda, o jogariam no rio para que fosse devorado por piranhas. Nem sua esposa e nem suas filhas teriam a oportunidade de chorar por ele e lhe prestar o último adeus, sepultado que fosse, cremado que fosse, para o raio que o parta que fosse.

 Ficou furioso, e aquilo lhe deu o último ânimo, o último fôlego. Iria vender caro a vida. Acelerou mais e começou a ziguezaguear. Quem sabe aquele filha da puta grandão não era tão bom tratorista assim? E se tombasse aquela merda, o jagunço iria socorrê-lo. Aliás, poderia até morrer no tombo, né, com o trator caído em cima dele – já tinha ouvido falar que era perigoso e que havia tratorista que morria daquele jeito, esmagado embaixo de sua ferramenta de trabalho. Mas aquele cara era bom e o ronronado que ouviu do Falk significava exatamente aquilo que estava acontecendo naquele instante: o louco do trator acelerava a máquina, iria alcançá-lo antes do *cowboy* que corria logo atrás fazendo mira para acertar Flamarion antes do esmagamento iminente. Mesmo com toda a garra do mundo, ia morrer de tiro ou atropelado naquele descampado ermo, no meio do nada, longe de tudo e de todos que mais amava. E iria, no fim das contas, servir de comida às piranhas.

### Vitor além da vida

Ouviu um terceiro barulho. De motor. Na hora não percebeu, o desespero era tamanho, e além do desespero veio junto mais um tiro. Depois ele descobriria que o tiro, que não o acertou por milímetros, na verdade o salvou. O terceiro barulho era de uma viatura policial, daquelas novas, caminhonetes preparadas para tudo, turbinadas, cabine dupla, e nela estava uma equipe completa de policiais civis, com a delegada de pernas bonitas – ele descobriria depois que ela se chamava *Vanessa* – no banco do carona. A viatura chegava da curva da estrada que seria a divisa do milharal com um pequeno vilarejo de duas ou três casas e que representavam até então para Flamarion o fim da corrida e a chance de sobrevivência. Bem, ele não chegou até sua salvação, não conseguiu alcançar o povoado e se esconder de seus perseguidores, mas foi por lá que veio a salvação pelo veículo com os policiais. Com o tiro, ficou claro para eles que aquela estranha corrida representava um crime em andamento, o giroflex foi ligado, a sirene ligada, e a delegada botou meio corpo pra fora da janela e sacou de uma pistola – isto Flamarion viu, e na hora que viu, na paranoia de quem acha que vai morrer, por um instante achou que aquele gesto era de mais uma pessoa que queria atirar nele. Mais um candidato a seu carrasco. Não intuiu, porque não deu tempo, porque o medo da morte lhe sufocava os pensamentos, a estranha coincidência da chegada dos policiais para salvá-lo.

O que aconteceu em seguida foi muito rápido. A delegada disparou, e um policial no banco detrás também disparou em seguida. O trator parou por um instante, depois tentou dar marcha ré, mas aquele bicho é ruim demais de marcha ré, nem se sabe se tem uma – ao menos, Flamarion não sabia. Ouve mais um tiro, este do jagunço, mas não era mais na direção do alvo que corria que ele disparou, mas na viatura dos policiais que chegavam, e então ouve um berro e era o jagunço caindo, crivado de balas, mas isso Flamarion não ouviu mais, porque desfaleceu no chão, meio de exaustão, meio de pânico, e então tudo ficou escuro pra ele.

# OITO

Parou de chamá-lo de Nô. Se o nome dele era Udo, então era de Udo que iria ser chamado. E pouco a pouco também passou a tratá-lo como seu anfitrião, e não como um serviçal, como preto velho de fazenda, como escravo alforriado, que era a origem de todos os pretos velhos de fazenda da época de Monteiro Lobato e dos rituais de candomblé se popularizando país afora. Se Diana estivesse ao seu lado naquele momento, concordaria que a figura do preto velho ocultava um mal simulado racismo – e daria parabéns a ele pela iniciativa, tardia, mas louvável. Mas Diana não estava por lá, ao menos não fisicamente.

Havia um motivo bem bom para gostar de Udo, que era de longe o mais equilibrado de todas as estranhas criaturas que Vitor havia conhecido até então naquele estranhíssimo novo mundo. O histrionismo de Ix o fizera cansar-se dele com cinco minutos de conversa, e depois veio o susto, e muito embora fosse um susto necessário e que servira para ajudá-lo a entender melhor aquele lugar e sua posição por lá, por mais de uma vez considerou irresponsável e imprudente a conduta de seu cicerone durante as visões no lago. Ele poderia ter feito tudo o que fez, mas preparando Vitor antes. Poderia ter usado alguma estranha anestesia mental, de qualquer modo prevenindo-o. Era como naqueles passeios de bananão pelo litoral de Porto Seguro: o passeio poderia ser com emoção ou sem emoção, como diziam os baianos aos turistas. Com emoção era com susto, com a boia em forma de banana gigante piruetando e dando caldo e tombando os turistas aboletados no dorso da boia gigante em forma de banana. Sem emoção virava um passeio gostoso, tranquilo e calmo. Ix preferira com emoção, e o susto quase matara Vitor de novo, se é que já não estava morto – era difícil demais saber disso agora. Quanto ao Amálgama, bem, o próprio apelido que lhe contemplara demonstrava o enorme desapreço que o visitante nutria por seu anfitrião, o cara das más notícias, das meias verdades, o fanfarrão metido que parecia um gerente grosseiro de hotel de quinta categoria avisando que iria faltar luz no prédio. Ou que a salada comida no jantar estava azeda ou envenenada. Então, daquele grupo o Udo era o mais caladão, mas era o mais confortável de se lidar.

E aquele estranho mundo seguia calmo e tranquilo com os dois também estranhos conviventes daquela cabana. Vitor pouco a pouco foi aprendendo a se comunicar sem palavras com seu anfitrião, mas às vezes as trocavam em uma estranha linguagem atemporal que nada detinha de gírias ou expressões fugidias de origens geográficas, até porque Vitor parecia cada vez menos gaúcho e Udo, bem, Udo era daquele mundo e ao mesmo tempo não era dele. Por falar nisso, resolveu certa feita perguntar-lhe a origem, e fazê-lo em voz alta, o que estava cada vez mais raro por ali. A maior parte daqueles momentos juntos, quando os dois novos amigos não estavam cozinhando ou cuidando das estranhas aves semelhantes a galinhas que vinham soltas do bosque, sem galinheiro – galinheiro pra quê? Onde não havia mortes, não havia estranhas galinhas mortas... Bem, quando não faziam nada de útil e prazeroso juntos, passeavam próximos às matas e catavam seixos que jogavam ao lago, sem se descuidar em manterem-se próximos da cabana, quase com medo de retornar ao lago eterno onde Ix enfeitiçara o novo habitante daquele limbo etéreo. O que falavam era para não deixar de ser falado, era para não desacostumar a voz. Mas a curiosidade fez com que o visitante provocasse a conversa, certa vez com os dois em um caramanchão tomando um chá de uma erva estranha que de repente aparecera por lá em um saquinho e que não lembrava o chimarrão das origens de Vitor. Era mais forte, mais agridoce.

– Você está aqui por gosto? – perguntou ao novo grande amigo.

– Gosto de estar aqui. – Udo respondeu tranquilo, bebericando o chá – Responde sua pergunta?

– Claro que não! Você sabe disso.

Ele riu. Não o vira rir até então. Era um riso gostoso. Vitor já ia falar "de preto velho", mas era um riso gostoso de qualquer jeito, vindo de um coreano ou caucasiano, ou de um extraterrestre. Era um riso que te convidava a rir com ele, e Vitor acabou retribuindo às gargalhadas. Também era a primeira gargalhada dele ali, no limbo.

– É que sua pergunta não é das mais espertas. Quem é que gostaria de sair de sua vida e vir para esta vida? – olhou em volta e abriu os braços para o caramanchão, as árvores e o céu limpo, limpo, limpo, com um sol resplandecente que no entanto não era tórrido, aquecia pouco, iluminava mais e brilhava bastante. Era um dia perfeito.

– É uma boa vida, né? Se for analisada objetivamente. Você domina este conceito Udo, "objetivamente"?

– De novo essa história de preto velho ignorante e submisso? – riu, mas mais irritado. Vitor também jamais o vira irritado. – Não entende que isso tudo é sua memória e que não sou assim? Quer que vire alemão pra parar com isso e ficar achando que sou um matuto? Pronto, eu viro alemão.

E virou. Os cabelos crespos ficaram longos e louros, ele aumentou uns vinte centímetros e perdeu a barriga. Ficou troncudo e com peitos de halterofilista e ombros largos, sua barba ficou longa e comprida e os olhos de um azul cristalino. Sua voz mudou, ficou roufenha e puxando erres, como nos gringos das piadas. E tudo aconteceu na frente de um Vitor estarrecido, claro.

– Pronto. Agora não vai mais me achar ignorante. Sabe que nós brancos somos todos uns racistas enrustidos, né? – e riu. Mas o novo Udo também perdera muito da simpatia. Vitor então percebeu que os tipos e caras, os rostos e jeitos dos lugares e pessoas que estava conhecendo se amoldavam à sua memória afetiva como uma espécie de autoproteção, de anticorpo psíquico que não o deixasse ainda mais perdido do que já estava. Seu cérebro procurava referências internas para não mostrar aos seus olhos o mundo estranho que de fato o envolvia. Buscava reminiscências que lhe fossem familiares, inconscientemente as plantava no seu novo dia a dia, substituía os corpos e paisagens estranhas por imagens e personagens afetuosos de sua infância e adolescência, a época em que mais se ama. Era assim que se defendia daquele mundo estranho.

– Desculpe se pareci ofensivo. Não pretendi. É que não o conheço e temos que ir nos ajustando enquanto nos comunicamos. Não sou racista. Estava diante de um preto velho de fábula e agora estou diante de um nórdico viking de série de TV. É bastante estranho, né? É o suficiente para confundir qualquer um.

    O viking Udo sorriu de novo. Era de novo um sorriso cavalheiresco e terno. O sorriso dizia, através do pensamento, que o estranho era o normal ali, e que Vitor deveria ir se habituando àquilo. Depois chamou Vitor para um passeio, sempre com seu olhar, e Vitor respondeu que sim com o pensamento. E foram. O caminho era sempre o mesmo e era sempre diferente por lá. Havia o cenário idílico, o tempo agradável, lagos e um córrego cristalino com peixes de se pescarem de quando em vez, fáceis de pescar, mas não muito. Aves normais e aves estranhas. Bichos da floresta felpudos, como em desenhos animados Disney e árvores frondosas e coloridas com borboletas e outros insetos aprazíveis e que não picavam e nem coçavam. Mas o caminho apresentava surpresas sempre, a maioria delas agradáveis, outras nem tanto. Não dava para saber nunca o que surgiria atrás de uma curva da vereda em que caminhavam e que seguia por arbustos e sebes, com o solo forrado por pedriscos que, é claro, ninguém nunca iria saber quem foi que pusera ali.

    Vitor começou a pensar que estava vivendo ali uma espécie de férias forçadas, e não uma experiência de morte ou quase morte. Era como esperava superar o choque daquele fenômeno incrível. Também era uma maneira de esperar por um retorno à vida. Afinal, férias tem fim sempre. Aliás, acabam logo. Se bem que polícia não tem férias de verdade. É polícia o tempo todo. Se recordou de um passeio à praia de Camboriú com Diana e os filhos ainda pequenos. Estirados em espreguiçadeiras na areia branca da praia, com um vento quente a fustiga-los. Logo ao lado, gringos, que riam e falavam alto, um pouco por serem *hermanos*, outro tanto por estarem ligeiramente embriagados. Surgiram do nada dois assaltantes, armas em punho, e partiram para as suas presas preferidas, gringos loiros que falavam outra língua e geralmente estavam com dólares e joias. Vitor se lembrou da arma na pochete deixada sobre a areia ali ao lado e viu seus filhos e rezou pra não ter que disparar. Bala perdida perto de seus meninos era fora de questão, mas também temeu que os bandidos chegassem até sua família e, vasculhando seus pertences à força da mira de suas armas, encontrassem sua pistola e também sua identidade funcional. Se pegou rezando baixo para que os assaltantes se satisfizessem com os gringos e fossem embora. Chegou a ensaiar se levantar e por sua família em fuga, mas seu filho foi tirar a areia da sunguinha na beira da água e aproveitou para ir junto, levando discretamente a pochete com a arma escondida debaixo do braço. Com o olhar explicou à Cintia que era para sair da areia e foi o que ela fez, carregando as duas meninas em um repelão como quem carrega dois sacos de batata, uma embaixo de cada braço, quase. Engraçado como um casal casado depois de certo tempo começa a se comunicar com olhares e silêncios e era assim que se comunicavam. Eram um casal perfeito. Meu Deus, como sentia falta dela, como será que ela estava? Naquela manhã, na praia, ela saiu ligeiro de perto dos assaltantes e Vitor presenciou de longe quando eles se saciaram da rapina, deram um tapa na cara do argentino mais falante e foram embora levando dólares, joias e a dignidade de suas vítimas. Sentiu alívio, mas sentiu vergonha, vergonha por ser policial e não poder fazer nada. Imprestável ali, mesmo armado. Impávido, metido a bravo, mas que teve que ser mocinha, teve que ser manso, pra não arriscar aos filhos e à esposa. Mesmo de férias, era policial, e policial não tem férias nunca.

Resolveu por em prática um plano que intuíra ainda naquele dia mais cedo, e aguardava que seu acompanhante lhe desse a deixa, o gancho pra tocar no assunto. Só que ali parecia que todos falavam por enigmas e parábolas, mensagens truncadas, o que lhe dava nos nervos, então resolveu ser direto, meio falando e meio transmitindo pensamentos (ele já estava ficando craque nessa forma genial de comunicação que só era possível ali).

– Udo, porque entrei em choque aquele dia no poço?

O viking o olhou com curiosidade, ele que andava ligeiramente à frente e teve que olhar para trás para responder, encarando Vitor bem nos olhos, que era como sempre ou quase sempre fazia.

– Foi o susto de ver você do outro lado. Nós nunca sabemos se voltaremos. Juntou isso tudo e aconteceu. – sorriu, antes de completar: – O resto foi exagero do Amálgama, não é assim que você o chama?

– Ele parece bastante suscetível.

– E é. Está aqui a centenas de anos e se acha dono do lugar. Besteira, ele é apenas o veterano encarregado de tomar conta dos calouros.

– Então quem é o chefe?

A pergunta abrupta quase pegou Udo de surpresa. Quase. Ele dava sempre a impressão de estar preparado para tudo, fosse ele um negro alforriado, um viking ou um lutador japonês gordo de Sumô. Hesitou por um instante antes de responder:

– Você sabe muito bem quem é o chefe. O chefe de verdade. O chefe de todas as coisas. – E continuou guiando seu convidado por entre as sebes e veredas, e quando viram estavam passando por um local bem mais familiar.

– Estamos próximos do poço. – Vitor não perguntou. Constatou. Conhecia aquela laguna que se avizinhava ao fim da trilha. E escurecia de novo. Aquilo o arrepiou.

– É onde você queria estar o dia inteiro não? Deveria controlar seus pensamentos. Eles fogem de você e vem até a mim.

Quando o viking falou, Vitor viu em seus olhos que ali dentro ainda habitava o preto velho do quadro de sua infância e que era tudo um grande e complexo quebra-cabeças de personalidades aquele ser ali à sua frente. Mas, permitiu-se filosofar, que pessoa não era tanto ou quanto um pouco assim nessa vida? Ou nessa morte?

– E então? Vamos? – era mesmo o preto velho Nô dentro do germânico Udo – tenho certeza que não vai passar mal dessa vez.

– Como sabe?

– Foi a surpresa. Você não estava preparado, só isso. Agora já sabe que aquilo ali é um portal que te mostra o outro lado, aquele de onde você veio, e aquele para onde pode voltar?

– É possível? – indagou Vitor, e leu na mente de Udo a resposta: "possível é. Não sei se é provável."

Vitor tinha mais alguma coisa pra dizer, pra perguntar, mas não disse porque de repente o platô em que se encontravam desvirginou a mesma paisagem da outra visita incrível, e viu o poço formado pelo lago represado à beira de um gramado incrivelmente bem aparado pela mãe natureza, obscuro de um lado, onde tivera as visões, límpido do outro. Aquela visão não merecia ser interrompida por qualquer indagação ou pensamento estranho que interrompesse o descortinar daquele local

### Vitor além da vida

incrível, daquele... como era mesmo que Udo dissera? Daquele *portal*. Foi seu anfitrião quem rompeu o silêncio, no entanto:

– Você deseja me perguntar mais coisas. – Era uma afirmação e não uma pergunta. – Aproveite que hoje estou bem falante.

Vitor desta vez não se deu ao trabalho de estranhar que o novo amigo lhe adivinhasse aos pensamentos. Afinal de contas, não era uma *adivinhação*, era um *leitura* – isso já aprendera. Aproveitando a loquacidade incrível do até então taciturno anfitrião, seja na versão antiga, seja na atual, foi logo procurando saciar sua curiosidade em uma impetuosa saraivada de perguntas:

– Se Ix e Amálgama aparecerem, o que dirão e farão? Corremos algum perigo? Esse portal pode me devolver até minha casa e minha vida? O que mais podemos ver nele?

Udo ria baixinho e foi amiudando o passo. Permaneceu em silêncio por alguns minutos enquanto iam se aproximando do lago com o poço, daquela distância apenas um visível manancial de água límpida e cristalina. Não teve pressa para responder, parecia estar escolhendo as palavras por alguns minutos que pareceram horas. Caminhava enquanto o fazia, no entanto, o que tranquilizou Vitor. Finalmente se sentou a alguns poucos metros do declive que levava ao manancial de água, ao portal. Massageou os pés que outrora estavam envoltos em sandálias de tiras estilo franciscano e agora calçavam botas de camurça medievais. Estava com uma bolsa a tiracolo, de onde tirou uma flauta que começou a dedilhar sem soprar. Vitor ficou apreensivo: se ele começasse a entoar músicas medievais ali ou chamasse cobras ou outros bichos como o flautista de Hammelin, poderia vir alguma coisa selvagem e brava, ou simplesmente ele poderia ser deixado ali, esperando, por horas, enquanto o amigo brincava de músico à beira do precipício entre dois mundos.

– Não se aborreça. – Udo respondeu ao que não foi perguntado – A música é para relaxar. E não corremos risco de represália alguma. Já sofremos entre dois mundos, em um lugar sem tempo, nas incertezas que o destino nos prega. O que mais poderiam fazer conosco? Cortar nossa sobremesa? A preocupação da outra vez era com sua reação e ela já ocorreu, para o bem e para o mal, e nada é segredo aqui. O que é segredo é porque ninguém sabe, não porque seja uma verdade escondida, entendeu?

Vitor anuiu com a cabeça e também se sentou. Estava cansado. Haviam andado horas.

– Pois bem. Esse portal mostra o lado de lá, não consta que seja uma passagem física – Udo continuou bondosamente a responder. – Não quer dizer que não possa vir a sê-lo em breve, tudo aqui depende do chefe e o chefe não se pronunciou ainda. E, quanto à sua última pergunta, tudo o que é real pode ser visto através dele. Ele só não prevê o futuro.

– Então dá pra ver o passado?

Udo o olhou profundamente, de novo bem nos olhos. Parecia satisfeito com a perspicácia de seu hóspede. Orgulhoso como um mestre que contempla o êxito de um aluno, ou um pai que se satisfaz com o sucesso inesperado do filho.

– Isso Vitor. – respondeu, por fim. – Finalmente você entoou a cantiga certa. Não importa o *onde*, o *onde* é sempre o mesmo. O importante no portal é o *quando*, é esse que transfigura tudo, que muda sua percepção de mundo. Mas o que você quer ver?

Vitor não titubeou:

– Quero descobrir quem me mandou pra cá.

# NOVE

Estavam sentados em uma mesa de reunião discreta e de estilo espartano, bem politicamente correta para aqueles dias em que se questionavam gastos públicos por todos os portais de notícias e programas jornalísticos de rádio e TV. Afinal, ali era a sede da polícia civil mineira e por lá se deveria seguir o exemplo de contenção de despesas que tanto agradava aos contribuintes e ao eleitorado. E aquela reunião em específico era liderada por Denis Cupertino, claro que suportando a figura vigilante do homem de recados do chefe de polícia. Hendrick abandonara a tentativa de postar-se distante e comportar-se como uma samambaia indiferente ao que ocorria e parecia interessado naquele específico encontro, e havia um motivo para isso: aquele homem baixo com terno fora de moda e gravata amarfanhada à sua frente, com um bigode que embranquecia cada dia mais um pouco e uma barba por fazer que denunciava mais ainda sua completa ausência de vaidade.

O sujeito era Paulo Roberto Silva, uma lenda viva na polícia mineira. Mesmo discreto e com raríssimas aparições públicas, fora por muitos anos o responsável pela elucidação de diversos crimes até então insolúveis que vez ou outra ocorriam e eram alardeados pela mídia. Mesmo depois de vários anos aposentado, se sabia que discretamente já havia ajudado a polícia por diversas vezes, em uma delas interrompendo as ações de um serial killer e solucionado um misterioso duplo homicídio envolvendo gente graúda da alta sociedade belorizontina. E ele estava ali, o haviam retirado do ostracismo para tentar solucionar a tentativa de homicídio de um colega de profissão. Talvez, considerou Hendrick, porque diante do impasse nas investigações até ali, passadas semanas do atentado e com Hanneman entre a vida e a morte, agonizando e em coma, finalmente começassem a gerar uma onda de descrédito institucional e mesmo dentro da corporação. Colegas de profissão da vítima demonstravam rumorosa execração da chefia em redes sociais, e aproveitavam para cobrar mais empenho e recursos para descobrir ao autor daqueles até ali misteriosos disparos.

Silva estava acompanhado de um homem alto e louro que entrou mancando e com uma bengala. Se disse que era um assessor informal de Silva e que recém passara por um percalço envolvendo bandidos, tiros e onça pintada lá pelas bandas do Mato Grosso, mas Hendrick não prestara muita atenção. Também lhe passava pela cabeça carreirista de alpinista social que Cupertino certamente tinha um plano B para aquele auxílio tirado da manga, quando resgatara ao famoso inspetor Silva da aposentadoria: satisfazer aos colegas policiais, que tinham naquele baixinho com cara de cafetão argentino a um ídolo do passado. A um Neymar das investigações criminais. Certamente que Cupertino também teria um plano C, e com isso Hendrick começou a considerar ao delegado carrancudo também um estrategista: se tudo ainda assim desse errado e não descobrissem quem tentara matar Vitor Hanneman, sempre daria para por a culpa no velho tira aposentado e tirar o corpo fora! Sim senhor, sim senhor! Hendrick Machado sem dúvida havia subestimado ao delegado Cupertino, que estava demonstrando ali ser uma raposa velha da polícia e da política. Sim, senhor.

– Se já foram feitas as apresentações, e elas agora são inúteis, gostaria que o Eudes passasse para o inspetor tudo o que sabemos até aqui – e Cupertino apontou para o perito que estava sentado em uma das pontas da mesa ao lado de uma tela escura de TV grande e um computador bem defronte de si. Estava claro que as duas engenhocas estavam conectadas.

Eudes Bonfim pigarreou antes de começar a discorrer novamente sobre todo o apurado e a mostrar as imagens que já analisara centenas de vezes, iniciando a explanação padrão que já fizera e repassara para vários daquela mesma equipe que ali se encontrava e mesmo em uma reunião com o chefe de polícia Angelo Álvaro, que se fizera ausente ali mas tinha em Hendrick seus olhos e ouvidos. Só que agora estava diante de Silva e de seu amigo Aristides Flamarion, que já o haviam ajudado a solucionar estranhos casos de homicídio ocorridos em uma cidadezinha do norte de Minas, a qual não se recordava o nome. Gente que era induzida ao suicídio. Sabia que os dois eram feras e tinha admiração intensa pelo velho inspetor Silva, além de ter em boa consideração a Flamarion, que sempre lhe pareceu um boa praça curioso, honesto e cooperador de polícia. Além disso, sabia que era investigador de sinistros conceituado e quase morrera também ele assassinado por bandidos e no cumprimento do dever, dias atrás.

Ou seja, apesar da história ser velha e requentada, Eudes estava nervoso diante dos novos integrantes de sua plateia. Sabia que Silva poderia ver coisas que até então não observara e fazer perguntas que até então ninguém lhe fizera, mas estranhamente o experiente inspetor permaneceu calado e carrancudo, como de fato e sempre o fora, por toda a longa explanação. Perscrutava as imagens com um olhar calmo, mas profundo, enquanto a sequencia de gente entrando e saindo e a calmaria prévia aos disparos e a correria posterior a eles eram passadas e repassadas no monitor sob o comando do perito. Ele continuava procurando esmiuçar as investigações e os trabalhos até ali realizados, torcendo para não ter esquecido detalhes relevantes na frente do maior exemplo de raciocínio analítico da polícia judiciária.

Finalmente terminou. Os rostos a sua volta denunciavam cansaço. Desde que a força tarefa fora criada pouco mais de uma semana antes, aqueles policiais haviam conseguido dormir muito pouco. Talvez o mais descansado ali fosse o Delegado Hendrick, mas mesmo ele, que não se preocupava muito com o resultado das investigações, era obrigado a seguir o trabalho incessante e as reuniões e investigações noite adentro, ao menos em parte, porque sua incumbência era cobrar resultados e reportar fracassos – e pelo menos a segunda parte da missão ele estava desempenhando muito bem.

Silva, é claro, vinha de noites bem dormidas, a não ser a última, em que fora recebido pelo amigo Flamarion na casa deste, acompanhado de Cupertino, e o pusera a par daquele novo mistério em que iriam se imiscuir, para o desespero da esposa do investigador de sinistros que já se cansara dos apuros do marido, quase sempre ao lado de Silva. Não daquela vez, por certo, pelo último e derradeiro susto de Flamarion no Pantanal, mas ela acreditava piamente que aquela tendência impressionante do marido em se envolver com assassinos psicopatas estava ficando recorrente graças à influência famigerada do velho inspetor.

– Pois muito bem. É o que temos até aqui. – Cupertino interrompeu aparentemente para encerrar a explanação – O resto do time, que não está presente, analisou um a um todos os problemas envolvendo o investigador Vitor Hanneman, que era um fiel cumpridor da sua função, prendeu muita gente, mas aparentemente não fez inimigos, ninguém perigoso pelo menos e até o que se saiba.

O fato de Cupertino se referir à vítima que não morrera já no passado não passou despercebida e foi incômoda, mas o irreverente da turma, Emerson Kleverson, cortou o mal estar:

– Na vida profissional, ok, inspetor. Na vida privada não tivemos ainda oportunidade de esgotar as linhas de investigação, mas pelo que percebemos o Vitor era caseiro e não tinha problemas dentro ou fora do lar. Pelo menos não tinha problemas fora da normalidade, né, Arrudão?

José Carlos Arruda, o Arrudão, era outro que idolatrava Silva e estava bastante satisfeito de trabalhar de novo com o velho mestre, que o orientara ao longo da carreira, que praticamente o desmamara na polícia. E, como sempre, Arrudão falava pouco, calado estava, calado ficava, e somente aquiesceu diante da deixa do colega.

– Estamos lutando contra o tempo, inspetor, essa é que é a verdade, a verdade é essa. – O bom Arruda olhou para baixo, envergonhado. Silva tinha o condão de constranger as pessoas com um olhar fixo que parecia enxergar a alma de seu interlocutor.

– Bom, não é muito, mas nunca vi um crime sem motivo em mais de trinta anos apurando homicídios. – Silva falava para todos, mas olhava para Cupertino.

– Tem gente que guarda ódio na geladeira, Silva. Você nem sonha que o sujeito quer vingança, passam-se anos e de repente o criminoso sai da toca e dá um jeito covarde de liquidar a fátua. Nós já vimos isso, não?

Haviam visto, os dois velhos policiais. Um marido traído havia desculpado publicamente a esposa, fingiu ter perdoado, perdoara até o amante conhecido do casal. Vários meses depois simulou um assalto à esposa, que abatera a tiros. Dera um trabalho enorme para Silva e Cupertino, naquela época ainda com Rubens Flamarion, o pai de Aristides, na equipe.

– Então vamos dar tempo pra Arrudão e o colega dele. – aqui Silva se referia a Kleverson, que pouco conhecia – Que cavouquem mais o passado da vítima, enquanto isso gostaria de levar uma cópia das imagens, pode ser?

Eudes assentiu e Cupertino, é claro, iria aquiescer em seguida, mas Hendrick teve a infeliz ideia de interferir. Ele que ficara quieto, assuntando a todos, até ali, interrompeu o que seria o desate prático da reunião:

– Não é sigiloso demais pras imagens saírem por aí? – olhou em volta, buscando alguma adesão.

– Como quer que ele nos auxilie? Jogando cartas de tarô? – Cupertino cuspiu as palavras, estava farto daquele menino crescido inconveniente empoleirado por cima dos ombros de todos como um papagaio de pirata bisbilhoteiro. – Se trouxemos Silva da aposentadoria é porque precisamos da ajuda dele, não lhe parece?

Silva se levantou, Eudes rapidamente passou um pen-drive para ele e a reunião se dissolveu, incômoda. Silva, Flamarion e Cupertino saíram primeiro e deixaram Hendrick para trás com

### Vitor além da vida

os outros tiras. *Por Deus,* pensou Flamarion, *se ele nos segue vou assistir o velho Cupertino sacudi-lo pelo colarinho,* porque o delegado estava furibundo e Aristides nunca o vira assim. Talvez seu finado pai tivesse lidado com ele bem mais jovem, vigoroso e com a testosterona em alta, mas nunca lhe havia relatado a isto, ele que fora o fiel parceiro de Silva na ativa, vinte, trinta anos atrás e até sua morte relativamente precoce. Mas até ali não lhe parecera possível que aquele respeitável senhor com cara de professor de português do ensino médio pudesse perder as estribeiras tão rapidamente assim.

Foram andando prédio afora. Silva e Flamarion somente haviam se encontrado no dia anterior, porque o investigador de sinistros fora resgatado do Pantanal por um avião da Polícia Civil e por interferência do próprio Cupertino após autorização do Chefe. Afinal de contas, Paulo Roberto Silva o queria nas investigações e a apuração do atentado contra Housemann era considerada prioridade absoluta pelos policiais mineiros. E, é claro, pela opinião pública, era aquilo que mais incomodava a chefia. O dia inteiro tinha sido tenso, com Flamarion explicando a Silva suas peripécias enquanto era sabatinado pela esposa e pelas filhas, agora já mocinhas. Silva se enternecera com elas, uma namorando sério e estudando medicina, as outras duas já no ensino médio. Elas se lembravam do "tio" que haviam conhecido a quase dez anos e que de lá para cá pouco haviam visto, mas o velho inspetor era bastante falado naquela casa. Um tipo anedótico e meio mentor espiritual para Flamarion, enquanto sua esposa o considerava um tormento que levava o marido para aventuras perigosas, apesar de também gostar do amigo episódico do casal.

– Pelo menos dessa vez a culpa não foi minha, Cinthia. – Limitara-se a brincar o inspetor, quebrando um pouco a carranca séria e avessa à piadas. Era o máximo a que se permitia em termos de descontração, e porque eram o filho e a nora de seu finado amigo Rubens que estavam ali. Como se fosse sua segunda família.

– Ele aprendeu contigo. – Cinthia Flamarion sempre fora uma mulher geniosa e não escondia isso de ninguém.

– O que é isso, amor? – Flamarion, deitado em um sofá com compressas nas pernas estropiadas pela longa corrida, procurava apaziguá-la. – Foram os contatos do inspetor que me salvaram. Só assim a polícia me resgatou.

– Precisava bancar o herói, Aristides?

Silva bebia o cafezinho servido à moda mineira, com pães de queijo que a experiente empregada da casa servira, apesar da aflição diante do resgate do patrão. Porque Aristides era o único homem a residir ali. Por vezes ele se sentia como um sultão em meio a um exército de mulheres: Cinthia, as três filhas e a empregada, quando não era a sogra que estava por lá – o que era quase sempre. Aquela bagunça que ele achara que jamais iria voltar a ver, aquela santa bagunça que tanta falta lhe fazia, era por demais abençoada para reclamar dela. Preferira ser xingado, mas estar ali. Na berlinda, mas amado. E agradecia à mulher pelo sermão, e ao inspetor pelos silêncios entremeados de alguma simpatia.

Mais tarde é que botaram a conversa em dia, antes da reunião na polícia. Já deixados na sala, filhas cada uma para um canto, como acontece com os jovens, Cinthia ao telefone com a mãe, narrando o susto, exagerando aqui, elogiando o marido herói acolá.

— O seu pai morreu e não falou nada. — Olhou nos olhos do amigo, com dor. Sabia que Silva só tinha o pai e um irmão distante, geograficamente e de alma. — Deve ter sido duro. Tentei te localizar, juro. Mas você não atende telefone. Porque tem celular, afinal de contas?

— Para usar em caso de emergência. E jogar xadrez on-line. Eu precisava passar um tempo só. Éramos muito ligados, você sabe.

Aristides Flamarion parou para pensar. Eram mesmo. Hermógenes Silva fora um pai avô desde a juventude do filho, jogavam xadrez e caminhavam juntos. O velho nunca se casara de novo e havia virado um celibatário e transferido isso a Silva. Fora alguns romances passageiros com mulheres ligadas à sua atividade profissional, o filho sempre se dedicara à solteirice com alguma resignação e, quem sabe, satisfeito em não desfrutar dos confortos do casamento. Depois de aposentado do serviço público, Hermógenes ficou ainda mais caseiro e muito de vez em quando saíam os dois para pescar ou ir para Caldas Novas tomar banho quente — disso o velho gostava bastante. De resto, cuidava do filho dando-lhe sobretudo alento enquanto o inspetor ia se fazendo uma lenda na polícia e, em casa, um leitor de filosofia e enxadrista que ia se aperfeiçoando em computadores. Era estranho, na verdade, que Silva desligasse o celular após o luto, ele que da modernidade abraçara somente, mas tanto, a tecnologia.

— Foi de repente? — perguntou ao órfão decano.

— Não se morre de repente com oitenta e oito anos, Flamarion. Mas morreu dormindo como um passarinho. — por fim admitiu: — Sim. Foi de repente.

— De certa maneira é uma sorte, sabia? Meu pai sofreu alguns meses com enfisema. E morreu novo.

Silva sorriu. Fora um afortunado com aquele pai, não podia reclamar, mas reclamaria agora de Flamarion, a quem considerava, senão um filho, a um irmão bem mais novo. E peralta.

– Nunca mais na sua vida passe por isso de novo – e sacudiu o dedo em riste, de maneira branda, mas rigorosa, bem na cara do amigo. – Você quase não volta para casa, meu rapaz! Não se vai sozinho em busca de pistas de crime em local estranho, e sem consultar a polícia.

– Bem, consultar a polícia eu consultei. De princípio é que não adiantou muito – acrescentou, sorrindo. – E obrigado pelo "rapaz"! Já tenho mais de quarenta anos, inspetor.

– Então use a maturidade para evitar essas enrascadas. E está bom para andar? Temos que ir à chefatura, no caminho vou te contar do que se trata. – Silva ainda chamava a chefia de polícia de "Chefatura" e policiais de "tiras", como antigamente. Flamarion achava graça, porque o pai, ex-parceiro do inspetor, procedia da mesma forma.

E depois da reunião na "Chefatura" andaram apressados, do jeito que Flamarion ainda lento permitia. Pegaram um taxi e tocaram para casa de Silva para aproveitar o resto do dia. Ele queria rever as imagens da cena do crime do jeito que desse e à exaustão, como era de seu feitio no curso de uma investigação. Silva era um obcecado pelo trabalho policial que havia jurado abandonar de vez tão logo se aposentara, promessa que descumprira primeiro a pedidos de Flamarion, depois por conta dos velhos amigos da polícia que não o deixaram em paz por todos aqueles anos. Afinal, ele possuía um talento único para apurar crimes misteriosos, coisa rara e que somente não havia alcançado a grande imprensa porque o velho tira era avesso a qualquer espécie de barulho de imprensa. Mas dentro da polícia, Silva tinha sido e ainda era "o cara".

Pararam no prédio em que o inspetor sempre havia morado, celibatário que nunca se casou, a vida toda ao lado do pai e, agora órfão aos sessenta anos, sozinho. O prédio era na área menos pior do velho centro de Belo Horizonte, mas ainda infestada de botecos baratos, putas e drogados, principalmente depois de certas horas da noite, quando o comércio frenético de roupas e bugigangas por ali se fechava. Nada que incomodasse Silva, que vivia daquele povo toda a sua vida, eram a sua clientela na polícia e fora dela. O prédio era antigo, daqueles arranha-céus com elevador único que sempre enguiçava, apartamentos enormes com um ou dois banheiros e nenhuma garagem. Coisa da década de 1960. Para ele também estava bom, aquela tinha sido a sua época, afinal de contas.

Flamarion já conhecia o apartamento, mas não a versão "sem o seu Hermógenes". O local permanecia amplo, mas estava triste e, conquanto limpo, com uma estranha desorganização: nada faltava, mas parecia que a maior parte daquele lar estava desativado ou fechado para balanço. Havia lençóis cobrindo os sofás da sala de visitas e a mesa da copa estava claramente sem uso, com caixas de papelão fechadas sobre ela e cabides de roupas antigas debruçadas nas cadeiras. Os quartos com as portas fechadas (Flamarion acreditava que estivessem de fato trancadas), a não ser aquele do fundo do corredor que sempre fora o de Paulo Roberto Silva, onde tinha sua parafernália eletrônica usada para rastrear coisas e pessoas e que nunca abandonara, mesmo depois de aposentado e, talvez, por conta disso se tornara mais e mais usuário daqueles buscadores tecnológicos, por puro hobby e prazer.

Para receber Flamarion ou qualquer outra visita sobrava portanto e somente a cozinha ampla, que foi para onde rumaram. Enquanto Silva "coava um café", como ele próprio gostava de dizer, deixou a água na chaleira e foi buscar um notebook que depositou no balcão defronte de Flamarion. Ligou a máquina enquanto terminava de jogar a água fervente por sobre o pó de café cheiroso depositado no coador de pano e, dali, para as xícaras antigas, de porcelana chinesa, coisa certamente da finada mãe do inspetor. Com o computador aberto Silva inseriu o pen-drive que Eudes havia lhe passado e começou a organizar as imagens do dia do homicídio – tentado ou consumado, ainda não se sabia. Restava esperar que Vitor vencesse a luta contra a morte.

– Espero que o café esteja bom, Flamarion. – Ele nem olhava para o amigo, mas para a tela do computador.– O que achou da nossa nova turma de colaboradores?

– Bons. Denis Cupertino ajudou a salvar minha vida, ligando para aquela delegada que nem tinha me dado atenção lá no Pantanal. E sempre foi ponta firme conosco. Arrudão e Eudes são velhos amigos seus. – Olhou mais incisivamente para o inspetor antes de concluir: – Posso até dizer que são "nossos" amigos, depois do caso do Verdugo. Os outros eu não conheço, mas não acho que vão prejudicar em nada.

– O chefe de polícia colocou um lacaio dele lá. Um X9. – Silva fazia renascer o termo que se usava muito tempo antes de Flamarion nascer e que definia delatores e alcaguetes no meio policial e da bandidagem. – Mas tem razão. Não vão feder e nem cheirar.

### Vitor além da vida

O dono da casa continuava cutucando as imagens com a atenção dispersa. O investigador de seguros sabia que não adiantaria muito tentar mais um dedo de prosa naquele momento, e estava ficando tarde e sua perna doía. Levantou a xícara de café ainda fumegante e propôs um brinde, antes de se retirar:

– À elucidação do caso e a um novo mistério em suas mãos, então, meu bom amigo – e sorriu, esperando a adesão de Silva.

O inspetor, após um breve instante de hesitação, levantou também ele sua xícara de café, encostando-a na de Flamarion.

– Só errou no motivo para o brinde. – e concluiu secamente: – Vamos brindar à vida de Vitor Hanneman. Para que se recupere rápido e possa também ele nos ajudar. Ele não morreu ainda, sabia? Tem hora que acho que estão todos se esquecendo disso.

– Tem razão. Deixe eu chamar um táxi. Ou Uber. Está na minha hora e minhas pernas estão me matando.

– Não quer ficar aqui? Há quartos sobrando – a proposta do inspetor era sincera.

– Minha mulher ia me matar. O que aqueles bandidos pantaneiros não conseguiram ela iria conseguir. O senhor parece que não conhece a Cinthia, inspetor.

– Tem razão. Vou lhe chamar um táxi. E não se esqueça do que eu te disse. Ele ainda não morreu.

Flamarion não entendia o significado daquela ênfase de Silva. Mas estava cansado e resolveu não começar uma conversa nova agora. Agradeceu o café e foi até a portaria do prédio esperar o Uber acionado por Silva. Saiu para a noite fria, intrigado, deixando o amigo às voltas com as imagens ainda misteriosas do atentado a Vitor.

# DEZ

Diana permanecia parada e rígida na sala de espera da terapia intensiva, aguardando o Dr. Proença, o que já fazia há mais de uma semana e estava se tornando algo corriqueiro. E sempre havia notícias e, ao mesmo tempo, não havia. O boletim médico era cauteloso em não dar esperanças e não tirá-las, um primor de politicamente correto que a enervava. Sentia-se culpada e inerte, inoperante e inútil, tudo ao mesmo tempo, quando lhe diziam que a situação permanecia grave e que tinham colocado uma sonda ou cateter, ela já não se lembrava, na região da cabeça, ou que ocorrera a necessidade de ministrar adrenalina durante a noite, ou que a situação de Vitor era estável, mas não progredia. Aquilo era como dizer que o jogo estava empatado, mas o empate faria seu time perder o campeonato – porque lutavam contra o relógio e se Vitor sobrevivesse após longo período naquele coma, não voltaria cem por cento ao mundo dos vivos. Ela teria um alface em vida vegetativa e não um marido.

Mas o pior não eram as notícias, era a cara dos filhos que a esperavam em casa, depois que retornava frustrada do hospital. Afinal, queriam de Diana notícias do pai, algum alento, algo agradável para tentar animar o dia naquela vida que, de repente, estava em escombros. Tentar passar para eles algo de bom depois daquele marasmo aflito que se tornara um cotidiano de notícias ruins, aquele era um drama.

Aliás, "o" drama. O pior para uma mãe. Diana se saía com um *"não piorou e está lutando. A notícia é boa."* Ou *"Filhos, seu pai luta pela vida. Se tivesse que piorar, já tinha piorado".* No pior dia, simplesmente deixou Jorge a olhando triste e foi para o quarto chorar, sem responder nada – porque nada para responder havia.

Naquela manhã, Proença demorava especialmente. Não era uma demora normal, o que a deixava ainda mais apreensiva. Desligava o celular ali, e sequer o tinha para matar o tempo enquanto aguardava. E desligava porque mensagens pipocavam. Quando não era besteira, era parente e amigo querendo saber como seu marido estava, como se ela pudesse passar alguma informação sobre isso. E havia o pessoal do escritório e da faculdade onde lecionava, que começavam a se esquecer daquele período turvo de semi-luto (como ela estava se acostumando a definir sua situação: era uma semi-viúva). Já começava a chegar notícia de serviço, porque, afinal de contas, todo mundo precisa pagar as contas, há prazos vencendo, provas por elaborar e corrigir, audiências para serem realizadas, defesas de réus presos... A coisa ainda não estava chegando como um alerta para que voltasse a trabalhar, porque essas manifestações começam bastante sutis, Diana sabia. Mas surgiam pequenos avisos disfarçados de gestos profissionais de adesão e solidariedade. O coordenador do curso fora um deles. Havia mandado uma mensagem de áudio a deixando tranquila quanto às aulas de *mais aquela semana*, com ênfase no *aquela semana*, inescondível na voz. Também sua sócia, informando que não se preocupasse, ia *ver o que conseguia fazer para tirar da cadeia aquele cliente...* aquele, importante, que pagava periodicamente honorários robustos para o escritório, salientando a importância da coisa e a premência da substituição que não duraria para sempre. Enfim, apesar de seu drama pessoal em letargia de doloroso suspense, o mundo inevitável voltava a bater à porta dela. Ela sabia. Não diminuía suas aflições, mas de certa forma era o justo.

Proença finalmente chegou. O médico simpático e galã permanecia ali, mas havia um novo ar de cansaço e sisudez em sua postura, olhar, até no gestual, ao mandá-la entrar sala adentro. Solícito, mas circunspecto como nunca antes lhe parecera. Diana entrou, como um rato em uma ratoeira.

– Tivemos uma noite perturbadora com ele. – afirmou quando se sentaram, cada qual de um lado da mesa do médico.

Ela não disse nada. Não optou por guiar Proença com perguntas, como em um interrogatório. Sabia que a tendência seriam respostas curtas, como nas salas de audiência e julgamento, e nunca a versão completa e sem cortes da verdade pensada pelo interrogado. Ali era a Diana semi-viúva e não a Diana advogada, mas sua versão profissional a impregnava de tal forma que tomava as rédeas de suas ações em circunstâncias estressantes como aquela. Era como se a adrenalina fizesse surgir a jurista condicionada a situações de conflito. E após um certo silêncio incômodo, Proença finalmente continuou:

– Uma noite perturbadora. Eu estava de plantão e foi um alento, uma sorte, porque acompanho seu marido há dez dias. Estou saindo do plantão agora e fiz questão de aguardá-la para pô-la a par do que se passou. – Ele fazia questão de salientar que aquele caso era especial. Era um misto de vaidade profissional e afetiva, algo estranho. – Seu marido lutou muito durante várias horas, como se estivesse tendo... um pesadelo ruim. Seus níveis de consciência se alteraram. Parece bom, porque está em coma, afinal de contas, mas batimentos cardíacos oscilaram bons e maus números, a frequência cardíaca oscilou mais para o mal do que para o bem, se é que me entende. Até se estabilizar, o que conseguimos injetando haloperidol, porque ele parecia delirar durante um sono profundo.

– Agora está... estável?

– Após a medicação, sim. – Ele a olhou nos olhos, demonstrando franqueza, a franqueza de um médico aturdido com novidades que não conseguia decifrar à luz da ciência.

– E sabe me dizer o que significa isso tudo, doutor?

Proença se ajeitou na poltrona antes de responder. Gostava daquela mulher. Diana era bonita e elegante, aparentando ao menos dez anos a menos do que os seus já próximos quarenta anos. Mas não era só isso. Demonstrava garra e inteligência, mesmo naqueles momentos incômodos de dor e frustração em que as pessoas surgem desgrenhadas, espaventadas e desequilibradas buscando notícias de parentes à beira da morte. *Uma gazela que anda sobre a lama sem sujar as patas*, foi a imagem que passou pela cabeça do médico, ao prosseguir:

– A ciência nos dá algumas pistas, Diana, mas o resto vem da minha experiência como intensivista, no *corredor da morte*, como alguns gostam de brincar de maneira mórbida. Digamos que a situação de seu marido incomoda a ele em algum nível de subconsciente que aparelhos e medicina ainda não conseguem atingir e decifrar. Ele não está desperto, mas ontem parecia querer fazê-lo. Mas não se anime, por favor. A luta dele desregulou todo o seu metabolismo e quase teve efeitos piores caso não tivéssemos interferido.

– Ou seja, ele tentou melhorar inconscientemente, mas não conseguiu. Ao tentar, ficou mais doente.

– Mais frágil. Inconscientemente, buscou forças que não tinha e isso o exauriu mais ainda. Não sabemos se isso voltará a acontecer – acrescentou, sabendo qual seria a próxima dúvida de Diana. – E também não sabemos o resultado disso, caso venha a se repetir. Ele não alcançou a consciência hora alguma, mas andou bem perto disso.

Ela sorriu. Aquele era Vitor, sem dúvida. Ainda era. Lutava lutas inglórias, quixotescas. Lutas que sabia que não conseguiria vencer, mas que valiam pelo ideal e pela razão de serem deflagradas. Por algum tempo trabalhara no departamento de trânsito da capital, logo após se mudarem para lá e com pouco tempo de casados. Era quando chegava do trabalho assustado, narrando para ela, então estudante de direito, como era a prática de uma delegacia de trânsito, de um DETRAN de cidade grande. Do desleixo de alguns e da burocracia emperrando tudo, cercada de uma corrupção assustadora. Era uma gorjeta para lá, outra para cá, sempre pouco dinheiro, mas tudo muito bem acobertado por uma espiral de silêncio obsequioso e proposital. Ninguém sabia o que todo mundo sabia. Começara então a agir em sentido oposto áqueles que criticava. Dedicava-se ao máximo, passava do horário de trabalho constantemente, atendia ligeiro aos procedimentos de emplacamento, vistoria e transferência de veículos irregulares que lhe passavam pelas mãos e, é claro, virava às costas para ofertas e insinuações de propina. Sabia à época que não iria resolver o problema, que seu exemplo não seria seguido, mas prosseguiu naquela cruzada quase solidária até sair dali. Diana o acompanhara naquele período difícil escutando suas narrativas e queixas e não ficou surpresa quando o transferiram para o departamento de narcóticos tão logo ele solicitara a mudança. Além de brilhante, sua postura incomodava outros que não lhe suportavam a retidão.

– As chances dele voltar e voltar normal, depois disso tudo, doutor? – sua voz começara firme, mas falhou ao final.

– Não foram afetadas. A medicina o mantém estável. Não há mais busca por *cura*. Buscamos sua recuperação, e ela vai depender dele mais do que de nós. – ele hesitou em buscar contato físico com Diana, pensou em segurar a mão daquela mulher que admirava tanto, mas temeu não ser bem recebido e também temeu os rigores do seu código de ética.

– Posso contar com o melhor que puderem fazer? Mesmo com um convênio de saúde bem simples e com a medicina pública cheia de dificuldades do país?

– O caso dele está sendo tratado com prioridade absoluta por nós, Diana. A direção do hospital se empenha e nos cobra diariamente. – Ele era sincero. Vitor desperto poderia ajudar a desbaratar o crime que o colocara ali, que era escandaloso. Era uma questão de Estado e não somente humanitária ou médica.

Ela agradeceu e se levantou apressadamente agarrando a bolsa de encontro ao corpo, já buscando celular e chaves do carro. Evitou novo contato visual com o médico que estranhamente a incomodava. Proença era um homem sedutor, mas o que menos a interessava nele era isso, não naquele momento. Ele por vezes parecia invasivo demais, com olhares e frases subentendidas e não ditas, o que a devassava para além da normalidade. Diana não se interessava habitualmente por homens bonitos.

### Vitor além da vida

Conhecera Vitor bem cedo e seu marido sempre lhe bastara, mas sabia que era uma mulher atraente e era comum que chamasse atenção de outros homens nos ambientes forenses ou pelas ruas, alunos, colegas de trabalho ou mesmo clientes. Tudo isso a afetava muito pouco, mas talvez por sua fragilidade atual o jogo de charme do médico por mais de uma vez a deixara incomodada e em estado de alerta. A Diana *normal* o teria interpelado, mas os tempos da Diana *normal* pareciam haver acabado, ou ao menos dormitavam suspensos sabe-se lá até quando. Ela concentrava esforços agora em acompanhar o ir e vir dos prognósticos sobre a saúde de Vitor e sabia que poderia contar com o marido do lado de lá de sabe-se lá onde ele estivesse, para tentar deter a quase inexorável marcha da morte.

Ela saiu apressada para retornar aos filhos e avisar que o pai era bravo, era guerreiro e que, afinal, tudo era possível. Mesmo se saísse tranquilamente em um dia calmo e normal, porém, não teria visto um HB20 preto estacionado perto de seu Honda com dois homens dentro, que a seguiam discretamente. E eles observavam-na sair do hospital mais serelepe do que entrara e também se animaram com isso. Arrudão ao volante deu um franco sorriso caboclo enquanto Kleverson, no carona e com sua janela aberta, baforava um cigarro eletrônico e cutucava o colega policial:

– Tá vendo? Ela ouviu boas notícias hoje. A campana está servindo ao menos para isso. Vale o risco, amigo.

Mas o "amigo" não concordava. Aliás, Arrudão não considerava Kleverson seu amigo, e em verdade considerava pouquíssimas pessoas com intimidade suficiente para lhes atribuir amizade.

O inspetor Silva certamente seria uma delas, mas Arrudão o via como um superior hierárquico e um ícone, quase um pai, e acreditava que relações de amizade eram de igual para igual em idêntico patamar, e não de subserviência hierárquica ou familiar. Então, sobravam poucos, porque o Dr. Cupertino também era seu superior e com outros delegados não se dava mesmo. Gostava de Vitor Hanneman, mas não o suficiente para jogar truco com ele aos fins de semana, que era o que Arrudão gostava de fazer para entreter o dia e tinha dois ou três vizinhos lá do Bairro Goiânia, onde morava, que eram seus fregueses habituais no carteado. Talvez os considerasse amigo, mas nunca havia pensado nisso com vagar, mesmo tendo sido compadre de um deles. Arrudão se relacionava bem pouco com as pessoas, tinha umas namoradas aqui e outras ali, e não era a toa que uma delas era surda, porque Arrudão também falava pouco e a surda, que se chamava Sofia, não contava, porque tinha sido assassinada por um serial killer miserável que ele próprio cuidara de mandar para o inferno uns dez anos atrás. Mas essa era outra história. Na verdade, Arrudão dera sorte em não fazer o concurso para polícia, era um contratado que depois foi efetivado, porque tinha um QI baixíssimo, o que os psicólogos chamam de *déficit cognitivo* visível. Para ele, pouco importava, porque era polícia para prender bandido e por aqueles dias queria muito prender o cara que dera os tiros em um colega seu.

– Vamos seguir a moça? – indagou a Kleverson.

– Ela deve voltar em casa agora e avisar aos filhos. Vamos só escoltar a doutora Diana até lá e depois seguimos outras pistas.

– Não tenho bem certeza se essa ideia sua foi boa. – queixou-se Arrudão, enquanto punha o carro, na verdade uma viatura descaracterizada e com placa clonada, em movimento.

– Deveríamos colocar o resto dos chefes a par dessa nossa linha de investigação de seguir a esposa do colega. Pode dar muito problema pra nós.

– Problema por quê? – Kleverson sorria, tranquilo, tragando seu Voip sabor chiclete de manga. – Ela não é suspeita, não a estamos tratando como suspeita e ela já é vigiada pela polícia como vítima. Só estamos dando uma checada.

– Não sei se não a estamos tratando como suspeita. Se não estamos, por que não avisamos ao Cupertino? – aquela era uma indagação que Arrudão se fizera desde o dia anterior, quando resolveram passar a acompanhar Diana por conta própria após a reunião da Força Tarefa. "Resolveram" era modo de dizer, era forte. Kleverson resolvera e não precisou de muita força para convencê-lo a arriscar-se naquela missão praticamente clandestina.

– Porque a Força Tarefa já tem um montão de trabalho, parceiro, está seguindo uma série de pistas. Não teria motivo para incomodar aos delegados ou ao perito com um palpite *nosso*, enquanto se trata apenas de um palpite, certo?

– E qual seria o *nosso* palpite?

Kleverson sorriu, dentes branquíssimos da raça negra, clareados por uma dentista que ele também pegava de vez em quando. Pegava todas, era sambista e dançava gafieira. Era um afrodescentente típico que não negava as raízes e, aliás, tinha orgulho delas e as usava com afinco para relacionar-se sexual e socialmente. Era bastante popular e ele próprio gostava de contar piada de negão, e que fossem às favas os chatinhos de zona sul que consideravam àquilo racismo. Piada era piada, porra! Só tinha que fazer graça.

Não que fosse um "negão". Era o que antigamente se denominava "moreno", como um jogador de futebol antigo, o Toninho Cerezo. Aliás, se parecia um pouco com ele, só que um pouco mais moreno. Depois é que viera aquela coisa politicamente correta do *pardo* e do *negro* e os termos *mulato* e *moreno* sumiram das ocorrências policiais e fichas funcionais de servidores públicos. Coisa de cotas raciais, que Kleverson não precisara utilizar para ingressar na polícia. Na época dele, aliás, não as havia, e de qualquer modo ele era sempre esperto e inteligente suficiente para passar em concursos e investigar criminosos. Kleverson era um bom malandro, um malandro do bem, e era assim que era visto por seus chefes e colegas. E aquela campana improvisada, para ele, era uma malandragem do bem, conforme passou a explicar ao colega, enquanto prosseguiam seguindo Diana:

– Olha só, meu amigo: olhamos tudo. Vida pregressa do Vitor, vida pessoal, vagabundos que ele prendeu, criminosos que ele ajudou a condenar. Não encontramos nada vezes nada. Ele nunca matou ninguém, não era de dar porrada em bandido e apesar de eficiente nunca investigou qualquer lunático serial killer e psicopata que estivesse atrás das grades ou tivesse saído da cadeia recentemente ou antes disso. Ele não deu o seu azar, naquele caso do pistoleiro que o inspetor Silva apurou contigo e com aquele detetive particular lourinho.

– O que quer dizer com isso? – As voltinhas, os circunlóquios do colega, começavam a irritar Arrudão. Mencionar indiretamente sua namorada assassinada, mais ainda.

– Calma, guerreiro. Só estou te explicando que Vitor aparentemente não era alvo de nada e de ninguém. Não tinha

**Vitor além da vida**

esqueletos no armário, bandido perigoso querendo vingança, caso de chifre em casa, não era mulherengo... Enfim, sobrou o quê? Não sobrou nada, parceiro, nada. Temos que começar a seguir o improvável. A esposa. Ela pode nos dar alguma pista.
— Como?
— Puta merda, Arrudão. É difícil te explicar tudo, sabia? Guerreiro, tem policial à paisana dando segurança pra ela, porque o maluco que tentou abater Vitor pode também querer matar a esposa dele. Mas o que ainda não foi feito, e pode funcionar, é ver se alguém a segue, ou persegue, ou se ela faz algum contato com algum suspeito, ainda que sem saber. Aí pode surgir uma nova linha investigativa. Entendeu? *Do you understood?*

Kléverson gostava de testar idiomas novos, mas Arrudão não estava entendendo em português e muito menos em inglês. Naquele momento, ele só estava com medo de estarem fazendo merda. E dessa merda chegar ao ouvido dos delegados da força tarefa, principalmente o grã-fino parecendo efeminado que ele não gostava. Aliás, ninguém gostava.

É claro que ele falava de Hendrick Machado. Ele de fato, não sabia daquela iniciativa dos dois investigadores. Naquele momento e do outro lado da cidade, acordava ainda sonolento em sua cama *king size* com janela panorâmica que dava de frente para a Praça do Papa. O apartamento era muito caro para um delegado, mas Hendrick era solteiro, filho único e o imóvel fora herança da avó. Seu salário era curto mas o suficiente para pagar o condomínio nada módico e arcar com as despesas do local. *Solteiro* não era de fato a condição de Hendrick, ele tranquilamente diria que vivia em *união estável*, mas o problema era que sua companheira na verdade era um cara que aliás dormia ainda, envolto em lenções amarfanhados durante toda a noite inquieta que os dois amásios passaram na cama. E aquela condição Hendrick escondia porque o meio policial ainda era por demais conservador para aceitar a preferência homossexual de um delegado que deveria ser durão, falar grosso e dar porrada em delinquente. Hendrick, ao contrário, era suave demais para toda a parte grosseira da atividade policial e aquilo parecia ter incomodado sua chefia desde o início de sua carreira. Por isso lhe sobraram sempre cargos administrativos, "no corredor", como se diz no serviço público. Para ele estava tudo bem. Assim, ficara sempre perto da política interna da instituição e galgara postos rapidamente: em dez anos na polícia, passara de aluno e delegado *trainee* de cidade do interior à assessoria da chefia de polícia, na gestão do Dr. Angelo Àlvaro, na capital.

Tudo para ele era rápido, mas acordava lentamente. O amásio, Jonas, só pegava serviços em casa. Era um adepto do *home office* e vendia passagens aéreas pela internet o dia inteiro, só que o "dia inteiro" de George começava depois das dez da manhã, todos os dias. Hendrick tentara tirar esse hábito dele e fazê-lo acordar um pouco mais cedo, mas o companheiro simplesmente não ouvia, ou fingia não ouvir, e virava para o lado e inventava algum outro assunto para dispersar seu constrangimento. Era assim, um adolescente tardio que conhecera em uma agência bancária. Depois, um cafezinho, que delegado de capital sempre provinciana não podia se dar ao luxo de frequentar bares gay. Do cafezinho para a coabitação foram poucos meses, primeiro como um teste, depois em definitivo, se bem que *definitivo* não era um adjetivo que se deveria utilizar em um relacionamento, *qualquer* relacionamento – o que Hendrick aprendera de outros namorados *definitivos* que tivera.

Ainda com o delegado se espreguiçando tocou o telefone. Olhou, inevitavelmente, o relógio de cuco, relíquia da avó que permanecia no apartamento e que decorava um dos cantos da parede do quarto. Ainda eram sete horas da manhã, e pareceu intuir o autor da ligação enquanto a atendia prestativo.

– Hendrick? Bom dia.

Era o chefe de polícia.

– Espero não ter te acordado. – o tom de Angelo Álvaro era protocolar, não dava explicações ou pedia desculpas. O homem do lado de lá acordava às cinco da manhã, fazia o próprio café e ia se exercitar em seguida. A ligação era depois dos exercícios.

– Claro que não, doutor. Eu já estava acordado – não era de todo mentira.

– Tem notícia da Força Tarefa? Você anda quietinho, meu filho.

De novo aquele paternalismo associado com voz de comando. E não utilizava aquela mistura estranha de tratamentos com outros subordinados, quase como se conhecesse os esqueletos que ele guardava no armário. Hendrick se esmerava em parecer hétero, mas o simples fato de não aparecer em público com uma namorada ou esposa parecia, para muitos, indicador seguro de que ele jogava em outro time. Talvez fosse esse o motivo, ou seria o simples fato de que o chefe tinha idade pra ser seu pai. Vá saber. E naquele horário da manhã e durante aquele telefonema incômodo, era o que menos importava.

– Todos ainda aturdidos, doutor, como antes. Várias linhas de investigação frustradas, nenhum suspeito. E agora chegaram os reforços que já havíamos falado.

– Hum. – O grunhido do outro lado era o sinal solene de alguém que procurava digerir a informação enquanto a assimilava. – O Silva voltou da aposentadoria. Conseguiram tirar o pijama dele, mas isto não é difícil. Ele é um aficionado por desvendar homicídios. Sempre foi.

– E com ele veio aquele detetive particular de seguradora. O senhor conhece?

– Não pessoalmente, mas já ouvi falar. Filho de um finado colega nosso. Gente quase boa. – E riu discretamente do outro lado da linha.

– A única objeção que apresentei foi quando o perito emprestou pra eles o arquivo com as imagens do local, das câmeras de segurança...

– Você... objetou?

Hendrick percebeu que a informação nova para o chefe não somente não era bem-vinda, como chegara de supetão. Mau sinal.

– Sim, mas não adiantou. Cupertino cedeu a gravação das câmeras de segurança assim mesmo.

– E isso foi, eu presumo, em uma reunião no fim da tarde de ontem e você deixou pra me falar só agora, e mesmo assim somente porque eu te liguei. É isso? – A pergunta era retórica. O chefe sabia bem qual seria a resposta. Ela denotava tudo, menos dúvida. Era mais uma pergunta de indignação.

Hendrick sentiu o tom do chefe. Bronca por telefone logo de manhãzinha não estava nos seus planos. Não pra hoje, não com o companheiro ainda desacordado na cama, mas já ronronando em um quase despertar, intuindo um café fresco bem quente. Ele procurou amainar a rabugice de Angelo Álvaro:

– Não teria sentido não ceder, chefe. O que eu diria? Se pretendemos que ele ajude, não há argumento possível para não repassar informações...

– Você já imaginou... – A ira contida do outro lado era perceptível. O chefe começou a falar devagar, como quem tenta não perder a calma e a razão – Só imaginou se essas informações vazam para a imprensa, por exemplo? Se elas vazam? Pensou nisso? O inquérito está em segredo judicial, porra! – Aí ele alteou a voz. Só um pouco. Ainda contendo-se.

– Porque ele faria isso, doutor? Ele quer elucidar o caso tanto quanto a gente.

O chefe parou para pensar. Aquele delegado tinha razão. Não faria sentido vazar uma informação por dois motivos, naquele caso: não havia informação alguma, aparentemente, só imagens que não mostravam nada. Portanto, sem interesse jornalístico algum. Em segundo lugar, seria contraproducente para Silva e os demais a veiculação daquela mídia, só faria estardalhaço e daria trabalho. O danado do seu subordinado até que tinha razão.

– Mas todo cuidado é pouco. – disse, contrafeito. Não podia assumir o exagero de sua reação para um delegado subalterno que colocara na Força Tarefa para vigiar e informar. Seria um desprestígio para ele. – Em todo caso, da próxima vez, me informe imediatamente, até para que eu tenha tempo para pensar, compreendeu?

– Certinho, Doutor. O senhor tem razão. Me desculpe, viu?

O chefe desligou e Hendrick amaldiçoou seu derradeiro tom subserviente. Aquilo definitivamente não pegava bem no meio policial. Deve-se ter respeito pelos superiores, não aquela submissão atemorizada. Mas ele já vira o chefe bravo, o homem suava por todos os poros, ficava vermelho, berrava e era capaz de matar um marimbondo com um peido enquanto vociferava. Não queria e nem merecia aquilo. Se tivesse que ser condescendente com os maus humores do patrão, seria. Hendrick era um homem que não gostava de contendas. E tinha que fazer o cafezinho para Jonas, quem sabe assim ensinaria o companheiro a acordar um pouquinho mais cedo?

# ONZE

Vitor ainda se sentia fraco depois da última jornada até o poço. Estava deitado no leito aconchegante da casa de Udo, havia um fogo na lareira e de repente fazia frio, muito frio. Olhou pela janela entreaberta e viu que lá fora o clima era daquele inverno europeu de céu cinzento e feio, um clima *plúmbeo* como diriam os antigos. Cor de chumbo. Seu anfitrião lhe passava vez ou outra uma compressa de água fria na testa, porque tinha febre. Era uma febre de fraqueza. Udo também lhe servira lentilhas com carne seca que ele tentara devorar a princípio, porque sentia fome, mas o estômago recusara. Tentou correr para o banheiro para vomitar da maneira mais educada possível, mas se rendeu à natureza no meio do caminho e emporcalhou o chão. Como resultado, cedeu de joelhos à fraqueza e começou a desmaiar devagarzinho, como se estivesse fazendo um genuflexo católico, e de novo foi socorrido pelo novo amigo que o levantou com vigor pelo sovaco e voltou com ele pra cama. Aquela nova versão de Udo era fortíssima, ele era espadaúdo e corpulento, apesar de idoso. Em todas as versões, seu anfitrião era velho. Vitor se lembrou de anotar isso mentalmente para a posteridade.

Ele também observou que, após o vômito e enquanto era socorrido pelo amigo, sua sujeira havia desaparecido do chão de vermelhão da cabana, como se por mágica ou encanto. Não era de se esperar, ali tudo era estranho e inexplicável. Agora, fraco, convalescia e procurava se recordar da estranha aventura do dia anterior. Dia anterior?

– Pelo seu fuso horário, na hora local, passaram-se vários dias, mais de uma semana – Udo respondeu aos seus pensamentos. Ali, naquela terra do fim do mundo, se liam pensamentos. – Mas na sua hora de onde veio, só algumas horas. Nem sempre é assim.

Ele tentou retrucar ao menos mentalmente, mas nem isso conseguiu. Então tentou se lembrar do que havia ocorrido no poço, que passara a apelidar de *poço da verdade*, mas de algum modo entendia que aquele não seria um nome exato. Afinal, quantas verdades havia? Poderia estar em um mundo paralelo e a verdade que buscava poderia estar em outro mundo inatingível. A única sensação que lhe vinha, primeiro pela boca do estômago ainda fragilizado pelo enjoo, e que depois lhe dominava todo o corpo entorpecido, era a impressão insólita de que buscava algo que já sabia, procurava descobrir um fato desconhecido que era conhecidíssimo e estava bem ali, esfregando-lhe a cara de tão evidente. Se torturava conscientemente em uma busca que o aniquilaria de vez, tinha certeza. Ao mesmo tempo, durante a jornada que tanto o debilitara, houve um momento de escape, de quase fuga, em que havia vislumbrado um mundo real o esperando. Não. Uma *volta*, um *retorno* seria mais preciso.

– E quase foi – era de novo Udo lendo seus pensamentos e os respondendo em capítulos lentos. A verdade ali nunca vinha de chofre e quando vinha atordoava. – Depois explico, mas agora descanse e beba água.

Serviu-lhe água de uma caneca de louça que antes fora uma cuia e ainda antes, um caneco de barro. Pouco importava. Sorveu o precioso líquido porque fervia internamente, ao mesmo tempo que tremia de suor frio, porque afinal de contas fazia frio e estava com febre. A água desceu melhor e o estômago não o atacou de novo. Não queria dormir, mas o sono veio pesado. Pesado, mas repleto de lembranças, que eram ao mesmo tempo pesadelos que revivia agora diante dos fragmentos de realidade que percebera contemplando o poço. E eram fragmentos que agitavam seu sono já doente, de febre e medo. O centro das imagens não poderia deixar de ser Diana, que primeiro aparecia dando aulas na faculdade em uma cena movediça, em preto e branco – ele lera em algum lugar que sonhos em preto e branco eram significativos, mas na hora não se lembrava em que sentido. Ela estava linda como sempre, mas estranhamente sensual para uma professora séria e constrita como sempre fora. Talvez fosse a saudade que sentia dela, dentro do sonho ou fora dele, e se é que o mundo intermediário em que ele se encontrava não seria também uma modalidade de sonhar, mas ela estava muito erótica ali em sala de aula, mais do que normalmente, mais do que nunca. Os alunos é que não apareciam, eram sem rosto, ou com o rosto desfocado como aparecem em imagens de internet que não podem divulgar as pessoas retratadas. Em um segundo momento a cena mudava inexplicavelmente, a sala de aula é que era a mesma, mas Diana agora era aluna e mordia a ponta do lápis como aquelas atrizes de filme pornô que se passam por estudantes *sexy* prestes a serem devoradas por um professor safado e bem dotado. De novo havia alunos na sala, de novo seus rostos encobertos por aquela névoa artificial plantada pelo Photoshop da mente. Ela dizia alguma coisa para a frente, com óculos de aro de tartaruga que nunca tinha usado, bem grosseiros, mas que nela pareciam sensuais como tudo o mais que ela usasse naquela situação e naquele sonho. E ela falava para um professor que também não aparecia. Aquelas imagens o agoniavam, porque tentava se comunicar com ela no sonho, gritar para ela: *"olha, estou aqui, sou eu, Vitor, seu marido!"*, mas ela não ouvia, sequer olhava na sua direção, não prestava atenção nele e continuava a agir ora como professora, ora como aluna, naquela estranha farsa representada por atores oníricos.

Não conseguir falar com ela era o que tornava toda a cena escandalosamente vaga e ao mesmo tempo brutal, já que ele se sentia absolutamente perdido e precisando dela – se via nas imagens, que também eram sonhos. Era como se você estivesse dormindo, ou quase dormindo, e começasse a sentir falta de ar, ou sentisse que uma mão pegajosa de monstro começando a roçar sua pele por cima do lençol e gritasse para os seus pais no quarto ao lado pedindo socorro, mas sua voz não saísse. No caso das imagens (sonhos? Pesadelos?) a voz do Vitor sonhador saía, mas Diana nada ouvia e continuava se sensualizando para uma plateia de alunos sem rosto e para um professor em primeira pessoa que jamais aparecia. Era como se estivesse atrás das câmeras que a filmavam e jamais fosse retratado naquele filme surreal.

Em seguida, sem cortes inteligíveis, como se da sala de aula Diana pulasse para uma floresta, agora ela era uma guerreira em cima de um cavalo e com um arco e flecha nas mãos. Era como uma deusa amazona ou grega, era como de fato a Diana da mitologia naquela estranha associação de ideias que antecede e gera todo sonho. Agora, ela procurava alguma coisa. Não, *caçava* alguma coisa, ou alguém, porque estava armada com o arco e a flecha, mas continuava sensual e estava com uma túnica que permitia ver seus seios firmes, ainda firmes e mais firmes do que nunca naquela imagem, e estava alegre, mas atenta à presa que perseguia naquela floresta bucólica que parecia bastante com o cenário ao redor da cabana em que Vitor agora vivia. E a agonia dele agora era outra, porque não estava mais defronte da esposa/amazona, mas atrás dela, correndo e berrando e procurando alcançá-la, mas Diana cavalgava uma égua linda, de patas musculosas e peludas, um animal fortíssimo, de porte majestoso, e bastante rápida no galope. Ele nunca vira a mulher cavalgando no mundo dos vivos e acordados e supunha que ela jamais praticara equitação antes, mas aquela amazona Diana dos sonhos era uma perfeita atleta olímpica e alcançava uma velocidade extraordinária sobre a montaria exuberante. Ele sentia que precisava alertar Diana de *alguma coisa*. Não, de *alguém* seria mais preciso, alguém que conhecia e que era, talvez, a mesma pessoa, ou coisa ou animal, que ela caçava – mas aí o sonhar era impreciso. Ele não tinha certeza disso, mas sabia de uma maneira enfática que deveria impedir Diana, contê-la após e alcançá-la e alcançá-la era impossível, por mais que ele corresse. E como Vitor corria no sonho! Sentia seus pulmões na boca, seu peito ardia, suas pernas fraquejavam e sentia pedras ferindo seus pés descalços, porque estava descalço para piorar toda aquela peripécia enervante.

### Renato Zupo

No fim da clareira e no momento em que Diana, sempre erótica, agora com as ancas bem delineadas aparecendo sobre a cela da montaria, finalmente parecia interromper o galope, entre Vitor e a mulher surgiam várias pessoas, todas vestidas de branco, dos pés à cabeça, em jalecos brancos e máscaras de pandemia e toucas daquelas de cirurgião, obviamente também brancas. E usavam óculos de soldador, todas, de maneira que não era possível ver-lhes o rosto, discernir-lhes o sexo, saber quem eram ou *o que* eram. Andavam sobre duas pernas e tinham braços, mas de uma certa maneira que ele não conseguia perceber ali, não eram gente. E de novo não conseguia ver rostos e aqueles estranhos seres o impediam de se encontrar com a esposa. Seus pés doíam, ele arfava e estava exausto, mas prosseguiu em sua perseguição, desta vez tentando passar pelo grupo bastante numeroso de gente (?) vestida de branco, e procurava pela esposa do lado de lá daquela multidão. Não a viu, mas o que viu o apavorou mais ainda, era o que o faria definir aquelas estranhas imagens, que até ali eram só estranhas e agonizantes, em um pesadelo de fato. Eram seus filhos que estavam do lado de lá dos seres de branco. Jorge à frente, Isadora e Bianca atrás, os três sentados de pernas cruzadas como índios, olhos vendados, amarrados. Se apavorou e tentou correr mais, mas aparecia mais gente de branco à sua frente, parada ou andando ou claudicando a passos de tartaruga, e ele começou a empurrá-las, mas elas não caíam porque umas esbarravam nas outras e estavam todas tão próximas que se escoravam. Continuavam formando uma grande massa humana, se é que era humana, mas era oniricamente sólida, que o impedia de chegar aos filhos.

### Vitor além da vida

Deu um safanão em dois dos seres e conseguiu se entremear naquela multidão, como se estivesse em um show de rock mal acomodado atrás de um monte de espectadores mais altos do que ele, pulando.

Foi quando olhou de novo para a frente, quando surgiu uma nova brecha, e seus filhos continuavam lá, amarrados, agachados, de olhos vendados, mas agora havia um homem grande, um carrasco de capuz e buracos que permitiam antever olhos vítreos e perturbadoramente negros e sem vida por detrás dos buracos. Eram buracos como de máscara de super-herói da Marvel e a máscara era como aquelas dos adeptos da Ku Klux Khan, mas capuz negro e não branco. E dorso nu, musculoso, de halterofilista. E segurava um machado. Era um carrasco com um machado enorme, e atrás havia um cepo. Seus meninos não pareciam perceber nada, não viam nada, mas choravam, sobretudo Jorge. Ele parecia pressentir algo de terrível e também parecia ter ouvido os gritos do pai no meio daquela turba de trombadões de branco. Porque Vitor gritava. Gritava não. Urrava. E começou a empurrar e a bater para abrir caminho dentre aquela estranha barreira de seres que começavam a cair como pinos de boliche forçados por ele, com o corpo todo dolorido, pés em brasa, os ombros e punhos cansados de tanto bater, o pescoço rijo e teso procurando esticar-se por cima dos seres mais altos do que ele para perceber a cena e o perigo que corriam seus filhos. Foi quando viu o carrasco brandir o machado e arrastar Jorge para o cepo, o que o cegou de um misto de raiva e medo. Daí em diante partiu como um aríete por entre a massa branca disforme, furando aquele bloqueio inumano e repugnante. Quando chegou bem perto dos filhos, perdera a voz de tanto berrar desesperado, mas viu que o carrasco o ouvira e vira e interrompera seu ritual macabro, o machado de repente pendendo de um dos lados de seu corpo forte, da parte debaixo de sua túnica também preta, semelhante a bermudas de ginástica, só que de couro cru bem rente ao corpo. *Couro de gente*, o aviso mental do sonho o informava e ele assimilava a informação com pânico, pavor e asco.

    Só faltavam umas três colunas de seres brancos para ultrapassar, e ele sabia que aqueles que haviam caído atrás dele não estavam mortos ou feridos, se é que algum dia estiveram vivos, e que se levantavam para retroceder nos próprios passos e encurralá-lo, prensando-o à retaguarda. Mas não havia tempo para isso porque o carrasco continuava a encará-lo, mas ele ainda estava ali, com o machado ali pendendo, e Jorge com o pescoço no cepo. O carrasco o olhava com curiosidade, mesmo quando Vitor se tornou uma ameaça concreta, rompendo o último bando, o último lance de autômatos de branco. Sua voz sumira, mas seus olhos exalavam a fúria necessária, vermelhos como os de um morcego. Então, e só então, o carrasco largou o machado, mas para tirar o capuz. Vitor parou à sua frente com os punhos fechados, exausto, punhos e pés sangrando. Tinha perdido também a camisa durante a refrega e estava ali, seminu, para salvar seus filhos, e de repente Diana sumira e Diana não importava. Ele parou para assistir ao carrasco, para ver quem era o carrasco, que tirou o capuz lentamente. E o rosto por detrás do capuz também estava enevoado, mas sorria, um sorriso largo e estranho, uma boca de palhaço ou de tubarão, imensa e cheia de dentes.

### Vitor além da vida

Foi assim no poço, o que revivia agora enquanto dormia e até que acordou quando ouviu alguém o chamando "à moda antiga", com gritos, mas não sentiu alívio por fugir daquele pesadelo insano e terrível. Queria continuar e descobrir quem era o carrasco e salvar seus filhos e recuperar Diana. E tinha a certeza que, se fizesse isso tudo, se safaria daquele limbo terrível e, de alguma forma, recuperaria a sanidade perdida, recuperaria sua família e o homem que fora. Mas estava desperto, infelizmente, e à sua frente não estava Udo, porque não fora seu novo amigo que o acordara. Era Ix que estava ali, o *homem-mulher*, o andrógino com um terno curto listrado em preto e branco, gravata borboleta e um chapéu de gangster. E fumava uma piteira. Vitor se lembrou na hora dos vilões dos antigos seriados do Batman cujas reprises assistia quando adolescente nas tardes ociosas após as aulas, na casa dos pais.

– Sono agitado, meu jovem. – A voz era esganiçada, como nunca antes parecera. Ele sorria, mas os olhos não sorriam. E estavam vermelhos, como os do carrasco.

Aquilo gelou Vitor, que não conseguia falar, como no sonho e mesmo acordado. Ele estava empapado de suor, mas a febre se fora, assim como suas cobertas. Olhou para os pés, feridos no sonho, em carne viva, mas ali eles estavam em perfeitas condições. Ix parecia aguardar por sua reação, mas Vitor permaneceu deitado, tentando assimilar seu despertar repentino e os riscos daquela nova situação. Ainda estava confuso, principalmente porque a visita de Ix o surpreendia. Por que ele estava ali? Olhou ao redor e não viu Udo. Em algum lugar no que sobrara de sua consciência, começou a soar um alarme.

– Sua ida ao poço repercute aqui. – A voz de Ix estava mais feminina, entredentes, ambígua como aquele ser à sua frente. Poderia ser irônica apenas, mas soava ameaçadora também. Parecia prestes a explodir, se contendo. Um professor à beira de um ataque histérico diante de um aluno arruaceiro pego em flagrante colando na prova. Era isso que ele parecia a Vitor naquele momento.

Tentou se levantar, mas as pernas bambearam, o que o forçou a se sentar no catre. A vista escureceu e então realizou um velho truque que aprendera com um delegado turrão que era boxeador nas horas vagas, tornando-se seu amigo ao longo do tempo: fechou os olhos e girou a cabeça ao redor do eixo do pescoço. Funcionava sempre, garantira o delegado, que dizia que tinha queixo de vidro e por isso nunca progredira no boxe. Era paulistano e saíra de lá para fazer concurso em Minas quando viu sua carreira de pugilista frustrada em sua terra natal. Segundo ele, Norberto Lourenço era seu nome, quando tomava um cruzado no queixo, mesmo em treinos, era lona na certa. E só se recuperava e voltava à visão normal com o truque do giro do pescoço, como ele o apelidara. O próprio Vitor já testara na prática aquela técnica, uma vez em que saiu na porrada com um traficante em fuga no meio de uma ocorrência. O sujeito partiu pra cima dele quando se viu encurralado. Antes de ser derrubado, acertou um catiripapo bem dado no rosto de seu perseguidor, que viu estrelas e depois viu tudo escuro. Fizera então como agora: fechou os olhos, queixo no peito, girando o pescoço no próprio eixo, até que o mundo voltou a girar no sentido correto. Aquele mundo, naquela ocasião, e este mundo, agora.

### Vitor além da vida

Voltou a ver Ix. Ele o observava, sorrindo, um sorriso sem alegria alguma. Tirou a guimba do cigarro da piteira e jogou no assoalho, pisou por cima com seus sapatos de duas cores, de cafetão de zona do século passado. Nem sequer se preocupou em perguntar como Vitor estava. A função dele ali era outra:

– Não devia ter feito isso. Há regras aqui, mesmo aqui sendo aqui. Nem vou lhe perguntar se entendeu, deveria ter apenas obedecido. – Olhou para ele, os mesmos olhos do carrasco, Vitor não parava de pensar nisso – Você foi um menino muito mau, Vitor, muito mau. Você e aquele ogro. Por falar nisso, onde ele está?

Ele começou a perder as estribeiras com Ix. Passava mal, mas que se fudesse aquele andrógino. Se não conseguia se levantar, iria se arrastando até ele. E falou:

– Diga você. Não sabe tudo daqui? Se sabe onde eu estava, sabe onde Udo está. – E foi se levantando lentamente do catre, meio agachado, ainda com a mão se apoiando na guarda daquela cama rústica e improvisada.

– Não quando ele quer se esconder. Ele consegue. Está, digamos, na mesma sintonia minha, se é que me entende. – E olhou pra Vitor em seu esforço quase simiesco de se levantar: – Você me entende, não é?

Se sentou no chão porque a terra ainda tremia sob seus pés, mas imediatamente se arrependeu daquela posição algo submissa. Tentou se levantar mas as pernas ainda tremiam, então pôs as mãos em um dos joelhos para firmá-lo. Respirou fundo e conseguiu se erguer e ficar mais ou menos firme, aliviado em estar à altura de seu opositor Ix. Agora podia confrontá-lo cara a cara, olhos nos olhos, estavam finalmente frente à frente.

– Seu amigo quase te matou, seu idiota. – Ele simplesmente ignorava o esforço de Vitor, quase heroico até ali, em se levantar. Continuava a pregação: – Sabe que o que acontece com você aqui acontece no plano físico também, não é? Já teve uma primeira experiência desagradável no poço. Quer ter a segunda?

– Já tive – a voz finalmente saiu. E estava firme, para sua surpresa. – E não foi boa. Mas quero saber como vim parar aqui, porque estou aqui e se vou sair daqui. E ninguém me responde a estas perguntas.

Aí aconteceu algo surpreendente para ele. Aquela criatura até ali irônica, ofensiva e ameaçadora começou a rir. Muito. Gargalhava, uma gargalhada gostosa de criança assistindo a uma matinê de comédia no cinema. Um filme dos Trapalhões ou do Jerry Lewis, que Vitor vira bem novinho quando ia com os pais a Porto Alegre visitar uma tia, que na sua cidadezinha do interior do Rio Grande, Boqueirão do Leão, não havia cinema, só um pulgueiro em que passavam filmes de Shaolin e pornô, que eram para maiores e ele não podia entrar. Ix se contorcia de tanto rir, copiosamente, e ignorava seu interlocutor, como se após a piada Vitor não estivesse mais à sua frente e tivesse parado de existir. Como se Vitor e o que dissera fossem, também, parte de uma cena engraçada de um filme, e só, de um filme recém-terminado.

De repente, parou. O rosto que se deformara com a crise histérica de repente fez um muxoxo cansado, olhos rútilos do carrasco à sua frente. A voz ficou de repente mais grave. *Voz de travesti anabolizado,* pensou Vitor. Se aquele ser andrógino era metade homem, aquela voz era dessa metade:

– Cadê aquele ogro? – e começou a berrar, olhando em volta – Cadê aquele ogro? Ele vai ter que me ajudar a deter você, ele causou isso! Ele e sua conversinha barata! – E se voltou para Vitor, indo em sua direção. – Você sabe onde ele está, não sabe? Onde ele está? Vai me dizer ou esse nosso encontro vai começar a ficar doloroso pra você, meu rapaz.

E começou a andar para cima de Vitor, o que era uma ameaça para seu alvo naquele estado debilitado. Mas não chegou a alcançá-lo. Deu dois passos a frente e de repente alguma coisa desceu por detrás dele, por sobre sua cabeça, rasgando-o em dois, estripando-o, espirrando sangue para todos os lados e principalmente em Vitor. Foi tudo muito rápido, com Ix, franzino e de terno de palhaço, rachado em dois como um porco, cada parte para um lado daquele cômodo único da cabana. Quando Vitor desviou o olhar daquela coisa dividida e ainda estrebuchando, viu à sua frente Udo, o ogro, o Viking, com um machado com o fio da lâmina empapado de sangue, machado idêntico ao do carrasco do sonho. Seu olhar no entanto era outro, não o de Ix, mas calmo e sereno. Fitava o chão e depois o amigo. Sua voz também estava calma:

– Eu estou aqui. E como ele disse pra você, o que acontece com seu corpo neste plano, acontece fisicamente com você. – Olhou para o que restara da criatura, com desdém e algum nojo – Ele sabia disso e ele já era.

– E agora?

– Agora vamos voltar para o poço. Vamos fugir por lá.

# DOZE

Professor Pardal era o apelido dele. Fora um servidor público de faculdade que, muito conhecedor de computadores e programação, começou a ganhar um dinheiro por fora falsificando documentos e descobrindo resultados de provas para os alunos e concurseiros que pagavam bem. Foi descoberto por Paulo Roberto Silva uns vinte anos atrás e, para acobertar seu silêncio, o velho inspetor vira e mexe se valia dos serviços dele. Hoje, Pardal era um empresário consolidado com uma *start-up* que produzia videogames, a mais rentável do país. Vivia em uma cobertura em um prédio luxuoso em Nova Lima, nos arredores da capital mineira. Se casara com uma loura com a metade de sua idade e perdera a cabeleira vasta para uma calvície insistente que não havia transplante ou tratamento que resolvesse. Naquela manhã ele estava em seu escritório quando recebeu o velho amigo Silva acompanhado daquele lourinho que Pardal conhecera muito pouco, na verdade só tinha visto uma vez uns dez anos atrás, e cujo nome lhe foi relembrado ali pelo amigo comum: ele se chamava Flamarion alguma coisa. Nome estranho, mas um cara que tinha o apelido de "Professor Pardal", o inventor maluco do mundo Disney, não tinha moral pra falar do nome estranho de quem quer que fosse.

– Que bons ventos o trazem aqui, inspetor ! – E abriu os braços, como se fosse abraçar o mundo, mas Silva só apertou-lhe a mão, Flamarion nem isso, só deu um aceno do outro lado da sala imensa, com uma mesa de reuniões moderna e várias cadeiras no centro.

– Serviço, pra variar. – disse o policial, tirando o notebook de uma case que carregava debaixo do braço e se sentando à frente do velho conhecido.

– Só podia ser... só podia ser... O senhor não consegue ficar aposentado mesmo. Mas ao menos vamos tomar um cafezinho.

Dizendo aquilo, Pardal apertou um botão de vários que havia em um console à sua frente. Um robô atendeu, com rodinhas e parecendo um aspirador de pó, só que mais alto. Foi até uma máquina de café e voltou com três xícaras em uma bandeja fina. Por que aquilo tudo não espantava os dois visitantes? Eles estavam meio tensos, objetivos, e não tinham tempo a perder. Silva foi logo tomando a iniciativa da conversa, mesmo antes de começar a bebericar o café que, Pardal avisara, era colombiano e "do bom".

– Estou com umas imagens aqui e algo me intriga. Dividi em frames para facilitar sua vida. Na verdade quero saber se podemos ampliá-las em alta definição da maneira mais fiel possível.

– Hummm... vai depender das imagens, amigo. Deixe-me ver.

Silva primeiro abriu a imagem na tela do seu computador pessoal, mostrando os pedaços de cenas paradas que selecionara. Flamarion se aproximou curioso, porque desde a manhã quando se encontraram o inspetor não lhe dissera o que iria averiguar com aquele especialista em tecnologia. Se limitara a ruminar durante todo o trajeto no Uber que pegaram, de sua casa até o escritório de Pardal, que ficava na Savassi, pertinho da sede de polícia, e ocupava dois andares inteiros de um prédio comercial, bem próximo do quarteirão fechado da Praça Diogo de Vasconcelos.

– Veja primeiro a imagem dos paramédicos chegando, como selecionei.

– Espere. – Pardal tomou para si o notebook de Silva, deixando Silva furibundo e Flamarion intrigado, porque naquele momento procurava enxergar as imagens por cima dos ombros do amigo baixinho. – Vou projetar em uma tela maior.

E acoplou o computador pessoal do inspetor em um cabo preso a um pedestal, utilizando um controle remoto para ligar um monitor bastante grande postado discretamente à esquerda da mesa da sala de reuniões. Logo as imagens selecionadas por Silva, que continuava comandando seu computador, apareceram maiores e mais nítidas. Eram os paramédicos vindo, com jalecos e alguns com máscara. Aquela moda da pandemia pegara de vez em inúmeras pessoas, principalmente trabalhadores da área da saúde. Flamarion pressentiu que teriam que se acostumar com máscaras de proteção para o resto das suas vidas, porque dos quatro que entravam três usavam máscara. Mesmo os outros, não dava para ver-lhes o rosto. Dois de máscara carregando uma maca. As imagens estavam paradas e Silva as avançou um pouquinho. Os homens entraram. Com mais alguns cliques de Silva, vieram os frames dos paramédicos saindo, não com o cadáver de Vitor, mas com ele agonizando, já entubado e com soro, e agora eram três carregando a maca, e um quarto com um monitor, e mais alguns homens de branco que se confundiam com policiais militares e civis à paisana, tumultuando a porta da casa, do cenário do crime. Seria impossível não contaminar o perímetro e atrapalhar a perícia com aquela bagunça de gente.

– Percebeu? – Silva agora olhava para Flamarion e não para Pardal. É claro que não era a praia do tecnólogo a dedução criminal.

– O quê? Que está cheio de gente? – o investigador de seguros respondeu uma pergunta com outras duas, como fazem os alunos que não sabem respostas durante sabatinas orais, na escola.

– Isso e isso. – Silva voltou a imagem mais duas vezes. A chegada dos paramédicos de branco. A saída deles com a vítima alvejada e sendo socorrida, já com mais gente do lado de fora da casa.

– Não entendi. – Flamarion respondeu, enquanto Pardal permanecia examinando as imagens.

– É muito claro. – Agora Silva apontava seu dedo gorducho para as imagens no imenso monitor, largando um pouco a bancada com o computador, que Pardal assumiu dividindo a tela em duas, uma cena dos paramédicos entrando, outra com eles saindo.

É gente demais na saída, pensou Flamarion, mas sem perceber exatamente aquilo que o amigo queria mostrar. Silva, no entanto, não se conteve e não perdeu tempo em revelar a descoberta:

– Há mais paramédicos saindo do que entrando. Vejam. Se fossem outras pessoas, daria para confundir, mas só eles estavam de jalecos, alguns de máscara. E entraram cinco. Saíram seis. Confiram.

Os dois homens contemplaram as cenas indicadas pelo velho policial. Havia um homem a mais de jaleco na saída, mesmo. Havia muita pressa ali, tanto para entrar, porque acudiam a um ferido à bala com lesões graves, quanto para sair. Se via pela foto que andavam muito rápido, quase correndo, a volta mais ligeira ainda, mas havia mais um homem de branco na segunda cena.

### Vitor além da vida

– Genial. – limitou-se a dizer Pardal, enquanto procurava as mesmas imagens em vídeo no computador de Silva, que voltou para a bancada e indicou o arquivo correto.

O vídeo ampliado foi tornado mais lento pelas mãos hábeis do especialista em tecnologia. Se viam rostos meio embaçados entrando de branco, uns com máscaras, outros sem. Flamarion observou que dois eram negros claros, o que antigamente chamavam de pardos ou mulatos, e que os outros eram brancos caucasianos, o que dava para perceber mesmo entre aqueles que usavam máscara. Havia um com olhos claros ali, era o de máscara. De repente, Pardal cortou o vídeo e o reproduziu mais adiante com o aperto da tecla certa, e veio a imagem quadro a quadro do grupo saindo correndo, e dava para ver que era Vitor entubado na maca, dois de máscara o carregando, um terceiro na cabeceira, um quarto com monitor e mais dois um de cada lado do féretro quase fúnebre.

– As imagens não os mostram entrando na ambulância. O ângulo das câmeras não permite. – salientou o inspetor.

– É um ponto cego e as imagens não são boas, mas a descoberta é importante inspetor. É o policial que tomou tiros em casa, não é? – Pardal perguntava, mas olhando com curiosidade a qualidade das imagens do vídeo.

– Sim. – Resposta seca de Silva, que estava interessado em outra coisa. – Agora você deve estar perguntando o que quero contigo.

– Já percebi. Quer que melhore as imagens, né?

– Não só isso. Quero que as torne mais claras e que nos permita discernir o rosto desses indivíduos. É possível?

Pardal achou aquilo divertido, e mesmo com as imagens ainda projetadas no monitor enorme retirou seu pen-drive e copiou as cenas, passando-as para seu próprio computador pessoal que estava até então sob a bancada. Agora eram só ele e a máquina. Aquele homem estivera a vida inteira à frente de um computador, um teclado e um monitor. Era como uma criança em um jardim, um jogador de futebol entrando em campo após amarrar as chuteiras.

– Posso melhorar a definição dos pixels, inspetor. Pode ficar bastante bom. Precisarei de algum tempo... Em quantos dias precisa disso? Tenho uns softwares que deverão resolver o problema.

– Quantos dias? Eu pensei em te dar um par de horas...

Pardal gargalhou, o que o rejuvenescia uns vinte anos. Faltavam só os cabelos longos agora.

– O meu amigo inspetor Silva continua o mesmo. – ele respondeu, enquanto tomava ar após as risadas. – De hoje pra amanhã tá bom? Aprenda a negociar, homem.

– E por favor, preciso que tente identificar os caracteres fisionômicos em seu banco de dados. Tem um banco de dados com um programa que reconhece rostos, não tem?

Pardal tinha. Só ele e o governo americano tinham. Custara uma fortuna cobrada por um espião industrial que lhe havia entregue o software em um aeroporto de Miami, alguns meses atrás. Depois só vai precisar atualizar com dados do resto do mundo. O inventor achava aquela nova tarefa deliciosa, na verdade, mas quis brincar um pouco com Silva:

– Quer tudo, meu amigo! Não sei quando vou terminar de pagar minha dívida contigo. Tem ideia de quanto tempo falta?

– Te prometo que esta será a penúltima, professor. Sempre a penúltima – e foi se encaminhando para a saída, mas retrocedeu por um instante. – Ah! Já ia me esquecendo... meu pen-drive, professor, se me faz o favor. Tem gente graúda tratando isso tudo como um segredo enorme.

Saíram de lá com o pen-drive, Flamarion como um acólito do inspetor, ainda incrédulo das cenas selecionadas pelo amigo, que estava com pressa. Tinham marcado um encontro com Santiago Felipe, o jornalista por detrás daquele encontro e por reativar Paulo Roberto Silva em uma investigação policial. Foram encontrá-lo na redação do jornal onde trabalhava à quarenta anos, por sorte também perto dali. Belo Horizonte sempre seria aquela roça grande, como a apelidavam moradores de outras capitais: era uma metrópole de três milhões de habitantes, mas tudo que interessava e fazia a diferença era relativamente perto do centro. O resto era periferia e bairro dormitório.

Sentaram-se à volta da mesa redonda de Santiago, quase o único móvel de um escritório acanhado que ficava no centro da redação do maior jornal do estado, cada vez menor como todo jornal diário que ainda relutava com edições impressas. Era uma regalia para um jornalista ter seu próprio escritório na redação, agora que quase todos os colegas de Santiago Felipe trabalhavam só em casa, de *home office*, ou nas ruas, transmitindo pelo celular e desde cedo as notícias tão logo os fatos ocorriam. Os donos do jornal reconheciam que aquele repórter era diferenciado, histórico, e estava há quarenta anos nas páginas policiais do diário. Enbranquecera o cavanhaque longo na última década, mas continuava sendo o mesmo sujeito alto, longilíneo e intensamente magro e com olhos penetrantes que pareciam vazar informações das fontes que perscrutava em suas entrevistas. Era assim que estava quando reviu Silva, atento e viperino, apesar de feliz em rever ao velho policial companheiro de madrugadas insones em delegacias malcheirosas e degradadas pelo entra e sai de putas e marginais. Onde Santiago buscava notícias e furos jornalísticos, o inspetor procurava solucionar mistérios e prender criminosos. Eram criaturas da noite feitos do mesmo material cada vez mais raro, segundo já percebera Flamarion da outra vez em que estivera com os dois, vários anos atrás.

– Soube que o filho do Rubens levou um susto lá no Mato Grosso, mas vocês já começaram a trabalhar. Intenso como sempre, meu amigo. – Santiago Felipe bebericava uma água gasosa que inutilmente oferecera aos dois visitantes.

– Suas fontes já te disseram isso tudo? Ou foi um passarinho? – Aristides, o "filho do Rubens", não quis perder a deixa.

– Ambos. – Santiago sorriu. – Seu pai teria orgulho do filho intrépido. Principalmente pelos amigos que escolhe – e apontou para Silva.

O inspetor gostava daquele velho repórter que evocava um tempo em que era muito mais fácil trabalhar, Belo Horizonte era muito menor e o resto do estado de Minas Gerais era um bando de cidades pequenas ou emergentes em que se gostava de moda de viola, cachaça e queijo, em que o tráfico ainda era incipiente e todo mundo conhecia quase todo mundo. Quando havia um homicídio, era por conta de mulher, bebida ou dinheiro, e não queima de arquivo entre facções criminosas. Um tempo que jamais voltaria, vaticinava um Silva cada vez mais nostálgico, bom como um vinho envelhecido, bom como estar com Santiago Felipe naquele fim de manhã. Mas o tempo, que não voltava, também não parava, e aquela conversa teria que ser rápida. Sempre calado, o inspetor ficava pouco à vontade quando tinha que falar, protagonizar uma conversa, mas ali era o jeito:

– Achamos algumas imagens, Santiago. Nos levam a crer que há um suspeito saindo do local do crime e estamos tentando melhorar o que temos para identificar ao menos o rosto da pessoa. É um homem.

– Foi ao Professor Pardal? – Santiago sorriu.

– Com seus informantes, porque raios precisa de tiras? – Silva não estava bravo, mas fingia estar. – Posso fumar aqui?

Santiago abriu as janelas e persianas e desligou o ar-condicionado. Aquele prédio, como quase todos os outros da face da terra, eram imunes à fumaça de cigarros, mas por ali havia o velho jeitinho brasileiro quando o fumante era ilustre. *O primeiro cigarro do dia*, não deixou de observar mentalmente Flamarion, e era um Marlboro, marca que Silva adotara anos antes quando seus velhos Hollywood saíram de moda. O inspetor tentava parar de fumar há duas décadas.

– Bem, as imagens estão em segurança, sendo depuradas, é o que basta. Vou ter uma resposta em algumas horas e você terá uma história para publicar em alguns dias, ou semanas. – Fumava intensamente, com saudades do cigarro, com longas baforadas, enquanto continuava: – Já sabemos como o suspeito saiu do local, mas não como entrou. Mas uma coisa vai levar a outra inevitavelmente.

– Ele estava com o rosto descoberto?

– Sim e não. – E diante do aturdimento de Santiago, foi obrigado a explicar: – Sabemos que é ele um dos caras que sai de jaleco do local porque há um cara a mais de branco saindo, entre os que entraram. Mas há gente de branco com e sem máscara. Vamos ter que individualizar as fisionomias primeiro.

– Não preciso nem lhe dizer que estas informações ficam no freezer até me autorizar a publicá-las, velho amigo. E agradeço sempre a sua confiança em mim.

Silva sabia que o jornalista era sincero. O único da imprensa em que confiara em toda a vida, ele que era avesso à mídia desde a adolescência e dotado de uma timidez que contrastava com seu arrojo profissional. Aquele encontro estava ameno demais, apesar de lutarem contra o relógio: não só Vitor estava à beira da morte, um perigo inexpugnável ao trabalho policial, mas porque o assassino, solto e ainda desconhecido, era um perigo para um monte de gente, inclusive, e principalmente, para a família do policial ferido. Flamarion permanecia tranquilo até ali porque sabia que as investigações estavam em boas mãos e se aqueles dois à sua frente ainda não tinham chegado a alguma conclusão sobre o autor dos disparos é porque até ali as respostas buscadas eram, ainda, de impossível obtenção.

–A equipe do Cupertino é boa? – perguntou Santiago, levantando-se para espichar as enormes pernas magrelas.

– Os de sempre. Você conhece a todos, não é, Flamarion? O que achou?

– Eudes é dos bons e Cupertino é dos ótimos – brincou o novato do trio. – Arrudão é de extrema confiança, um cão de guarda, acho que alguém forte é importante em toda força-tarefa, me desculpem se falo besteira. Os outros não conheço.

– Santiago, o Angelo Álvaro pôs um x9 pra nos monitorar. – Silva explicou, sem alterar o cenho ou o tom da voz. – Um delegado novo, nem lembro o nome. Os políticos continuam fazendo política.

O jornalista fez menção de não se espantar com aquilo. Ele era velho e experiente demais para se assustar com a mania leviana que dominava os homens de vaidade que lutavam pelo poder e que procuravam ter o controle de tudo. Antes de perguntar, simplesmente deu um olhar irônico para seus dois visitantes e prosseguiu dando um ou dois goles de sua água com gás, que adorava beber o dia inteiro:

– Há mais alguma coisa que possa fazer por vocês? Sou apenas um homem de notícias, mas tenho meus contatos.

*Os melhores contatos do mundo*, pensou Silva, e os informantes de Santiago Felipe já o haviam ajudado inúmeras vezes a elucidar homicídios e encontrar gente desaparecida e pistas de inúmeros casos misteriosos e difíceis de resolver. Havia uma dívida de gratidão ali, o inspetor sabia, e uma dívida difícil de saldar em uma só encarnação. Por isso tratou de acrescentar mais obrigações a pagar ao saldo devedor:

– Já que perguntou... – E apagou a guimba do cigarro em uma xícara velha cedida por Santiago para funcionar como um cinzeiro improvisado. – Vou ser direto porque não temos muito tempo. Gente perigosa assim tem que ser detida logo. Sabe que ele pode fazer mais vítimas. A tendência é que faça ou procure fazer, aliás.

– Mesmo? – questionou Flamarion. – Um serial killer?

Silva não respondeu de pronto. Olhou para o cigarro morto na borda da velha xícara, pensando, até que satisfez a curiosidade do amigo:

— Não diria isso. Ele aparentemente mandou um recado e há uma mensagem principal que ele ainda não entregou. Temos que interromper o mensageiro.

— Como assim? – indagou Flamarion.

— Vai entender. – e Silva dirigiu-se à Santiago – Sabe que não se descobriu nada sobre a vida profissional da vítima, que era um bom policial, mas um policial comum, sem sangue no olho, sem adrenalina e honesto. Não era de sacanear bandidos e cumpria o seu dever e pronto. Portanto, não creio que o autor dos disparos seja gente ligada diretamente à profissão de Vitor Hanneman.

— Vocês já abandonaram essa linha de investigação.

— Ainda não, Cupertino é teimoso e está com o espião do chefe de polícia no cangote. Mas não vai dar em nada.

— Como tem certeza disso, velho amigo? – Santiago, o homem das perguntas fatais, deixava Flamarion intrigado com sua rapidez de raciocínio.

— Se você quer matar um policial, vai até a casa dele, com câmeras, onde ele estará protegido e acompanhado da família e certamente terá uma arma, ou vai procurá-lo nas ruas e por onde ele sempre anda, ou na lotérica onde ele faz um joguinho, ou na lanchonete onde ele come um pão de queijo, sempre distraído e com a guarda baixa?

— *Touché*, inspetor, *touché*. – Santiago lembrou do golpe fatal da esgrima para recordar-se de uma época que vivera, em que era chique falar francês, ou apenas decorar-lhe frases de estilo. – Então quer dizer que não é um criminoso que ele pôs na cadeia, um ódio profissional de bandido que levou o atirador a buscar Vitor Hanneman em casa.

## Vitor além da vida

– Porque não era o Vitor policial que o assassino buscava. – Flamarion concluiu, acompanhando o raciocínio dos dois homens. – Mas, se não era o policial, era o homem. É a isso que quer chegar, inspetor?

– Querer não quero, mas é inevitável. – Silva olhou para o cigarro, contendo-se para não acender outro Marlboro. – O assassino visava o Vitor homem. O pai de família, o gaúcho marido e pai de vários filhos. Aliás, três, igual a você, Flamarion. Também viu isso na ficha dele?

O investigador de seguros assentiu, rapidamente, ainda tenso com as descobertas desveladas ali. Era sinistro pensar que dias atrás e por um triz poderia ser ele a ir para um leito de hospital mortalmente ferido, deixando mulher e filhas chorosas, como Vitor. Por um triz não fora.

– Já sei onde quer chegar. – disse Santiago.

– *Cherchez la femme*. Pra te acompanhar no francês. Preciso saber tudo sobre a esposa de Vitor, que a essas alturas é uma quase viúva, infelizmente. Ela está sendo monitorada não somente pela polícia militar a pedido de Cupertino, mas dois de nossos homens estão acompanhando... Diana, é o nome dela... estão acompanhando Diana a distância. Não é sobre agora que preciso saber. Preciso saber da vida pregressa dela. Do passado.

– Tem gente acompanhando a mulher de Vitor? – indagou Flamarion. – Quem?

– O Arrudão e o amigo dele, aquele sujeito alegre e piadista. – Silva fez um muxoxo. Bom humor o irritava terrivelmente. – Estão mantendo sigilo, mas Arrudão não aguentou e me mandou uma mensagem confessando o crime. Ele está arrependido de seguir o colega e acha que é um erro fazer tudo sem avisar aos demais. Mas deixei que fizessem porque a polícia militar parou de vigiá-la. Disseram que não corre mais perigo e, assim, nossos dois tiras ao menos a protegem.

— E foi isso que disse a ele ? — Santiago voltou a perguntar. Era sua profissão fazer perguntas e buscar respostas.

— Falei para continuar sem remorso. Também disse que foi uma boa ideia não contar para os demais, porque nem todos são de extrema confiança, e não me refiro somente ao espião do chefe de polícia.

Enquanto Flamarion se perguntava a quem mais Silva se referia, o velho inspetor continuou a *fundamentar seu pedido*, como gostava de dizer uma antiga namorada promotora de justiça que tivera, vinte anos atrás:

— Santiago, sei que ela agora está às voltas com hospital, filhos e traumas, e é delicado investigar uma pessoa que sofre a esse ponto, esposa de um colega, mas temos que começar a pesquisar seus hábitos, trajetos e profissão. Preciso saber com quem estou lidando, porque talvez não dê tempo de procurá-la. Preciso saber de seus contatos pessoais, a quem recorreria em uma emergência e se há emergências em sua vida. Acha que consegue alguma coisa?

— Talvez sim, com meus passarinhos. — Santiago olhou para a garrafa de água gaseificada, finalmente vazia. Queria buscar outra, mas estava atento demais às palavras do policial para dar atenção à sua sede. — Vou precisar de um par de dias.

— Te dou um par de horas, amigo. Não teremos muito tempo com esse psicopata à solta. — Era a segunda vez que o inspetor Silva pedia pressa, apenas naquela manhã.

# TREZE

Eudes Bonfim era um perito renomado, talvez o melhor na ativa na polícia civil mineira. E ele sabia que era bom, tanto que o aborrecia profundamente quando se encontrava diante de um caso em que as evidências científicas não eram suficientes para solucionar um crime, como no caso Vitor Hanneman. E a coisa toda piorou com a chegada de Paulo Roberto Silva que era, sim, uma pessoa a ser respeitada e uma fonte de alento a todos os envolvidos naquela investigação. Ao mesmo tempo, porém, com ele apurando o inquérito a responsabilidade de Eudes se tornava maior: agora precisava descobrir se, de fato, levantara toda a materialidade possível, todos os vestígios e pistas possíveis daquele estranho caso, ou se deixara algo passar em branco.

Para solucionar essa última dúvida é que passava a noite em claro no laboratório forense do instituto de criminalística, seu local de trabalho há mais de uma década, onde conhecia cada sala, já esquadrinhara cada canto, e cada canto com sua história própria, conhecia cada computador pelos apelidos que lhes davam seus colegas de trabalho, que chegavam a ficar tristes quando aquelas máquinas eram trocadas e perdiam para sempre os *velhos amigos*. Muitos dos colegas de Eudes, e ele próprio, passavam mais tempo com os computadores do que com familiares. Daí vinha a afeição estranha pelas máquinas.

Naquela virada de noite e manhã, Eudes estava trabalhando no Saci, assim apelidado porque era um desktop preto com monitor duplo, também preto, que contrastava com a brancura do resto da sala *clean* que compunha seu gabinete. E em ambos os monitores ele havia isolado as diversas cenas das câmeras de segurança, de antes, durante e depois do crime. Cismou que não havia visto alguma coisa, mas não conseguia notar de jeito nenhum o que lhe havia escapado. Ao lado do teclado e da caneca de café fumegante, que buscava de uma máquina que havia ali, estava uma lista minuciosa com o material arrecadado no local do crime, com respectivos resultados dos exames laboratoriais, incluindo DNA e resíduos sanguíneos. Tudo inútil. O café era sorvido às canecadas, tudo para permanecer acordado, ele que sempre fora *bom de cama*, como sua namorada costumava dizer: era bater na cama e dormir, oito a dez horas por dia, se não tivesse que trabalhar e o despertador não tocasse. Era o maior prazer de sua vida, após o trabalho bem-feito, uma noite de sono bem-dormida.

E naqueles dias estava privado de ambos os prazeres. Não se resignava de não haver descoberto qualquer fio da meada e as noites em claro, acordado insone ou trabalhando na *criminalística*, como gostava de dizer, se sucediam incômodas. Os exames genéticos à sua frente não demonstravam a presença de qualquer estranho na cena do crime, alguém que não devia estar lá nos instantes anteriores ou durante o atentado ao seu colega policial. E as imagens... havia alguma coisa com elas, a começar pelo que não havia. Era muito estranho que as imagens das câmeras de segurança não existissem ou as câmeras da rua estivessem desligadas justamente no dia do crime ou logo antes. Alguma coisa lhe passara desapercebida até ali, e acreditava naquele instante que era um inapto completo que não percebera alguma informação ou detalhe importante.

Terminou mais uma caneca de café. Os corredores da Criminalística, geralmente tranquilos, ainda mais durante suas noites insones, estavam mais barulhentos agora, já no fim da manhã. Olhava as imagens e nada via de novo mas, contudo, intuía que havia alguma coisa *ali*. Alguma conexão, uma pista perdida, tinha que haver! Nos monitores do Saci estavam os *frames* com Vitor na porta, do lado de dentro da casa, na câmera da varanda. Depois um ponto cego, onde não se via com quem ele conversava ao atender à porta, se é que conversara com alguém. Em seguida, ele caído na câmera enviesada em um ângulo torto e estranho, novamente a da varanda, e novamente o ponto cego. Por fim, gente chegando de todos os lados, paramédicos e perícia, gente de jaleco branco e sem, policiais militares e civis, e de repente a câmera da esquina pegava a movimentação, a câmera que funcionava de vez em quando, como tudo que era estatal naquele país complicado...

– Dormindo de olhos abertos de novo, chefe?

A frase súbita o assustou, e Eudes detestava ser assustado. Talvez algum trauma de infância, ele não sabia. Ao seu lado, onde não havia ninguém até aquele horário tardio da manhã que se encerrava, agora estava Bruno Bianchi, o Bruninho, seu assistente na perícia já há quase um ano, estudante de Direito nas horas vagas, e um chato inoportuno e puxa-saco o tempo todo.

– Passou a noite de novo por aqui? – como Eudes não respondia, amuado com a interrupção de seus pensamentos, o assistente insistiu.

Coitado, não era má pessoa. Era curioso e prestativo. Só era *excessivo*, pensou Eudes, enquanto buscava mais um café. Ruminou alguma coisa para ver se Bruno desconfiava e mudava o rumo da prosa ou simplesmente ia embora, mas quando retornou com mais café na caneca seu aprendiz de chato e puxa-saco estava na frente do Saci, olhando para as fotos.

– Nada nunca o tempo todo. – E sorriu para o chefe da perícia. Era um sorriso infantil. Bruninho tinha trinta anos, era um estudante tardio e também tardiamente um servidor público, mas quando sorria aparentava ser quase um adolescente, com sua tez clara com espinhas, óculos sem aro, cabelos muito pretos cortados com franja, como um menino.

– Lembra o título de um filme que nunca vi, Bruninho. E você, descobriu alguma coisa?

– Trabalhei até aqui nas coletas de DNA, chefe. Também estou pondo em dia as outras demandas que não param, não é? Pro senhor e os outros craques tocarem o caso Vitor. Me preocupa, como anda a professora? Não deve estar bem.

Bruninho era aluno de Diana, e por uma ou duas vezes comentara com Eudes que ficaram sem suas aulas naquelas semanas, com alunos mandando mensagens positivas pra ela e muita gente rezando por uma conclusão confortável para toda aquela tragédia. Mas tudo muito vago, informações que iam e viam e só serviam para que perdesse o foco daquele enigma estranho posto à sua frente, nas telas do Saci.

– Outros estão cuidando da família da vítima – e se intrometeu na frente do assistente, voltando à mesa de trabalho – nós cuidamos de encontrar quem fez isso, e é o mais complicado, acredite.

**Vitor além da vida**

Enquanto seu chato particular também se servia de um café, é claro sem pedir licença alguma (a máquina era de Eudes), o perito tentou voltar sua atenção inutilmente para o trabalho, mas suas ideias haviam fugido da mente, se é que algum dia estiveram lá, e era inútil trabalhar com cansaço mental daquele nível, algo que aprendera ao longo da carreira. Começou a desligar o computador, quando Bruno voltou à carga, bebericando o café recém-servido:

– O tal Silva veio para ajudar vocês? É como estão dizendo aqui na Criminalística?

– Sim. – E olhou bem na cara de Bruninho, lendo a pergunta que viria em seguida: – E não. Antes que pergunte: ainda nada. E se houver, entende que é informação restrita não é?

– Claro, chefe. – Ele enrubesceu, voltando a ser criança. – Mas quero que saiba que estou a disposição aqui para o que o senhor precisar. Não só pelo Vitor, que era um colega dos melhores, mas pelo senhor, que vejo estar bastante focado nisso tudo. É importante demais descobrirmos isso logo.

– Você o conhecia?

– Claro! Nosso colega, já esteve aqui trazendo evidências várias vezes. E marido da professora Diana. Claro.

– Pois então reze mais ainda. Não só por Vitor, mas pra sairmos dessa encruzilhada logo. Alguém chegou lá, deu os tiros e saiu, e não há vestígios de nada. Nós nunca vimos algo assim antes.

Tentou voltar a se concentrar no trabalho, e agora olhava fixamente para a sequencia de imagens que mostravam – e não mostravam – o momento do crime. As câmeras da rua registram o movimento à frente da casa de maneira intermitente, porque duas delas estavam desligadas e mais uma com imagens intermitentes, disso ele sabia. Não entendia era a intermitência da que restara naquele dia, defeito que até então não havia se manifestado anteriormente pelo que pôde aferir de imagens antigas, de pelo menos um dia anterior para trás. Vitor deveria ser antes de tudo um azarado, mas Eudes não acreditava em coincidências. Cientistas nunca confiavam na sorte.

— Acha que seria de bom tom alguns alunos irem visitar a professora Diana? — Bruninho interrompeu de novo. Ele decididamente não desconfiava o quanto incomodava o chefe. — Sabe, a mulher da vítima?

Eudes não respondeu. Era a maneira mais eficaz e educada de fazer com que o assessor calasse a boca e fosse embora. E se simplesmente mandasse aquele chato para a puta que o pariu certamente sofreria um processo por assédio moral. A coisa estava desse nível atualmente. Homens estavam deixando de ser homens para se protegerem atrás de leis o tempo todo. Até a frase *homens que deixam de ser homens* poderia dar algum galho, misoginia, machismo, preconceito de gênero, etc... Ele tinha nojo daquela merda toda de politicamente correto. Mas suportou ficar quieto e deixar a pergunta de Bruninho no ar enquanto continuava olhando as imagens. Não as que via, mas o que *não estava lá*, o que o intrigava, porque tinha praticamente a certeza de que deixara escapar alguma coisa. Enquanto o fazia, Bruninho finalmente terminou o café, cansado de esperar pela resposta que não viria e foi saindo lentamente do escritório de Eudes. Apesar de aliviado, seu chefe interrompeu-lhe a retirada de súbito e em um lampejo:

— Você tem certeza de que não deixou escapar alguma imagem, Bruno? Preste atenção: tem certeza? — A expressão e o tom de vozes de Eudes eram inesperadamente duros, e a raridade daquilo assustava a quem o ouvisse. Ele sempre doce, calado, educado. – Você foi o encarregado da seleção de vídeos o tempo todo.

– Certeza? – Havia surpresa ali, e alguma indignação. – Chefe, esse trabalho é a minha vida. Dou a vida pelo que faço e a vítima era nosso colega, lembra-se? Chefe, o senhor está cansado... se quiser cubro o restante das tarefas pro senhor hoje. Vai pra casa descansar.

Eudes achou a ideia sedutora, mas iria esperar que o assessor saísse primeiro para não correr o risco de andar corredor afora ao lado daquele tagarela, dando-lhe satisfações ou simplesmente comentando sobre o calor excessivo para aquela época do ano. Depois iria almoçar e dar uma dormida. E voltar para rever aquelas imagens. Sobretudo as que faltavam.

Imagens é que não faltavam à professora Diana, entretida em uma terapia com os filhos que tentava distrair sozinha depois que Dona Tereza, eternamente carrancuda, os deixara finalmente a sós. A mãe de Diana bem que tentara, mas não ajudava em nada, nada falava, ela que sempre fora uma vetusta carranca de poucos amigos e quase nenhuma palavra. Por isso Diana falava *pra caralho*, como ela de vez em quando se permitia dizer, soltando um palavrão quase sempre ao lado do marido ou das amigas com as quais saía para tomar uma caipirinha toda quinta a noite depois da última aula da faculdade. Aquele tempo de caipirinhas e amigas e marido estava bastante longe agora, e ela tentava distrair os filhos com um jogo de desenho em uma lousa mágica para cada um, e tinham que sortear um tema para desenhar. A meta era adivinhar um o desenho do outro, porque os temas eram individuais e secretos. Quanto mais perfeito, ou menos imperfeito, fosse o desenho, mais fácil seria adivinhar. Só que ninguém ali estava com cabeça para desenhos e a única que se esforçava era Bianca, ou Bibi entre os familiares, introspectiva como sempre, calada como a avó. Diana suspeitava que ela tinha uma espécie de autismo e passara de hora de um diagnóstico mais completo.

Quando explicara aos filhos as regras do jogo, Jorge logo as entendeu, também porque necessitava urgentemente ocupar a cabeça em transe há semanas. O menino, Diana sabia, não imaginava o mundo sem Vitor – e não queria aprender a viver sem os conselhos daquele que sempre fora seu companheiro e mentor para as coisas da vida. Mas seus desenhos eram os piores. Era algo com a coordenação motora dele, sempre péssimo nos esportes, a ponto de passar vergonha no campeonato de futebol da escola, e vezes sem conta saíra chorando para os vestiários durante os treinos. Diana ou o marido o aguardavam próximos da quadra e fingiam não ver as broncas do treinador, um ou outro colega o chamando de nomes feios, *pé torto*, *bola murcha* e outros apelidos tão comuns nos campos de várzea e quadras do país afora. Jorge voltava magoado e tentava de novo e de novo e de novo, e por fim parara de tentar e se dedicava a gibis e videogames. Mas nunca ao desenho, que era horrível, aquela coisa de palitos em forma de corpo e bolinha em forma de cabeça, com rabiscos formando os caracóis dos cabelos e fiapos esqueléticos como dedos.

– Isabela, já termino o seu?

O fato da filha do meio estar calada era estranho, porque era de todos a mais falante, mesmo naqueles dias. O silêncio da menina acendeu um alerta em Diana como dispararia em qualquer mãe e em qualquer situação. Avistou-a de imediato do outro lado da mesa de centro entre a copa e a cozinha, aliás, uma copa-cozinha americana com um balcão separando os dois ambientes. E assustou-se com o que viu, mesmo naqueles dias em que acreditava que nada mais a

## Vitor além da vida

assustaria depois de tudo o que passara naquelas semanas. Isabela desenhava na lousa individual com pincel mágico de maneira desenfreada, ela sempre sem qualquer tino ou vocação para as artes. Murmurava e de olhos fechados. Parecia um sussurro, mas quando os demais ao redor pararam para observá-la, o ruído a princípio imperceptível encheu a casa e foi aumentando, porque o barulho em torno cessou do espanto de todos. Mas permanecia indecifrável.

– Bela, o que está acontecendo? – Diana perguntou de novo, mas como a filha permanecesse de olhos fechados com barulhos ininteligíveis saindo mais da garganta que da boca, levantou-se da cadeira e rodeou a mesa para ver o que havia com Isabela e o que estava desenhado na lousa.

E o que havia congelou-lhe a espinha e graças a Deus que os outros dois meninos, que não se levantaram e somente esticaram olhares de curiosidade, não perceberam o teor dos rabiscos. Era como uma história em quadrinhos da cena dos tiros em Vitor. No canto superior, Isabela desenhara o pai de bermudas e com um pano de cozinha nas mãos indo atender a porta, tal como a polícia e Diana intuíram ocorrera instantes antes dos disparos. Mesmo em transe e com as mãos guiadas por sei-lá-que-coisa, os rabiscos eram tremidos, mas não havia dúvidas que era Vitor: barba rala, cabelo espevitado, troncudo, barriguinha de chopp, como em todas as fotos dos porta-retratos ao redor da cozinha e espalhados pela casa.

Até aí podia ser uma cópia. Isabela não era mesmo de entrar no jogo e, rebelde, resolvera retratar ao pai, mas estava perfeito demais, coisa de profissional, e aquilo não saíra dela, disso Diana tinha certeza. Se viesse de mãos humanas, de algum talento humano, seria de um profissional com bastante experiência, desenhando com o modelo de lado, e olhe lá. Ah, o cérebro irônico dela acrescentou, e o desenhista não estaria em transe mediúnico murmurando mantras estranhos. E a cena, que era a cena do crime, tinha sido por demais falada pela casa e na TV para que fosse de se estranhar que Isabela não conhecesse, por mais que Diana e a mãe tenham se esmerado em manter as crianças longe dos noticiários por aqueles dias. Mas com celular e internet, quem segura as notícias?

Abraçou a filha, que tremia e curiosamente permanecia dura como um pedaço de pau, como se tomada, presa dentro de um casulo férreo e indestrutível. E sua mão garatujava com o pincel atômico, de cor preta mas que a mão frenética da menina ia modulando a pressão sobre a lousa e criando tonalidades para criar nuances de perspectiva e claro-escuro, como se fosse um Wil Eisner, um craque dos quadrinhos experiente realizando seu ofício de maneira magistral. Porque aquilo era, aos olhos assustados de Diana, um gibi. O segundo quadrinho mostrava Vitor abrindo a porta, com o assassino de pé com uma pistola em riste em uma das mãos, e as tonalidades de preto criavam a ilusão perfeita da arma se destacando do braço estendido do agressor, imponente e ameaçador. Naquele ponto, ela viu que o transe fazia muito mal à Isabela, e a sacudiu energicamente. Bibi chorava alto e havia se levantado também, tornando-se uma sombra atrás da mãe, e Diana já envolvia à filha do meio como uma sombra protetora. Então Bibi era a sombra da sombra.

– Pare com isso pelo amor de Deus! Pare! – Ela chorava e sacudia a filha.

Naquele momento, Bela sacudiu os ombros violentamente, como se ela, ou algo dentro dela, quisesse se libertar da mãe para terminar um trabalho indispensável, inadiável. E era isso mesmo.

Jorge assistia impávido a tudo, mas arregalou os olhos quando viu o repelão da irmã, livrando-se da mãe, fechando os olhos vidrados e terminando o esboço daquilo que começara e precisava de algum modo acabar. Diana quase caiu para trás e foi amparada involuntariamente por Bibi, mais trombando nela do que sendo por ela contida, enquanto Isabela de repente terminava, soltando um urro, prostrando-se sobre a mesa e sobre a lousa, exausta.

Silêncio total. Todos estavam assustados demais para falar e Diana, recuperada do susto da reação da filha, voltou a abraçá-la, primeiro acolhendo-a. Chorava copiosamente envolvendo nos braços a filha desmaiada. Murmurava como se entoasse uma cantiga de ninar e quisesse recuperar os anos da tenra infância perdidos com Isabela, e com Jorge, e com Bianca, quando fazia mestrado e cuidava do marido e mal dava bom dia às crianças antes de sair para trabalhar, estudar ou simplesmente namorar Vitor. Todo aquele tempo perdido vinha com o peso de um remoso imbatível, justamente enquanto sentia a dor da impotência de não conseguir ajudar Isabela. Apavorou-se por ela não acordar mais enquanto a sacudia, primeiro delicadamente, depois em desespero, até que sentiu um choramingo distante, e era a menina que, saindo do transe, de repente voltara por alguns instantes a ser criança.

Acordou e viu Diana abraçando-a e chorando. Não entendia nada, mas sentia que era acalentada e que passara por um pesadelo estranho, e chorou também, retribuindo ao abraço. Logo Bibi se juntou às duas, ela que já estava em um pranto sentido bem típico de criança em fim de infância, de filha caçula. E Jorge, vendo as três mulheres da família desamparadas, finalmente rompeu sua timidez após a tragédia com o pai e deixou o cavalheirismo e o amor falarem mais alto. Ele, o mais distante na mesa, o mais distante na vida, distante sempre, se levantou e abraçou a mãe e as irmãs, bem maior que elas, formando um casulo. O casulo protetor da família Hanneman. E também chorava. A princípio relutante, em solavancos, depois um choro doído, travado por semanas, sentido. O menino parecia sentir o peso do desamparo, de não ter mais o pai, de estar sozinho e ser o homem da casa agora.

Diana sentiu que precisava mais do que nunca sair daquele ambiente com os filhos. Não era mais possível ficar naquela antessala da dor que se tornara sua casa enquanto esperava que o marido definhasse, vegetativo, ou miraculosamente se recuperasse das trevas do coma. Precisavam ir embora, e já. Dolorosamente os foi acalmando, e acalmando-se também, enquanto procurava pô-los todos para fora da sala, para os quartos, para arrumar malas com o indispensável e sair logo de lá. Ligaria ou passaria rapidamente no hospital e falaria com o Dr. Proença. Avisaria da retirada implacável, aguardando notícias, fossem quais fossem. Vitor, onde quer que estivesse, e se é que entendia ou iria voltar de algum modo, como homem ou como energia positiva, haveria de entender, porque era pai. Era ou ainda é, sabe-se lá. Ela não ficaria louca e a sanidade dos filhos valia a pena a fuga.

Foi quando olhou para a mesa, para a lousa, e o derradeiro desenho, o derradeiro *quadrinho* desenhado pela filha do meio. Identificava bem o assassino. Os olhos frios estavam lá. Implacáveis. Usava óculos redondos sem aro. Mas isso não era o mais estranho. Em uma situação normal seria tragicamente cômico, e de algum modo havia lógica naquilo, afinal de contas Isabela desenhara um gibi durante o transe perturbador.

Mas era estranho no contexto.

O assassino do desenho era o Superman. Um Superman com óculos de Harry Potter.

# QUATORZE

José Carlos Arruda, o Arrudão, entrou velozmente na sede da polícia civil naquele começo de tarde. Precisava encontrar alguém da Força Tarefa de imediato, de preferência o inspetor Silva. Ele, que não era homem de iniciativas, havia recebido de Kleverson a incumbência urgente de informar que a esposa de Vitor havia saído de casa esbaforida com os filhos, repleta de malas e de uma estranha caixa. Parecia em uma insólita fuga, o que era para lá de inusitado: afinal, estava com o marido em coma, vítima de disparo de arma de fogo, *morre não morre*, como se diz na roça mineira.

"De um certo modo – acentuara-lhe Kleverson – *ela e os meninos são vítimas também. E se vítimas estão em fuga é porque tem alguém na rabeira delas, perseguindo. Precisamos descobrir quem é, entendeu?*"

Arrudão entendera mais ou menos. Só sabia que a coisa estava cheirando a assassino misterioso, a *serial killer*, e quando ele ouvia falar de *serial killer* o seu dedo indicador direito, o de apertar o gatilho, começava a coçar. Pronto! Era só disso que precisava saber. E avisar o Silva, ou ao menos o Delegado Cupertino, porque a polícia militar que fazia a ronda do local se preocupava só em não deixar estranhos entrarem na casa. Povo bobo. A casa não era vítima de nada, a casa não podia tomar tiros.

Só que Arrudão não encontrou nem o inspetor e nem o Cupertino quando entrou às pressas na sala de reunião que servia de QG para os encontros do grupo, naquela hora em campo ou almoçando ou retornando do almoço, que era longo na polícia: duas horas. Como se o crime parasse para almoçar também – Arrudão sempre achava graça disso. Sequer o Eudes Bonfim estava por lá, mas isso já era de se esperar. Ele estava às voltas com DNA e gravações de imagens, era um perito e não um tira. Alguém cientista e não polícia pra prender e dar porrada – Arrudão não entendia como é que profissionais dessa natureza estavam na polícia, eram remunerados como policiais. Deveriam estar no Ministério da Saúde ou em museus e bibliotecas.

Quem Arrudão encontrou na sala de reuniões foi Hendrick – o único que não lhe era simpático, o único que não fedia e nem cheirava e tampouco poderia ajudá-lo.

– Oi, doutor – disfarçou, esbaforido. Lembrou-se de Kleverson abandonando-o na porta da sede da polícia e seguindo em frente para tentar recuperar o rastro de Diana. – Onde está o resto do pessoal?

Hendrick sentado estava e sentado ficou. Lia um livro de autoajuda: *Como fazer amigos e influenciar pessoas*, que devia achar interessante porque o manteve aberto enquanto encarava a um Arrudão suado e distante, inseguro como um adolescente surpreendido colando em prova de matemática. Tampouco lhe respondeu de imediato e permaneceu em silêncio encarando o investigador. Hendrick aprendera que esta era uma interessante técnica de interrogatório que ia derrubando a resistência psicológica do suspeito já nervoso, e intuía naquele instante que Arrudão tinha algum segredo que seria importante descobrir e reportar ao chefe de polícia. Afinal, era para isso que o jovem delegado ali estava.

— O resto do pessoal... — insistia Arrudão, olhando à sua volta, para a sala de reuniões deserta à exceção dele e do delegado.

— A quem se refere? — a voz de Hendrick era agressiva, em um tom que não ousaria utilizar com o chefe, ou mesmo com Cupertino e Silva. — Eu sou um delegado e estou na força-tarefa. Pode se reportar a mim diretamente, investigador.

— Não vai rolar. Desculpe.

Arrudão era um homem simples com respostas simples. Disse e não quis ficar para presenciar o semblante de Hendrick alterando-se substancialmente, do espanto para a ira. Girou nos sapatos para ir embora, usar o celular e avisar Kleverson que *não achara ninguém,* quando se deparou com o jovem delegado surpreendentemente veloz, à sua frente, bloqueando sua saída da sala da reunião.

— Você não vai a lugar nenhum sem me explicar o que está acontecendo, investigador — seu tom de voz estava perigosamente sibilino, pouco disfarçando sua irritação. — Minuciosamente. Cada detalhe. Entendeu?

Hendrick era pelo menos uns dez centímetros menor que Arrrudão, mas hierarquia era uma coisa séria na Polícia Civil e ele era um delegado nível II, exigindo explicações de um investigador que tecnicamente lhe devia subordinação. Arrudão conhecia muito bem vozes de comando e aquela era uma delas. Ele percebeu que não iria sair fácil daquela infeliz coincidência e que teria que enrolar o chefe indigesto, torcendo para não perder muito tempo ali.

– Na verdade não aconteceu nada. Só vim saber notícias dos demais, doutor – mas nem ele acreditava nisso.

– Sente-se.

Arrudão se sentou, resignado, olhando para o relógio e o celular. Kleverson não havia ligado e naquele instante já devia ter recuperado a pista de Diana e dos meninos, como dissera que iria fazer enquanto o deixava ali. Sentia-se perdido, ainda mais com aquele delegadinho de merda à sua frente, extorquindo-lhe informações. Precisava de Silva e de Cupertino, fora até ali em busca de seus mentores e ganhara de brinde aquele engomadinho autoritário.

– Quem está procurando, por quê e o que anda fazendo? – Hendrick pegou um papel A4 e uma caneta que estavam à disposição na mesa de trabalho e adotou o ar inquisidor próprio da profissão.

– Estou procurando vocês. Para saber de novidades. Como disse.

Hendrick sentiu ganas de dar uma porrada na mesa e berrar com o investigador burro demais para ser cínico, sentado à sua frente, como fazia no início da carreira nos plantões insones de delegacias de polícia do interior. Era duro com pequenos traficantes e maridos violentos, ladrõezinhos e informantes. Depois, o trabalho burocrático o havia amaciado, devolvendo-o à sua índole natural de menino suave mimado em casa, características que procurava esconder dos colegas ao longo da carreira. Aquele gigante agressivo adormecido, no entanto, de vez em quando teimava em revisitá-lo, como naquele instante. No entanto, ponderou que não deveria adotar aquela linha mais dura de interrogatório com Arrudão, que estava armado e era forte e burro o suficiente para perder o controle ali.

– Não. Você veio dar informações e pedir socorro, para o Silva e o Cupertino. – Tentava ser didático de novo. – E quero que entenda que lutamos contra o tempo e estou aqui em igualdade de funções com seus amigos, para ajudar. Pra isso, preciso que seja franco. Urgentemente franco, porque lutamos contra o tempo aqui, temos que encontrar rápido o autor do crime.

Arrudão permaneceu em silêncio, olhando para o jovem delegado com expressão resignada e fria. Não confiava nele e não iria responder.

– Conhece o Vitor? Gosta dele? Quer pegar quem tentou matá-lo? – Hendrick tentou mais uma vez – então fale. Criminosos assim fogem rápido, Arruda, e costumam fazer mais vítimas na rota de fuga. Quer esse remorso pra sempre? Não ter informado seus superiores em tempo hábil de notícias e fatos que poderiam ter impedido a fuga do homicida? Quer virar notícia de jornal por ocultar informações? Acha que estou brincando?

A mera hipótese de ser processado não assustava Arrudão, mas virar a vergonha da instituição e aparecer na mídia como traidor ou preguiçoso, ou um tira estúpido, ou tudo isso junto, sim. Hendrick atingira o alvo.

– Ok, doutor. – Até o tom de voz do investigador mudara, mais tranquila. – Estou com Kleverson acompanhando a esposa da vítima. E como ela de uma hora para outra pegou os filhos e malas e viajou, estamos achando que ela está fugindo de alguém, o que é estranho.

– Concordo que é estranho. – Hendrick começou a anotar, ansioso por reportar aquelas novas notícias ao chefe de polícia.

– Cupertino destacou vocês para monitorarem a mulher do Vitor Hanneman?

Era a pergunta temida. Não tinha como entrar em detalhes agora sobre a iniciativa de Kleverson e o segredinho dos dois. Mentira tem perna curta, isso Arrudão sempre ouvira da avó desde a tenra infância. Se o colega teve uma ideia, deveria ter passado para os chefes, o que cansara de avisar. Agora era tarde demais para tentar escapar da repreensão ou ocultar aquela traquinagem de homens feitos.

– Não. – Todos os poucos neurônios de Arrudão trabalhavam em estresse total agora. Para sair daquele tópico da conversa logo. – Tivemos essa iniciativa porque percebemos que a Polícia Militar já tinha parado de fazer ronda na porta da casa dela e temíamos que o criminoso não voltasse ao local do crime, mas perseguisse os familiares do Vitor.

– Bom. Muito bom.

Com aquele elogio contido, muito mais do que Arrudão estava acostumado a ouvir de seus superiores, Hendrick acabou ganhando-lhe a confiança. Arrudão então disparou, em uma rara tagarelice:

– É que não queríamos interromper os senhores que já estariam concentrados em coisas mais delicadas, entendeu, doutor? Tem alguns dias que fazemos isso, mais porque a PM é muito *cara crachá*, entendeu? Mandou, eles fazem exatamente o que mandaram e não há iniciativa. Nós resolvemos tomar essa iniciativa e ir reportando aos senhores, e é o que vinha fazer agora.

– Excelente. E a mulher da vítima... *fugiu* nesse meio tempo?

– Estranho, né? Ela estava tendo uma rotina de casa, filhos e hospital, o que se espera de uma pessoa na situação dela. Hoje no fim da manhã ela de repente saiu correndo de casa com malas, uma caixa e os filhos. Deixou uma velha pra trás, deve ser mãe ou sogra, sei lá. Fomos segui-la e ela tomava os rumos da BR, saindo da cidade. Kleverson atalhou pra me deixar aqui e dar informações e buscar instruções.

– Perderam a pista dela então?

– Acredito que não. Ela parou aqui perto. Compras. Ele aproveitou para me deixar aqui e retornou com o *sombreamento*. – era o nome que se dava na polícia quando se seguia alguém discretamente.

*Ela deve estar comprando suprimentos para viajar com os filhos* – pensou Hendrick. Que bomba! A primeira providência a tomar seria ligar para ela, pura e simplesmente, para perguntar o que ocorria. Afinal de contas, era a esposa de seu colega moribundo, mulher da vítima, não havia o que temer. Ou havia?

– Tem o telefone dela? Tentaram ligar para ela, presumo.

– Doutor, se ligássemos não seria sombreamento, né? O alvo saberia.

Não passou despercebido a Hendrick o tom de ligeiro deboche do subordinado. Enrubesceu e Arrudão percebeu, contraindo-se de satisfação por dentro. O investigador gostava de ser o esperto de vez em quando, o que era bem raro, e se pudesse ser diante de um delegado antipático, melhor ainda.

– Bem, as coisas mudaram de figura agora. Estamos diante de uma emergência. Você tem o telefone dela aí contigo?

Arrudão tinha e passou o contato para Hendrick, que tentou inutilmente contato no viva-voz. Não fazia sentido guardar segredo da conversa esperada, que dizia respeito somente ao paradeiro de Diana, o qual os dois policiais buscavam saber. No entanto, a ligação caiu na caixa postal após a chamada inútil. Ela não estava fora de área. Se recusara a atender. Ou *fora impedida*, era o temor de Hendrick. Arrudão então se aproveitou da deixa e da súbita solidariedade do delegado, que parecia vê-lo como um colega de trabalho muito simpático e espirituoso, para ligar para Kleverson. Desta vez a ligação completou e a voz bem-humorada do outro investigador brotou do outro lado:

– Estou seguindo ela, Arrudão. Recuperei a pista. A mulher tem pé de chumbo, amigo, bem veloz, mas estamos na rodovia. E aí?

Hendrick adiantou-se:

– Aqui é o delegado Hendrick, policial. – Ele não sabia o nome do outro tira. – Arrudão me achou na força-tarefa e estamos preocupados com o paradeiro de Diana Hanneman. Por favor nos avise quando ela chegar e onde é o local. Não a aborde sem se reportar a mim, ok?

Silêncio do outro lado. Arrudão sabia que Kleverson era um policial esperto e àquela hora descobrira que seu contato com a chefia dera errado de algum modo. Estavam naquilo que os antigos chamavam de *sinuca de bico*. Eram obrigados a compartilhar informações com aquele delegado que lhes era distante, quase um estranho, mas paciência, ossos do ofício. Tão logo estivesse livre daquele estorvo procuraria Silva ou Cupertino. Talvez já com as informações de Kleverson, que após alguns instantes respondeu sério:

– Pode deixar, doutor, aviso sim. – E após se despedir rapidamente, desligou.

Arrudão ficara satisfeito com a resposta pronta do colega, e discreta. Estava ansioso para sair dali e Hendrick deu-lhe a deixa:

– Agora podemos informar aos demais, saberia onde estão, para ligar ou procurar?

Mas foi o telefone de Arrudão que ligou, e *era o inspetor Silva*. Hendrick leu na tela e se juntou ao investigador, que atendeu prontamente. No entanto, foi Silva quem começou a conversa:

– Arrudão, onde está a mulher do Vitor?

*Puta que o pariu, tá todo mundo atrás dessa mulher de uma hora pra outra* – pensou, enquanto percebia mais satisfeito que a voz do inspetor estava tranquila, como era de seu feitio. Aquele policial veterano não perdia a calma fácil, era capaz de permanecer quieto enquanto um avião em que viajasse entrasse em parafusos de turbulência.

– Kleverson a segue, chefe, por segurança.

– Tentaram ligar para ela? Assim que descobrirem onde estão me avisa? Não percam o rastro dela, Arrudão.

Hendrick pegou o telefone do investigador de novo. Quase o tomou, e se identificou. Só que Silva desligou sem dar maiores satisfações, o que enfureceu o jovem delegado, que permaneceu por alguns instantes contemplando com olhar furioso a tela do celular, até devolvê-lo ao seu proprietário. Depois da desfeita daquele tira aposentado mal-educado, precisava ganhar tempo para avisar ao chefe de polícia. Longe de Arrudão. Depois de obter as informações que buscava, precisava repassá-las ao seu padrinho político e despistar aquele policial idiota à sua frente. Então teve a ideia:

– Agora vamos nos dividir, policial Arruda. Você vai até o Cupertino e eu vou entrar em contato com a polícia militar para saber como está a casa e pedir prontidão a eles, caso seja necessária. Entendeu?

Arrudão ficou aliviado ao sair dali, também porque o velho inspetor não dera qualquer satisfação àquele fresco. Tão logo virou as costas, Hendrick pegou o telefone para se reportar ao chefe com uma destreza e pressa raramente vistas. Queria dizer da insubordinação e das trapalhadas que aqueles incompetentes estavam fazendo com importantes informações: monitoramentos sem registro e autorização, sem cérebro central e comando.

O destrambelhado mor, Paulo Roberto Silva, pouco se importava com a opinião daquele informante indigesto. A poucos quilômetros dali, voltara à sala do Professor Pardal, com Flamarion e, agora, Santiago Felipe. Pardal estava animado. Naquele momento preparara duas telas bem grandes com as imagens dimensionadas dos paramédicos e legistas saindo do local do crime. Preparara até pipocas, dispostas em pequenas cumbucas de louça, com guaraná e gelo ao redor da mesa, intocados até ali. Seus visitantes estavam bastante ansiosos e o inspetor parecia lutar contra o tempo, olhando no relógio de pulso ou consultando o celular o tempo todo. Nem por isso deixava de prestar atenção nas explanações e imagens que lhe eram apresentadas naquele momento.

– Isolei as imagens, ampliei e destaquei – explicava Pardal, mostrando-as. – Também as melhorei, e não vou ficar aqui explicando detalhes técnicos pro meu amigo pragmático, o bom e velho inspetor Silva. Vejam.

### Vitor além da vida

Em uma tela o antes, em outra o depois. Em quadros, aquele especialista em tudo que era tecnológico isolara os homens de branco. Na entrada cinco, na saída seis. E foi apontando um a um com o cursor na tela, daqueles que migravam de uma para outra tela compartilhadas. E realmente havia mais um cara ali, um que antes não estava lá. Aumentou o zoom e deu um comando, melhorando bastante a imagem, em alta definição.

– 5k. – Parecia uma criança orgulhosa mostrando um brinquedo novo. – Esse é o cara que vocês procuram. O software que usei analisa microexpressões faciais, coisa que há uma década existia só em filmes. Ou seja, nenhuma possibilidade de erro. Conhecem, ou seguimos adiante para outra parte do trabalho que meu bom amigo me encomendou?

Olharam todos para o suspeito. Estava de máscara, mas o Professor Pardal conseguira retirá-la eletronicamente, conforme seguiu explicando, e a estimativa do rosto pelos ângulos faciais expostas era bastante próxima da realidade, em torno de 99%. Ele também utilizara parâmetros da imagem para intuir peso e altura: 1,70 metros, 70 quilos, e idade entre 25 e 30 anos. Perfeito, mas nenhum dos três homens o conhecia. Rosto claro e limpo, imberbe. Comum em um jovem caucasiano como aquele suspeito.

Santiago foi o único que "aceitou" um guaraná, servido pelo robô. Ele se assustara com a máquina que subira nas rodinhas para abrir-lhes a porta tão logo chegaram, o que havia gerado um raro momento de comicidade. Pardal tranquilizara ao jornalista, explicando que o robô, que se chamava Péricles, não mordia, enquanto eram apresentados por Silva.

– E nos seus bancos de dados? – indagou o inspetor.

– Com nome, CPF e RG nada, o que é estranho. Nada em termos, né? Encontrei umas 50 mil conexões, em Belo Horizonte 3 mil, mas vocês não me deram semanas, me deram horas, e então não dá pra conferir um por um. Então fui pra segunda parte da tarefa, redes sociais e sites.

Com mais cliques fechou janelas e abriu outras, mostrando inúmeras consultas e interfaes. Facebook, Twitter, até Youtube, todas estavam lá. Acionou um buscador e rostos foram se alternando em uma velocidade inusitada. A máquina de Pardal era possante, o programa incrível, mas o número que apareceu em seguida, de novo, não era nada animador. 7.800 coincidências.

– Isso quer dizer que com toda a precisão da imagem que melhorei não consigo ser mais exato, porque as outras imagens não possuem os mesmos padrões de nitidez e não consigo melhorar com os mesmos parâmetros.

– Quer dizer que as pessoas que encontrou podem ser mais velhas, mais gordas ou mais altas? E quantas na região? – perguntou o inspetor.

– Sem que nos esqueçamos que pode ser um forasteiro... – salientou Santiago, quase pedindo desculpas por interromper o raciocínio do amigo.

– Não acredito. – explicou Silva. – Conhecia bem as rotinas de Hannemán, da polícia e dos paramédicos, o que muda muito de comarca pra comarca, de estado para estado. Por falar nisso, verificou nos bancos de dados da polícia?

– São os mais fáceis de acessar. Você, por exemplo, tem 1,69, pesa 85 quilos e torce pro Cruzeiro, mas não acompanha os jogos. E gosta de tangos e boleros. Namorou uma promotora décadas atrás, depois quase casou com uma jornalista. Quer que continue?

– Passei longe de me casar. – Silva era um solteirão convicto. – E eu não sou o suspeito. Voltemos a ele e aos bancos de dados da polícia, Pardal.

– Nada. Encontrei arquivos antigos deletados, de gente que se aposentou ou morreu, a esses não tive acesso. Mas nenhum policial da ativa.

– Desconfia de um colega? – arriscou Flamarion.

– Já trabalhamos outras vezes e sabe que não descarto nenhuma linha de investigação a princípio – respondeu Silva. – O raciocínio é simples: gente que conheça as rotinas de Vitor e dos paramédicos geralmente estão inseridos nesse meio. Polícia, bombeiros, ambulâncias.

– Também não deu *match* em nenhum outro órgão governamental, inspetor, antes que pergunte. E isso me leva a uma encruzilhada, se vou continuar tendo a honra de ajudá-los. Preciso de mais tempo analisando rostos, seguindo seu raciocínio: gente mais próxima primeiro. E também vou verificar nas páginas as coincidências declaradas de idade, peso e altura. Isso deve diminuir um pouco o número de *matches*, pra uns quinhentos dentro da nossa região. Ou isso ou me dão acesso aos computadores da polícia, lá vou investigar os *arquivos mortos,* como gosto de me referir a eles. Deletados ou apagados, porque saíram do estado por algum motivo.

– Vou te dar as duas coisas – respondeu o velho policial, levantando-se. – Apenas me passe a imagem do suspeito por *zap* e muito obrigado por continuar ajudando. Vou tentar conseguir em poucas horas seu acesso. Não vou conseguir agora porque temos que debelar um incêndio em andamento.

— Virou bombeiro agora, inspetor? — Pardal riu, mas dessa vez o humor era só dele e não foi seguido pelos demais.

O robô Péricles os levou à porta, Santiago Felipe ainda cismado com a máquina. Quando saíam do prédio moderno e passavam por secretária e recepcionistas até entrarem no carro de Flamarion, o jornalista foi esclarecendo aquilo que também tivera tempo de pesquisar até ali:

— A esposa de Hanneman é *workaholic* e fora festas de advogados e da faculdade, que sempre vai com o marido, há só notícias dela em congressos ao lado de colegas e professores. Também chás de bebês e aniversários de filhos, coisas assim.

— Alguma conexão dela com alunos, colegas do marido, clientes? — insistiu o inspetor. — Por favor, Santiago, me dê algo para trabalhar.

Flamarion achou estranho o tom, como se seu amigo estivesse pela primeira vez na vida sem saber que rumo tomar em uma investigação. Estranhara ainda antes, quando o inspetor havia mencionado o fato de que o suspeito poderia ser um policial, o que abria inúmeras portas de divagações e o deixava ainda mais perdido.

— Imagino, Silva, que seria interessante conversar com Diana. Ela pode nos dar essas pistas — disse Santiago como uma forma de consolo.

— Para isso temos que saber onde ela está. — E olhou para o celular. Nenhuma resposta de Arrudão ou Kleverson, mas a foto do suspeito havia chegado, como Pardal prometera.

**Vitor além da vida**

Naquele exato momento, enquanto Silva e seus amigos saíam às pressas da empresa de Pardal em busca de informações, Arrudão se encontrava com Cupertino para reportar a fuga de Diana, que Kleverson procurava seguir a uma distância segura. Ela saiu da rodovia, enveredando por uma região de sítios e estrada de terra para as bandas de Ibirité, o que o obrigou a ficar mais distante ainda, longe da nuvem de poeira produzida pelas aceleradas de Diana. *Onde diabos essa mulher está indo com os filhos, enquanto o marido tá morre não morre em um hospital?* – pensou.

Ela acelerava forte naquele miolo de tarde, enquanto os filhos procuravam se entreter de algum jeito dentro do carro. O repertório de músicas da *playlist* já os enjoara e a internet parara de pegar depois que haviam saído do asfalto. Jorge abrira um livro, Bibi ouvia um áudio que havia baixado enquanto carregava o celular, mas Bela continuava abalada, olhando para o nada da janela do veículo.

Chegaram afinal a um sítio e ela estava tão ansiosa pelo fim da viagem que nem havia notado um outro carro escuro, na verdade uma viatura policial descaracterizada conduzida por Kleverson, que estacionou a uns duzentos metros daquele portão de ferro alto contido em um muro de três metros de altura e com cerca israelense de presídio em seu topo. Câmeras para todo lado, tal qual em um *reality show*. Ela saiu do carro deixando os filhos também ansiosos lá dentro, afinal iriam conhecer a uma antiga amiga da mãe da qual só ouviram falar. E ela veio após breves palavras pelo interfone. Afinal, a esperava. Uma mulher de meia idade, pouco mais velha que Diana apareceu seguida por dois cachorros grandes latindo de alegria e abanando o rabo, tão logo o portão se abriu sob as ordens de um controle remoto.

– Di! – a dona da casa chorava de alegria, pronunciando *"Dai"*, à moda inglesa, como se estivesse diante da princesa Diana da realeza britânica e como era um velho hábito entre elas.

– Sônia Soraia! SS! – Diana retribuiu o apelido.

E se abraçaram chorando. Depois, levaram-se pelas mãos até o carro, para que as crianças fossem apresentadas à antiga colega de faculdade da mãe, algo mítica, que publicara dois livros sobre ocultismo, runas e interpretação de sonhos, e que vivia enclausurada em um sítio há mais de dez anos imersa em pensamentos e descobertas sobrenaturais segundo narrava a conta gotas em seu blog. Pouco se sabia sobre sua vida íntima e Diana não estava lá para descobrir isso, mas para pedir ajuda à amiga, por conta do transe recente de Bibi, conforme segredara-lhe aos borbotões ao telefone poucas horas antes.

A visitante entrou de carro com as filhas, escoltada por Sônia Soraia, a SS, meio gordinha para a idade, cabelos curtos, roupas largas de frio que a faziam parecer uns dez anos mais velha do que de fato era. Seguia com os cachorros enquanto comandava o fechamento do portão às suas costas e brincava com a amiga andando parelha à janela do carro. Diana não se sentia alegre assim desde a tragédia ocorrida e havia muito para contar à sua emergencial anfitriã.

Do lado de fora e da distância que dava, Kleverson assistia àquilo tudo, o esfuziante encontro das duas e a súbita alegria da quase viúva. Ela parecia aliviada de encontrar a dona da casa, aos olhos do policial, algo estranho para alguém com o marido à morte no hospital, quase como se estivesse ali se escondendo ou buscando socorro. Arrudão e, depois dele, o inspetor Silva e Cupertino ficariam bastante interessados naquela narrativa. Olhou sintomaticamente para o celular dormitando sem sinal na poltrona do carona, mudo e sem receber chamadas ou mensagens desde que atravessara uma encruzilhada entrando na estrada de terra que dera naquele sítio. Ou voltava de carro até a rodovia e ao alcance das antenas de telefonia o mais breve possível, abandonando aquela campana de observação e o seu alvo, ou saía do carro e procurava sinal a pé, conforme ouvira dizer ser possível em descampados daqueles, sem abandonar o posto e nem perder de vista a família de Vitor.

Optou pela segunda hipótese, até porque seria mais fácil ela desistir após alguns minutos, caso não desse resultado. Afinal de contas, aquele pessoal não estava com jeito de sair de lá tão cedo. Voltaria para a rodovia em meia hora no máximo e no caminho o sinal do celular poderia retornar, porque não percebera bem em que ponto exato daquela estrada vicinal perdera o sinal, entretido que estava em seguir o carro da frente a distância discreta.

Deu ré no carro para esconder melhor ainda o HB20 preto, na verdade uma viatura descaracterizada da polícia, mas com placa e jeito de carro particular. Encostou em um barranco à sombra de uma árvore, na esquina da rua erma, com um quarteirão quase totalmente tomado pelo sítio visitado por Diana. Desligou o motor e abriu a porta para procurar sinal. Aí se lembrou do celular que continuava descansando na poltrona do carona e agachou o corpanzil de volta no carro, para apanhá-lo.

Foi quando alguma coisa, uma espécie de sexto sentido, um pressentimento tardio e funesto, surgiu-lhe de repente: ele também poderia estar sendo seguido. Não se preocupara com isso até então, primeiro porque estava com Arrudão, depois entretido e concentrado demais em seguir sua "protegida".

    Achou estranho aquele pensamento fugidio, a última impressão que lhe passou pela cabeça na vida. Ao sair do carro novamente, com o celular calado nas mãos, foi abatido com dois tiros de uma pistola com silenciador, disparada por trás, atingindo-lhe as costas e a nuca. Morreu instantaneamente, sem ver seu agressor. Não teve a mesma oportunidade de Vitor.

# QUINZE

Enquanto este ser que você chama de Amálgama conspira contra nós, como está vendo, deixe-me contar-lhe sobre a minha vida até aqui. Eu sei que precisamos nos concentrar nesses caminhos que ele fechou, porque de certo modo é ele que manda aqui – é ao menos o subchefe, digamos assim. Mas pelo menos nos irritamos menos, porque estas sebes estão no lugar do que era um caminho seguro ao redor do lago que você já conhece bem, e onde havia uma pradaria agora há uma montanha íngreme, alta, que devemos escalar ou contornar. Sugiro a segunda hipótese. Lá em cima ele haverá de plantar mais armadilhas, porque está enfurecido com nossa fuga e com aquilo que fui obrigado a fazer com um de seus fantoches.

Meu nome realmente é Udo, filho de Sven. Não nasci em lugar verde como esse, mas em um fiorde gelado, sem ter o que plantar, com poucos animais e mesmo assim fora do inverno. O problema sempre foi que por lá é inverno o tempo todo. Nossa chance de sobrevivência, por isso, sempre dependeu de saques e pilhagens, porque meu pai tinha outros cinco filhos, crianças esfomeadas, e os peixes que pescávamos através de linhas cerzidas com restos de couro e iscas construídas com lascas de lanças eram raros, obtidos através de buracos no gelo, quando dava para furar buracos. Às vezes um urso ou lobo aparecia, mas de pouca carne e carne ruim, os raros animais de ordenha que mantínhamos não reproduziam o suficiente e morriam muito rápido.

Falei dos meus irmãos. Quatro, mas ainda perdi dois, de fome. As outras famílias de minha tribo também viviam o mesmo dilema: crianças nascendo, crianças morrendo, a luta pela sobrevivência que nos obrigava a invadir tribos vizinhas, matar e roubar. Pelo menos éramos todos iguais ali, não havia distinção. O chefe era sempre o mais velho ou o mais forte, mas tão pobre e esfomeado quanto os outros membros da nossa tribo.

Éramos todos meio parentes, éramos um clã, e havia clãs rivais do outro lado do fiapo de rio que cortava a colina mais alta e que beirava uma faixa de pedra que ia dar no mar. A gente de um lado, eles de outro. Também nos invadiam, mas aprendemos com o tempo a ser nômades e nos proteger em cavernas geladas ou simplesmente mudar nossa aldeia de um lado para outro da planície. À noite isso era perigoso, por causa dos lobos e do frio intenso. Chegava facilmente a 20 graus negativos nas piores noites dos piores invernos e não havia couro de pele de urso amarrada ao corpo que nos salvasse da maldição do gelo, a hipotermia, como você deve chamá-la hoje.

Falei que muitos de meu povo morriam de fome? Morríamos também de frio e durante as invasões e guerras que travávamos periodicamente como forma de sobreviver. Por isso, desde criança nos preparavam para a luta. Fui tirado do peito da minha mãe ainda uma criança, e me deram uma espada tosca, velha, e alvos construídos de pedras, lenha e farrapos. De início achava que era brincadeira, mas os tapas de meu pai logo alertavam que a luta era coisa séria e que um homem vivia ou morria conforme conseguia empunhar e brandir uma espada, ou atirar uma lança. Meus irmãos faziam o mesmo e antes

## Vitor além da vida

*que tivéssemos barba na cara, sofremos uma invasão logo ao amanhecer. Nórdicos de uma tribo mais distante, liderada por Harald, o bravo, que já era uma lenda naquela época.*

*Foi assim. Despertei com nossos cachorros latindo, os que dava para domesticar, mas não era bom nos afeiçoarmos a eles porque se o frio apertasse (e sempre apertava) e se a fome fosse insuportável (e quase sempre era) comíamos os cães. Todavia, naquele fim de madrugada e começo de manhã os que ainda não havíamos comido latiam, e logo um deles ganiu de dor. Em seguida eu iria descobrir que fora abatido pelo fio da espada de um dos batedores de Harald, que rondava nossas barracas feitas com gelo derretido como argamassa e adobe, madeira de seixo que não servira de lenha, e cordas e farrapos de couro.*

*Logo viriam mais batedores e o próprio Harald em pessoa. Não éramos um clã muito visado, porque éramos muito pobres e não havia muito o que pilhar de nós. Além disso, éramos ágeis para nos ocultar, sempre liderados por meu pai, Sven, o chefe do clã. Foi ele que se levantou com o primeiro ganido dos cães, deixando minha mãe, Helga, eu e meus irmãos ainda quentes e semi-acordados, nos nossos catres feitos de palha e couro. Ele pegou sua espada pendurada no mastro de madeira que sustentava o teto de nosso rústico e diminuto lar. Arremessou seu corpo para fora dali, e logo havia mais barulho, cães latindo e morrendo, homens berrando e entrando em choque, espadas colidindo e lançando aquele som metálico tão característico da luta e que aprendera até ali tão bem treinando com meu pai e outros jovens.*

*Queríamos sair, mas a doce e boa Helga não deixou – ah! Como tenho saudades dela, Vitor, mesmo ainda hoje, passado tanto tempo... Porque passa o tempo aqui, sabia? Só é um tempo diferente do nosso tempo, independente, digamos. Mas para mim é muito tempo, e pode ser muito mais. Naquela manhã tudo foi rápido e inesquecível. Enquanto minha mãe segurava aos mais novos, meus irmãos mais velho seguiram Sven, pegando suas espadas. Houve gritaria e aquilo me assustou, me esgueirei pela escuridão persistente por um vão da cabana, agachado como um coelho furtivo, e me deparei com uma carnificina.*

*Fôramos pegos de surpresa. Depois saberia que Harald insistira com seu bando para dar cabo do clã de Sven, meu pai, aquele que nunca fora capturado e vencido. Bom, agora ele estava com uma lança no peito, no centro da tribo, segurando com uma das mãos a um agressor pelo pescoço. Ambos agonizavam, ele apertando a traqueia do inimigo quase desfalecido. Sua outra mão ainda brandia sua velha espada, e à frente dele Harald, pintado de preto para a guerra, com um manto de pele de urso cobrindo-lhe parte da cabeça como um capuz, assistia, também empunhando uma espada, mas com as duas mãos. Olhei ao redor, procurando ajuda. Vi um irmão já morto, outro lutando por sua vida contra dois dos homens de Harald e outros meninos da minha idade sendo dizimados por meia dúzia de guerreiros pintados de preto, a cor do inimigo, uma cena que jamais esqueci. Havia cabeças e membros decepados, urros de dor, raiva e agonia, mas nenhum dos meus compatriotas pediam clemência. Homens do norte jamais o fazem. Então vi, ao mesmo tempo, Harald dar um golpe de misericórdia, arrancando a cabeça de Sven, o meu pai, o chefe do meu clã, enquanto dois de seus seguidores entravam em nossa cabana e com golpes de espada punham-na abaixo aos berros de minha mãe, que finalmente cessaram quando também foi morta. Meus irmãos menores, aninhados à ela, tiveram o mesmo destino.*

*Em breve, tudo era fogo, ateado à mando de Harald, que tudo observava a uma distância serena, e mesmo de longe, escondido atrás de um raro arbusto e um monturo, pude ver que sorria um sorriso sádico, assassino. Vitor, ali aprendi a odiar, um sentimento muito mais forte que o amor, que nos acompanha ao longo da vida e até a morte, e que haverá de nos enterrar. Creia-me, não é um sentimento bom, mas nos mantém de pé, ao menos por algum tempo.*

*A fumaça das fogueiras acesas com restos de gente e escombros do acampamento enegrecia o céu da manhã recém-raiada. Logo o cheiro de corpos queimados também impregnou o ar. Eu estava invisível aos meus inimigos, entocado em meio a rochas e dali corri muito, e só os deuses não deixaram que esbarrasse pelo caminho com algum batedor ou sentinela de Harald. Os dias seguintes foram de fuga e extremo cansaço, e dormia como podia, onde podia. Tinha medo de animais selvagens e de outros agressores, então procurava árvores e outros lugares altos onde, ao menos, poderia ver antes de ser visto, o que aumentaria minhas chances de sobrevivência para o caso de algum ataque. A dor da perda e a agonia de estar com medo o tempo todo, medo de ursos e lobos, medo de Harald e seus guerreiros, medo de outras tribos rivais, isso tudo me transtornou. E aí veio a fome. Ela foi o pior de tudo, Vitor. Eu era um menino desenvolvido para a minha idade e sabia me virar bem, mas uma coisa é caçar e pescar e colher os poucos frutos que davam com pais, irmãos e companheiros de clã ao seu redor, em relativa segurança. Outra coisa muito diferente é fazer isso com todo o tipo de perigos no encalço e em fuga, com medo e ódio, sem mais ninguém no mundo por você.*

*Já passou por isso? Penso que não. A sensação de desamparo é indescritível, e no meu caso foi tudo repentino. Agradeça aos seus deuses por nunca ter passado por isso, e conforme venha a ser nossa aventura, talvez jamais passe e este seja o fim de seus dias. E cá pra nós, é impossível dizer o que seria melhor nestes mundos torpes que habitamos: estar vivo, morto ou no limbo.*

*Naquela época, no entanto, não me era possível divagar assim. Eu precisava comer. Estava me hidratando pelos pequenos fiapos de água que vinham dos riachos e pelas gotículas de gelo e chuva nas folhas das copas das árvores. Mas não comera nada por, quem sabe, dois ou três dias. Eu já comera esquilos uma vez em pequenas fogueiras que meu irmão Arne, o mais velho, sabia fazer muito bem, com dois gravetos apenas e fagulhas que fazia sair de lascas de pedra friccionadas. Eram os bichos mais fáceis de pegar, eu sabia, porque já os capturara antes: não se precisava de facas de pedra ou lanças para abatê-los. Bastava agilidade para subir alto nas árvores e encantoá-los e depois agarrá-los com as mãos e torcer-lhes o pescoço. Simples assim, mas não para um menino já há dias sem comer, fraco e assustado, apesar de meu cotidiano duro e, até ali, preparado para a guerra como era possível à uma criança.*

*Sabia que havia olmos abaixo do vale gelado e passei um dia inteiro descendo pelo piso que degelava áspero, morro abaixo. Meus pés estavam embrulhados em couro duro de urso, o que me servia para calçar mas me causava dores excruciantes nos pés. Mais dor. Ainda assim, cheguei ao vale onde havia menos gelo e graças aos deuses não estávamos no auge do frio, pois então eu já teria morrido. Descansei com bastante fome e, agora, sede. Apanhei lascas de gelo e neve derretendo, fiz uma cuia com uma casca de árvore, e sorvi, satisfazendo-me ao menos até que a noite caísse. Depois, seria mais difícil e eu provavelmente estaria morto até a manhã seguinte. Me senti bastante revoltado com aquilo – curioso, não é? Sentimento estranho para se sentir no meio daquele desespero todo, mas foi como me senti: morrer com fome e por causa daquele bandido nefando que matara meus pais e irmãos, minha família e minha aldeia. Mais que tudo, naquele momento não queria morrer de fome. Eu sabia que esquilos se entocavam naquele horário, ao cair da tarde, e olhei para o alto e vi a folhagem da copa das árvores se mexendo. Era ali. Havia um punhado das minhas presas.*

*Seria necessário subir a árvore que os abrigava, logo ali à minha frente, tarefa que normalmente não me era difícil. Mesmo durante a minha fuga, para sobreviver a meus agressores, subira em uma ou duas delas já mortas, esturricadas de frio. Assim avistava adiante e poderia surpreender os inimigos que eventualmente me perseguissem. Só que eu já não era mais o mesmo depois de dois dias sem comer, com frio, sede e medo. Subir o velho Olmo se tornou surpreendentemente difícil, e perigoso. Meus pés já não respondiam mais, e o couro que os envolvia deslizava pelo tronco da árvore, retardando a minha subida. Também alertava os esquilos e eu sabia que precisaria ficar quieto lá no alto um tempo até que eles voltassem a se movimentar entre os galhos de suas tocas encarapitadas entre a folhagem do cume. Se descessem o tronco, então, já sem medo de mim, meu trabalho seria muito mais fácil, rápido e seguro, porque poderia espera-los mais abaixo. Mas primeiro precisava subir, rápido e silenciosamente.*

*Foi quando um dos meus pés, acho que foi o direito, pisou no nó errado do galho mais errado ainda. Apesar de grosso, aguentaria um homem, e a árvore tinha uns dez metros, mas estava quebradiço e prestes a cair por conta da ventania gelada que certamente suportara até ali. Ouvi o estalo do galho se quebrando irremediavelmente sob o meu pé e eu já havia deslocado todo o meu peso sobre ele. Senti que me faltava apoio e de repente estava no ar, tentando me agarrar de novo ao tronco, mas já era tarde demais. Olhei para baixo e vi que caía.*

*Foram segundos intermináveis e me recordo de ter pensado, mesmo naquele breve tempo, que de certa maneira era melhor morrer assim, de uma queda, do que comido por lobos, de fome, ou no fio da espada daquele crápula que trucidara minha família.*

*Só que não. Quando acordei estava em algum lugar quente. Foi a minha primeira impressão e a mais forte, sinto aquele calor até hoje, durante as noites boas. Entenda, se você está a dez graus negativos e desmaia e quando acorda está acima do zero pela primeira vez em meses, a diferença é brutal. E o conforto também. Estava envolto em lã de ovelha, que ainda não conhecia, e estava em uma caverna onde havia uma fogueira crepitando a um canto e um homem estranho na minha frente. Muito magro e muito alto, a face encovada e um olhar penetrante. Totalmente calvo, não tinha pelo nenhum pelo corpo, sobrancelhas, nada. E um sorriso gentil, terno, sedutor. Com aquele sorriso nos lábios ele se apresentou.*

*– Olá, eu sou Oleg, filho de Osvald. – Sua voz era firme e melodiosa, com um sotaque que eu não conhecia, menos gutural. – Não se mexa, você quebrou os dois braços. Mas nós vamos consertá-los.*

*O "nós" eram duas outras crianças que surgiram detrás dele. Seriam meus companheiros por toda a vida, ou o que foi feito dela. Gudrum era uma menina bonita, bastante loura, lindamente loura, e meu grande amor desde aquele momento em que pela primeira vez a vi, e desde sempre. O rapaz ao lado dela era seu irmão Gunther. Não eram filhos de Oleg. Nós quatro, ficaria sabendo nos próximos dias, tínhamos algo em comum, que nos aproximava: éramos sobreviventes de Harald. Oleg já fugia dele há cinco ou seis anos, desde que aquele bastardo matara toda a sua tribo. Ele tivera que se jogar em um riacho para escapar e só fez isso porque sua espada se quebrou* no escudo de um dos homens daquele demônio. Os irmãos Gunther e Gudrum eram órfãos de pais que vendiam peixes em um pequeno porto algumas montanhas mais ao sul. Foram saqueados, assaltados, mortos por Harald pessoalmente, a mãe deles estuprada antes de ser decapitada. Em comum também nutríamos ódio por ele, um ódio vivo, visceral, algo impossível de se sentir se você não foi ferido com maldade por alguém que lhe tomou não somente o que tem de mais precioso, mas tudo o que você tem.

Pode te parecer contraditório, Vitor. Meu pai saqueava e fazia guerra, o que era natural para o meu povo. E eu aqui esbravejando contra outro salteador e assassino, mas mesmo na guerra há regras. Ao menos as havia naquele tempo, o meu tempo. Só matávamos guerreiros de pé com espadas e lanças em punho, e nunca quando se rendiam. Não tocávamos em mulheres e crianças e sempre consideramos bastante estúpido incendiar lugares – para quê? Era só uma luta por sobrevivência e meu pai e os outros membros adultos do clã não tinham prazer em matar. Harald tinha. Ouvi daquela que seria minha família relatos terríveis, e outras histórias mais com andarilhos e pescadores que conheceria dali em diante. Harald era também nascido na guerra, mas era nômade e vivera do lado de lá do oceano. Piratas ou coisas assim o criaram. Deste modo manejava espadas como ninguém, e quando de fato desafiado lutava com duas, uma delas algo como uma adaga estranha que conseguira em sua juventude lá de onde viera, cravejada de pedras brilhantes em seu cabo. E me disseram de um dia em que um lacaio o enfureceu por olhar com volúpia para uma de suas esposas. Harald arrancou-lhe os olhos com a adaga. Era selvagem e impiedoso.

Bem, eu estava mesmo com os dois braços quebrados, além de uma imensa dor de cabeça, aliás dor pelo corpo todo. E desnutrido.

*Gudrum me serviu uma deliciosa sopa de ervas feita por Oleg enquanto Gunther secava meus ferimentos e trocava faixas firme de couro que Oleg utilizara para atar meus braços e colocá-los no lugar de novo. Havia alguma coisa nas ervas da sopa, porque dormi logo em seguida. Oleg me deixou com os irmãos, e Gudrum falava com o mesmo sotaque estranho que notara antes com o "dono" da caverna: erres menos rascantes, é como falo agora.*

*Eles só conseguiam sobreviver despercebidos e ilesos, tanto de Harald quanto de outros bandos, porque eram pobres demais e não chamavam atenção. Se alimentavam de raízes, folhas e um ou outro peixe ou ave, e sabiam andar nas sombras, como Oleg gostava de dizer. Ele aprendera sozinho e ensinou ao casal de irmãos. Dali em diante também ensinou a mim: conforme o jeito de andar, você não precisa de imagens, visão, e isso é bastante útil para andar no escuro sem precisar de fogo. Você tateia o terreno com os pés, como um cego e se deixa guiar pelos ecos dos sons, como os morcegos. E é bastante silencioso também. É como ando até hoje, você reparou? Não se esqueça que aqui nessa terra estranha nós refletimos nossos aspectos físicos, para o bem e para o mal. A não ser que nos transformem por magia, como você já viu.*

*Caminhávamos muito durante a noite, era assim que escapamos várias vezes de salteadores e predadores. Uma vez nos deparamos com uma matilha de lobos e aí aprendi uma coisa: os lobos comem de tudo, inclusive eles próprios. Gunther já manejava muito bem uma espada, melhor do que eu, e era um rapaz com um estranho brilho no olho. Depois eu descobriria que Gunther gostava de matar, mas até então eu era ainda muito novo e via seu destemor com admiração, e não com o receio que veio depois. E foi Gunther, atendendo a uma ordem súbita*

### Vitor além da vida

*de Oleg, quem desferiu um único golpe seco no lobo mais à frente, dividindo o crânio do animal em dois. O resto do bando se refestelou dele, enquanto seguíamos nosso caminho. Era a fome. Nós também o teríamos comido se fosse seguro.*

*Cresci indo mais para o sul, para escapar do frio e para escapar do meu destino – mas o destino acompanha a gente, sabia? É inevitável. Fomos ficando mais fortes e Oleg nos adestrava nas artes das sombras, alguma coisa que aprendera em sua vida anterior, mais o que descobriu sozinho vivendo na floresta, para onde marchávamos todas as noites, indo e vindo. Ficamos bons nisso, me tornei um guerreiro de verdade quando nos surpreenderam salteadores em uma emboscada. Eram três e viram um homem velho (Oleg era velho para os padrões daqueles tempos, e sua calva o deixava parecendo um ancião) e dois garotos e Gudrum, que já estava ficando bastante formosa para a sua pré-adolescência. Acreditavam que seríamos presas fáceis, mas eles não tiveram a mínima chance. Oleg desenvolveu uma arma, uma foice com lâminas em sentido inverso, dos lados opostos, e manejava aquilo como ninguém, treinando e nos adestrando em tocos de árvores. Abriu a barriga do primeiro bandoleiro, que caiu estrebuchando com as tripas na mão. Gunther terminou o serviço, cortando-lhe impiedosamente o pescoço. Os outros dois se assustaram com "o velho", mas eu não lhes dei tempo. Brandi minha espada, que era espólio de guerreiros mortos, e ataquei os membros deles: ao mesmo tempo atacava e me defendia. Gudrum usou uma funda, que manejava com precisão, para atingir com um seixo a cabeça do malfeitor da frente, que caiu. Um incauto teria se debruçado sobre o agressor caído, mas eu fiz o oposto, porque sabia que o terceiro homem estava machucado mas ainda tinha uma espada nas mãos. Brandi a minha sobre sua cabeça, ele se encolheu e eu desci a lâmina, atingindo-lhe o vão entre o pescoço e o ombro, onde eu aprendera que se matava instantaneamente. E foi o que aconteceu. Gunther executou o salteador que ainda tentava se recuperar da pedrada de Gudrum, decapitando-o também. Ele tinha prazer nisso.*

*E foi assim que cresci e virei homem, Vitor. Aprendendo a me locomover nas sombras, a andar como predadores e a lutar como um feroz, mas sábio, guerreiro. Passaram-se vários anos assim. Oleg envelhecendo e se encarquilhando, mas nos tratando com ternura, sendo o pai que conseguia ser naquela vida perdida em bosques e em gelo. Ah! É claro que fazia menos frio, e isso era bom, mas o calor também deixava feras e bandidos mais soltos e nervosos, para nos atacar. Os embates eram constantes e, cada vez mais, o protagonista das nossas pequenas batalhas era Gunther, que se tornara um guerreiro impressionante. Ele sempre foi de poucos amigos, e não gostava da maneira como eu olhava Gudrum. Eu estava doido de amor por ela, que me correspondia. E ele não gostava, talvez, porque via a irmã de uma maneira diferente e doentia, a via como um homem vê uma mulher, mas percebia que o coração dela já era meu.*

*Gudrum ia se banhar no rio de quando em vez. Não me olhe assim, Vitor, banhos não eram comuns naquele tempo, no meu tempo, e rios que não estivessem cobertos por crostas de gelo eram mais raros ainda. Um dia eu surpreendi seu irmão a observando, com olhos cobiçosos. É claro que neste dia eu também a observava, mas eu podia, não é mesmo? Não era o irmão dela. Aquilo parece que aguçou alguma espécie de rivalidade entre nós, para além da animosidade que já pairava. Mais de uma vez acordei no meio da noite em cavernas ou vales em que pernoitávamos com ele também acordado, manuseando um punhal, olhos cravados na lâmina, ou simplesmente me observando*

**Vitor além da vida**

*durante a noite. Aquele olhar era puro veneno, amigo. Oleg também havia notado, e do jeito dele, sempre muito discreto, procurando não ofender a um de seus pupilos, tentava conter aquele fim inevitável. Levava Gunhter para longos passeios à sós, procurando dar-lhe conselhos, e se colocou entre nossos catres durante os acampamentos. Mas nosso embate ele não conseguiria conter por muito tempo.*

*Tudo aconteceu muito rápido. Harald e Gunther. Foi mais ou menos após meu primeiro beijo em Gudrum, foi por aquela época. Oleg definitivamente não estava bem, respirava difícil e havia alguma coisa com o seu peito, que chiava. Aquela vida em selvas geladas não ajudava muito sua saúde, e nós nos revezávamos amparando-o durante nossas longas caminhadas. Até havíamos improvisado uma maca que arrastávamos com ele prostrado e tossindo, nos seus momentos mais difíceis, mas Oleg não gostava muito e logo se levantava como conseguia, e prosseguia caminhando como conseguia, amparado geralmente por Gudrum. Foi no dia do primeiro e único beijo que dei em Gudrum, o grande amor da minha vida, Vitor, o único amor da minha vida miserável e curta, é que descobri que não importa o quanto você se sente sozinho. Se ama e odeia, nunca está sozinho.*

*Foi assim. Aquele dia foi especialmente difícil, e entardecia. Oleg tinha nos dado muito trabalho, ora capengando, ora sendo arrastado de maca ou amparado, até que encontramos uma caverna. Era uma floresta gelada, com árvores petrificadas, mas um pequeno riacho resistia bravamente ao gelo, e perto dele a caverna que descobrimos, uma nova. Talvez porque estivesse no baixio daquelas águas, o lugar parecia especialmente movimentado, mas não aguentávamos mais sustentar-nos e a Oleg, e por conta dele comêramos farelos de carne e raízes por todo o dia. Estávamos famintos e Gunther durante a jornada até a caverna e o entardecer por diversas vezes perguntara se não poderíamos deixar Oleg deitado, descansando, no gelo, para tentarmos pescar. Não faríamos isso com ele nunca, é claro, enquanto fossemos e voltássemos ele morreria congelado. Minhas negativas e as de Gudrum haviam enfurecido ainda mais nosso outro companheiro, já por nascença rabugento e mau, ainda mais quando estava com fome.*

*Chegamos à caverna e vimos que pelo menos por ali não teríamos sede. Dava para ver o riacho e Gunther logo se aconchegou em um pequeno nicho da gruta, pouco se importando com Oleg, que eu carreguei em meus braços com músculos já de menino homem, ao lado de sua lança de duas foices, que como era de hábito descansavam ao alcance de suas mãos durante seu sono levíssimo. Ao deitá-lo senti que lhe queimava a face, o que já sabia que era febre. Olhei para Gudrum e nos comunicávamos pelo olhar. Era necessário fogo para aquecer-nos e água para nosso mentor, e rápido. Solicitamos de Gunther que buscasse lenha, já sabendo que ele recusaria, enquanto nós iríamos até o riacho. Curiosamente, o estranho irmão de minha amada aceitou prontamente a missão, desvencilhando-se dos trapos que o cobriam no leito improvisado que fizera, pondo-se de pé de um salto e apanhando um machado de pedra para cortar a lenha que desse, que não tivesse congelado e que pudesse ser seca e picada com um punhal.*

*Depois descobriríamos os motivos da prontidão súbita de Gunther. Fomos ao riacho, quietos. Gudrum nunca me dera as mãos, porque a tragédia fizera-a crescer naquelas montanhas e nunca havia precisado de amparo para subir ou descer paredões e caminhos mais íngremes. Mas naquele dia me deu a mão, quente, mas não era febre. Tremi de um tremor estranho, meu amigo, que nunca tivera e nunca mais tive. Deixe-me contar um pouco sobre ele, porque me parece que*

### Vitor além da vida

*já estamos chegando ao poço, mas ainda falta desvendarmos esse labirinto de sebes que Amálgama insiste em colocar no caminho para nos confundir. Ele está irado conosco, porque matei seu lacaio e porque o poço deve ser mesmo o segredo de tudo, não só do futuro, passado e presente, mas também uma saída para este lugar sem sentido.*

*Não está cansado, está? Então ouça bem. Meu coração se encheu de paixão quando Gudrum me tocou com seu jeito terno, que nunca antes sentira. Até chegarmos ao riacho, prossegui de pernas bambas, e acho que as dela também estavam; um fio de água teimava em continuar fluindo apesar da temperatura e da neve que ainda era seca, não vinha em flocos, mas já gelava tudo ao redor. Trouxéramos odres e agachamos para enchê-los daquele precioso líquido que ajudaria Oleg febril e nos mataria a sede. Enquanto o fazíamos nos tocamos de novo e dessa vez nos encaramos, e havia amor em nossos olhos. Um sentimento tão puro, tão puro, que até doía. Largamos os odres, perdoando-nos por nossa imprudência porque o beijo instintivo que demos foi como descobrir o melhor dos mundos em um roçar, em um piscar de olhos, que durou uma eternidade, a melhor eternidade que um rapaz e uma moça poderiam ter, juntos e amando-se. Dava até para esquecer tudo à nossa volta: Oleg, os salteadores perigosos que abundavam por aquelas bandas, Harald, nossos pais mortos e, agora, Gunther – o novo inimigo. Ele nos espreitara até ali. Podia sentir o cheiro dele, mas o que fazíamos de errado para temê-lo? Nada! Nos esfregamos com um frenesi estranho para mim e certamente também para ela, por segundos que pareceram horas, mas tivemos que nos soltar ao fim, porque os odres haviam caído e vertido a água fora. Era preciso enchê-los rápido e novamente, a vida de Oleg poderia depender disso. Ela me disse que me amava, Vitor! E fui ali e para sempre o homem mais feliz do mundo.*

Tudo iria desmoronar logo em seguida. Voltamos em silêncio e eu não sentia mais o cheiro de Gunther. Quando se vive selvagem, se convive entre poucos, como era o nosso caso, se sente o cheiro um do outro, e se reconhece a distância nossos companheiros – e também quando o cheiro é de gente estranha, ou de bicho. Não, por favor, não me venha com essa cara de estranheza e ironia por nossa falta de banho. Eu vi como você se banha. Como uma lontra, na água o tempo todo. Nós não éramos assim na minha época, e a água era sempre gelada. Gente tem cheiro de gente, bicho tem cheiro de bicho, e o inimigo fedia longe. Naquele dia eu não notei, estava embevecido de ternura e paixão. Mas devia ter notado que havia algo estranho. Muito silêncio, principalmente quando nos aproximamos da caverna. Nenhuma tosse de Oleg, nenhum chiado. Ele, que resfolegava o tempo todo desde que ficara doente. Entramos com os odres, uma luz bruxúlea anunciava que Gunther já havia feito sua parte da tarefa, acendido a fogueira. Só que ele fazia algo mais para nosso terror: sufocava Oleg com trapos de cama e pedaços de couro. Deixamos cair os odres pela segunda vez, de espanto diante da cena. Oleg já estava em seus estertores, já estava no mundo dos mortos, o que vi de suas mãos em garras de desespero afrouxando enquanto perdia a vida sufocado por um traidor.

Berramos. Gunther nos olhou. Só havia maldade ali: "O que foi? Ele nos atrasava e vocês se esfregavam como dois animais. Alguém tinha que fazer alguma coisa! O velho nos atrasava." – Foi mais ou menos isso que ele disse. Aquele velho era tudo para nós, Vitor. Era nosso pai, nosso guia e salvara nossas vidas. Ah! A perversidade humana! Em todas as eras ela não encontra limites, meu amigo. Vi tudo *vermelho à minha frente e tive certeza que Oleg morrera quando aquele canalha o largou e ele não mais arfava, olhos pétreos, vítreos, de gente morta, fitando o teto da caverna. Sua última visão fora daquele verme asqueroso que ele ajudara a criar, a educar e a se defender, a andar como sombra na noite e a manejar a espada. E foi a espada que eu peguei, prestes a deixar livre meu ódio intenso, minha dor pela perda de meu segundo pai. Gunther olhou em volta, procurando também ele por uma arma, mas ele não pensara em mim e na minha reação e não havia nenhuma ali, a não ser a lança de duas foices de Oleg, mas eu deceparia seu braço se tentasse apanhá-la. Foi quando Gudrum entrou na minha frente – para isto eu é que não estava preparado. Tolice. Ela era sua irmã e há algo de visceral nisso, e não queria mais derramamento de sangue.*

*No entanto, eu devo confessar que ela não iria me conter. Minha raiva era mortal e seria o caso apenas de afastá-la dali com um safanão e exterminar aquele ser ingrato. Mas ela deu ao irmão o tempo que ele precisava para fugir, correr para fora da caverna e se embrenhar na floresta escura. Ele, que também sabia caminhar nas sombras, conseguira fugir da minha fúria. Urrei e ainda tentei localizá-lo, mas ele me via da escuridão e eu não o via. Não, eu não iria cair assim tão fácil naquela armadilha. Armei-me como pude, deixei Gudrum chorando à beira do cadáver de Oleg, que depois queimamos na fogueira que o traidor fizera, paramentando-o e pintando sua face, orando aos deuses como mandam as antigas tradições. Enquanto queimava, fomos embora, já com o dia raiando. Era perigoso ficar ali. Contudo, as próximas horas nos mostrariam que seria ainda mais perigoso seguir adiante com o dia claro.*

*Não conversamos durante aquele dia, como estou tagarelando com você agora. É que me deixa nervoso estes artifícios de Amálgama, mas já estamos chegando. Vê? Ele não tem mais como nos enganar, meu novo amigo. Já consigo ver a pradaria que desemboca na caverna do poço. Bem maior do que aquela em que Oleg foi exterminado por aquele aprendiz de monstro que eu por tanto tempo tentara chamar de irmão. Conhecêramos ainda crianças, quando fui salvo, e passamos a puberdade juntos, mas com ele sempre distante e traiçoeiro. Você não consegue ser irmão de quem pretende ser seu algoz. Eu conseguia agora ter mais ódio dele do que de Harald, e iria encontrar a ambos antes do fim do dia, que estava claro, com sol, o que seria bom, mas era ruim. Com aquele calor nosso cheiro se propagava forte e Gudrum já havia se tornado moça, se é que me entende. O cheiro dela já era diferente e atraía a distância, principalmente em um mundo em que mulheres ficavam trancadas em barracas e esconderijos cuidando de crianças recém-nascidas, quando saíam era para procurar água e gravetos, e morriam cedo de parto. Uma menina mulher como Gudrum valia muito e era rara solta pela ravina.*

*E foi isso que os atraiu. Ou melhor, foi a moeda de negociação de Gunther com Harald: sua irmã. Aquele rapaz cheio de ódio, inveja, ciúmes e desejo espúrio usou a própria irmã para selar um acordo de sangue com o homem que matara seus pais para vingar-se de nós dois. Pensando com a cabeça de hoje, creio que seu ego doentio o tenha feito se sentir traído. Como sei disso tudo? Ora, raiando a tarde, depois que consegui matar um coelho cru, com medo de acender fogueiras e despertar maus espíritos e inimigos, eu primeiro os senti próximos. Gudrum também, embranqueceu de susto, porque gravetos quebrados fizeram barulho, sinal claro de passos, e estávamos sem querer em uma armadilha, no sopé de um valo. Então olhamos para cima. Foi incrível, Vitor, porque ao mesmo tempo que me surpreendeu, não me surpreendeu. No fundo eu intuía que os dois maiores inimigos de minha vida se uniriam contra nós, naquele mundo forjado na violência da espada em que só a justiça da morte fazia sentido. Acima de nós, sorrindo, como feras prestes a abater suas presas, como faunos libidinosos ansiosos por satisfazer seu vício, sua lascívia, estavam Gunther, ladeado de Harald e mais ao lado dois dos seus bandoleiros. Todos armados de espadas, Harald com o punhal curvo e a espada, todos com sorrisos assassinos de pura maldade nos cenhos.*

*Então descobri rapidamente o que queriam, porque seu gestual era claro, e por demais óbvio que a única maneira de Gunther angariar a companhia de um salteador famoso e rico como Harald seria a irmã – e não era preciso ser algum gênio para descobrir isso. Eles olhavam ávidos para ela, um dos lacaios que não conhecia até salivava. Durante a chacina dos de minha tribo e dos meus pais e irmãos, ainda assim não ouvira a voz de Harald, que naquele momento veio, rouca e alta, voz de comando ditada aos facínoras que o secundavam, mas dirigida também a nós dois, lá embaixo, no valo:*

*– Podem acabar com o rapaz! – e me apontou com a mão que segurava a adaga. – A mulher é minha primeiro.*

*E desceram só os dois lacaios de espada. Não nos davam muita importância, decerto. Viam em mim a um quase menino, apesar de já enxergarem Gudrum como uma "mulher", talvez porque ela fosse bem fornida de curvas e já resplandecesse em sua sexualidade juvenil. Naqueles meus tempos, era de fato já uma mulher. E estava ali apavorada. Mas aqueles homens não sabiam que éramos treinados por Oleg, sabíamos lutar e não seríamos presas fáceis, até porque lutaríamos por nossas vidas, o que não ocorria com eles: para aqueles salteadores, havia ali só dois a mais para morrerem e serem machucados, um casal inofensivo, impressão precipitada que Gunther não tivera tempo de desmentir. Também não lhes dissera que no embornal que carregávamos estavam nossas armas, apesar da minha pequena espada à cintura, mas a lança de duas foices estava guardada no meio dos couros e panos que envolviam o restante de nossos pertences em um embrulho horizontal, como um tapete amarrado, que transportávamos, cada um segurando a uma de suas pontas.*

*Os homens pularam no valo. Ali só havia uma chance para evitar o combate: a fuga. Corremos, para tentar salvar a vida, mas estávamos em um baixio cercado de barrancos. Ou seja, amigo, teríamos que subir do outro lado, correndo até lá. Um dos homens deu a volta, o que percebi pelo canto dos olhos, enquanto o outro nos alcançou, porque estávamos mais lentos, tornados assim pelos pertences que não abandonávamos. O que nos chegou me perseguia de olho em minha espada presa à cintura por uma tira de couro, enquanto brandia outra, muito maior e mortífera. Não se apercebeu do rápido movimento que fiz: ao invés de sacar da espada visível, não me viu puxar de dentro do embrulho de couro a maior delas, que estava deitada entre os panos e era por isso que nossa bagagem tinha aquele formato. Puxei-a para trás e para a frente, roçando o rosto belo da minha amada, por um triz não a machucando, mas minha manobra fora planejada, porque o bandoleiro já resfolegava com o rosto à centímetros dela, que foi onde o acertei com a espada em riste, enfiando-a focinho à dentro do patife, que urrou. Com o mesmo braço girei a pesada espada, porque mesmo sem olhar sabia que o outro assassino dera-nos a volta e pretendia cercar-nos pelo outro lado, pelo meu lado, de onde chegava também brandindo espada, também*

### Vitor além da vida

*estupefato com o ataque rápido ao colega. Tanto que não percebeu o giro da minha arma, por cima de meu eixo, acertando-o no pescoço, que quase separei por completo do restante do corpo.*

*Eu matara dois dos quatro animais. Era um guerreiro das sombras, apesar de jovem. Não faça esta cara, homem! Não há espaço para bravatas aqui. Estamos falando da minha vida, ou ao menos do fim dela – porque não acho este pardieiro anormal possa ser considerado vida. Só que estávamos em uma armadilha, no valo, não havia tempo para pensar em mais nada a não ser correr por nossas vidas, porque Harald e Gunther nos olharam com surpresa e, depois, ódio, e foram rápidos em desaparecer em seguida, certamente para nos cercar. Também teríamos que ser ágeis, e segurei aquela que seria o primeiro e único amor da minha vida pela mão, e partimos velozes pela vereda de árvores que nos tiraria daquele buraco. E corremos, muito, Vitor. Eu a sentia resfolegar atrás de mim, dando tudo o que suas pernas e pulmões permitiam, e era brava e bem treinada para isso, mas o fato é que ela nos atrasava, porque não era um homem feito. Aliás, eu também não era, como Harald, que de repente surgiu à nossa frente, assustador.*

*Ele estava com as duas espadas, a normal e a faca-sabre oriental, que brandia pelo punho contorcido, como uma víbora prestes a dar o bote. Isso não atrapalhava a empunhadura da espada longa, que era de uma mão só, e Harald era um exímio guerreiro. Não vi Gunther e não tinha meios de me preocupar com mais nada. Retirei do embornal aquela arma especial de Oleg, a lança-espada de dois gumes em formato de foice. Ela meu opositor nunca vira, e senti isso nos seus olhos por um instante breve, enquanto largava a mão de Gudrum e me posicionava, rezando para que minha companheira se protegesse daquela investida por si só, ou que fugisse para longe, o que lhe ordenei com voz rude, sem saber se ela obedeceria ou não, porque estava com os olhos e toda a minha atenção fixos naquela besta humana, o ser mais cruel que eu já conhecera, o homem que matara meus pais e tantos outros.*

*Sua investida foi rápida, e quase acabava ali minha existência, com o sabre na altura da minha garganta, mas me defendi com a lança e revidei, não com um golpe alto, mas com uma poda rasteira com a foice, como Oleg nos ensinara vezes sem conta, e Harald saltou, mas senti que lhe atingi o calcanhar ou a canela, porque por um breve momento ele emitiu um grunhido, mas investiu de novo em seguida, com a espada longa. Tive que me esquivar e era isso o que ele queria: que eu me desequilibrasse, porque aí saltou sobre mim com a adaga pronta para enfiar em meu peito, mas de novo me defendi com a lança, arma com a qual definitivamente meu adversário não estava acostumado, e de novo revidei com a foice, agora alta, no rumo de seu pescoço, e foi ele quem defendeu com a espada longa. Mas girou o corpo em seguida e saiu do meu raio de ação.*

*Nos olhamos. Ele surpreso com a resistência daquele jovem atrevido, algo satisfeito em encontrar um guerreiro de seu nível, alguém que finalmente compensasse o esforço de matar, ou a glória de ser morto em batalha. Eu assustado, mas com ódio nos olhos, me adaptando à súbita descoberta de que meu inimigo não era invencível, era humano e, portanto, podia ser derrotado. Vi que da calça de sua túnica brotava um filete de sangue, e foi aquele rápido olhar que ofereceu a Harald o instante de desatenção minha da qual ele precisava para investir novamente. Ele foi então mais cauteloso. Girou o corpo, enquanto preparava um ataque duplo, com sabre e espada, e foi aí que venci aquele duelo mortal: não me esquivei, fui para cima e para dentro dele, peguei-o no contrapé com um ataque com a lança em riste*

### Vitor além da vida

*que ele rebateu agachando-se para aparar meu golpe. É o que eu esperava, baixando o outro lado da foice sobre sua cabeça, partindo ao meio seu crânio com a força da trajetória da lâmina.*

*Todo mundo já odiou um dia, e parece que o ódio alimenta a gente. Mas ele não é como o amor. Além e depois do desejo de fazer o mau, de pagar tributo à vingança e a dar vazão à raiva contra o ser odiado, vem um júbilo muito rápido, mas seguido de um vazio muito grande. É como se o objeto de seu repúdio e desejo de desforra fosse ainda assim sua razão de ser e, uma vez saciada sua sede de justiça, a vida perdesse um pouco o sentido. Eu existira até ali para odiar àquele homem, agora desfeito em um crânio esfacelado, olhos vitrificados pela morte que fora rápida demais para alguém tão asqueroso, sangue derramado daquele corpo que pulsara rancor até instantes antes da justiça feita pela espada. Agora, viveria para quê? Mas não pude me perder muito em meus pensamentos e aquelas divagações tão profundas duraram na verdade poucos instantes, porque em seguida pensei na minha companheira e onde estaria e que perigo estaria enfrentando, porque seu irmão ainda estava vivo e longe do alcance da minha arma.*

*Estamos na porta da caverna, amigo. Finalmente Amálgama parou de brincar conosco. Deixe-me somente terminar minha narrativa, serei breve agora, porque o fim de uma vida tão tênue é sobretudo breve. Não avistei Gudrum por perto e não dava para simplesmente gritar seu nome, pois alertaria meu derradeiro inimigo. Saí rapidamente procurando pistas, correndo com cautela como um guerreiro das sombras deve fazer, as encontrei em um baixio e na beira de um rio, justamente na parte de seu leito mais caudaloso. As pegadas de arrasto é que me assustaram, como se ainda fosse possível àquele jovem que fui se assustar. Gudrum não caminhava às margens do rio, era levada, e* com brutalidade, o que pequenos arbustos partidos e traços nítidos de seus pés retesados e empurrados pelo mato raso próprio dos alagadiços. Orei a deuses que já não mais possuía dentro de meu coração. Prossegui rápido, mas minha agonia iria durar pouco, sucedida pela brutal constatação de que minha amada não mais vivia: encontrei sua cabeça decepada, olhos estatalados, lábios em um esgar, aqueles lábios que finalmente beijara, sobre uma estaca improvisada de um galho, como se empalada. Ao pé daquele pérfido totem, seu corpo contorcido. Gunther, com a espada facínora ainda rutilante do sangue de Gudrum, me olhava com um misto de despeito e satisfação. Brilhava-lhe a fronte suada, porque sua irmã deveria ter-lhe dado trabalho, porque ela era brava. Todos éramos. Eu urrei de dor então, da perda da minha vida também que perecera com ela. Ajoelhei-me em desespero, olhando para os céus em busca de uma esperança que não mais existia de uma felicidade que nunca iria conhecer.

A minha sorte, Vitor – será que poderíamos chamar disso? Minha vida jamais conhecera satisfações que não fossem breves e básicas – é que, mesmo em prantos, ouvi o estalar de gravetos no capim, em tempo de alçar meu semblante e perceber aquele ser hediondo correndo em minha direção com a espada monstruosa com a qual retirara a vida, e a cabeça, da própria irmã. Não teria outra chance de me defender, porque ele estava muito próximo e minha arma ao chão. Parti para cima e para dentro dele, sem medo da lâmina, sem medo da morte. Abraçamo-nos em um abraço mortal para ambos e a espada que me atingiria o pescoço consegui, retirando espaços do ataque de meu algoz, conter com o tronco. A lâmina penetrou em meu abdômen, onde se prendeu. A dor lancinante, no entanto, não me conteve. Eu sabia que era meu fim e iria levar Gunther comigo, não o deixaria sobre *a face da terra para cometer mais atrocidades. Ainda agarrando-o e aproveitando-me de sua surpresa com a espada cravada em meu estômago e meu abraço que, ainda assim, continuava forte, peguei seu pescoço e torci impiedosamente. Ele largou o punho da arma para tentar se desvencilhar, contorcendo-se. Aproveitei-me disso para apertar mais ainda a torção mortal, minhas mãos eram torniquete humano. Ouvi os ossos de seu pescoço se partindo e senti suas pernas amolecendo, até que tombou depois de resfôlegos, aos meus pés.*

*Ele jazia agonizando ali. Eu acima daquele ser maldito, com a espada cravada pouco abaixo do meu peito. Sua lâmina era que impedia meu sangue e tripas de jorrarem dali, mas não hesitei em retirar a espada em um esforço desumano e doloroso, mas a queria cravada no homem que matara minha amada, enquanto ainda lhe restasse, nos restasse na verdade, um sopro de vida. Foi o que fiz. Com as duas mãos em volta do punho da arma, retirei-a com derradeiro sofrimento de mim e a finquei no peito de Gunther, que finalmente estrebuchou, dando seu último e maldito suspiro.*

*Assustado? Como sobrevivi não sei. Joguei-me nas águas do rio para ter uma morte mais limpa e mais rápida, mas estou aqui. Deixei para trás e para aquela existência que já fora minha toda a dor e toda a miséria de minha alma, mas isto é uma ilusão. Dores e misérias nos acompanham, sempre. Estou aqui, onde preservo a imagem do que teria sido e daquilo que outros visitantes, como você, imaginam que eu poderia ser. Sou uma ilusão de mim mesmo, agoniado em não estar, em ser ausência e não saber se existo ou não. Mas esta última agonia vai terminar, meu amigo. Chegamos. Vamos entrar na caverna. Ela vai nos dar a solução.*

# DEZESSEIS

A ordem do inspetor Silva para Arrudão fora clara: descartar Hendrick imediatamente e ir ao seu encontro no escritório da redação do jornal em que Santiago Felipe trabalhava. Foi algo sussurrado pelo celular, mas Arrudão estava acostumado às instruções de seu antigo chefe à vinte anos e enveredou pelos corredores do prédio da sede de polícia com o delegado engomado às suas costas, querendo saber onde iam.

– O inspetor mandou buscar umas... evidências aqui. – esclarecia matreiramente o tira.

E continuava andando com Hendrick à sua retaguarda, o acompanhando sem muita atenção, dedilhando recados a Angelo Álvaro enquanto o seguia. Na verdade, delatava ao chefe o que seria um complô urdido por aqueles pré-históricos para desacreditar a instituição. Tão distraído estava que não entendeu quando Arrudão destrancou uma porta com uma chave que guardava no bolso, abrindo-a para dar passagem a ele.

– É aqui. – limitou-se a dizer ao delegado, enquanto fazia um gesto teatral com os braços, convidando-o a entrar naquele recinto.

Hendrick acatou o convite e entrou na sala, que descobriu repleta de velhos arquivos com pastas de papel e um cheiro de mofo indescritível, proveniente de uns vazamentos e infiltrações na parede visíveis a um canto. Voltou para argumentar com Arrudão, mas a porta já fora fechada e trancada à chave novamente, subitamente, para surpresa e ódio do jovem delegado. Esmurrou a porta, mas Arrudão já ia embora quase correndo, lépido e rindo, como sempre ficava satisfeito ao realizar um raro ato de esperteza, que guardava na memória para depois contar aos colegas, filhos e netos, se um dia os tivesse.

Ganhava assim minutos preciosos até que alguém libertasse aquele chato, porque Silva e Flamarion já estavam com Santiago revendo anotações e detalhes, obcecados não somente em descobrir quem matara Vitor, mas também com um inesperado e novo enigma: o que fora feito da semi-viúva Diana?

– Pardal já me ligou. Está rastreando o celular dela: Ibirité, muito provavelmente em um sítio – esclareceu Silva. – Lá é uma região de sítios, afinal. Quem ela teria ido visitar levando os filhos, às pressas, é algo que somente descobriremos indo lá.

De volta ao escritório no centro da redação, Santiago Felipe mexia em papéis, alguns rabiscados por ele próprio, outros impressos, ele que não se acostumaria jamais com telas de computador. Flamarion conversava a um canto, discretamente, com o Professor Pardal, que em tempo real tentava localizar pelas torres de telefonia e por triangulação, o último local em que se detectara sinal do celular de Diana. Diante da espera, o anfitrião obrigou-se a preencher aquele inesperado silêncio do velho inspetor:

### Vitor além da vida

– Diana Hanneman. Carreira impecável, tanto como advogada, como quanto acadêmica. Brilhante professora. Conferi seus dados. Consegui até a lista de seus colegas de formatura. E, é claro, de seus parentes de solteira. O sobrenome de solteira da moça é Queiroz. Ela deve ter ido visitar algum conhecido nesta situação extrema, deixando o marido em estado terminal em um leito de hospital. Alguém importante para ela.

– E por quê o faria logo agora? – indagou o inspetor, mais para si mesmo. – Algo novo aconteceu, ela descobriu uma pista, ou foi ameaçada, ou algo aconteceu a seus filhos. Ou simplesmente – aí o inspetor passou a conjecturar – ou simplesmente a casa ficou insuportável para eles e Diana resolveu sair de repente para refrescar a cabeça, levando os filhos por senti-los mais seguros em sua companhia depois do trágico atentado sofrido pelo marido.

– Seria isso? – perguntou Santiago Felipe.

– A última hipótese? A mais provável, mas apostaria numa mistura de todas elas. Não sei explicar o motivo, aposte nos meus instintos.

Flamarion os interrompeu, interrompendo também Pardal do outro lado da ligação telefônica. Afinal, fora deixado ao celular para intermediar as informações entre eles:

– Pardal descobriu a rua, e lá só há duas casas. Ele agora está invadindo os sistemas de registros imobiliários do local para ver de quem são os imóveis.

– Se forem de aluguel, já era – concluiu o inspetor. – Mas vamos visitar as duas casas. É prudente esperar os nomes, mas no caminho poderemos obtê-los.

**Renato Zupo**

Arrudão acabara de chegar, sentara-se ao lado da porta, procurando por um café pelos cantos da sala e doido para contar ao antigo chefe a proeza de trancar o delegado antipático em uma saleta esquecida do prédio da polícia, hoje em dia utilizada para dar uns tabefes em bandidos suspeitos sem que câmeras de segurança captassem as imagens. No entanto, diante da nova notícia, já se preparava para levantar e levá-los ao local – afinal, também estava preocupado com Kleverson, seu parceiro. Para um tira, um parceiro era quase como um irmão de sangue.

– Deixe-me ligar para Eudes – raciocinou em voz alta o inspetor. – Acredito que ele poderá nos ajudar a encontrar o suspeito. O *sexto homem,* o paramédico a mais a sair da cena do crime.

– Por que acredita que Eudes pode encontrar algo sobre o suspeito nos arquivos da polícia, quando o seu especialista não conseguiu? – indagou Santiago Felipe.

– Pelo mesmo motivo que não foram encontradas imagens de segurança do momento em que o criminoso entrou na casa. Há coisas de menos nos arquivos da polícia, no sistema de informações e bancos de dados. É uma incrível coincidência, incrível demais para acreditarmos nela.

A ligação do inspetor encontrou Eudes Bonfim mais uma vez debruçado no Saci, procurando informações em bancos de dados e revendo pela milionésima vez as imagens da casa de Vitor Hanneman. O perito só atendeu à ligação porque viu no identificador de chamadas que era Silva, tão absorto estava, e ouviu atentamente a descoberta do velho policial: não era possível ver o criminoso entrando na casa, mas conseguiram identificar alguém que aparentava sê-lo, saindo daquele local.

– Fomos a um colega seu, do setor privado, digamos assim – esclareceu-lhe o inspetor – e ampliamos bastante as imagens, com bastante nitidez. Vou te mandar agora, e peço que veja e verifique se conhece a pessoa.

– Quer que compare com suspeitos dos arquivos de imagens do sistema da casa? – perguntou-lhe o perito.

– Esta imagem você não vai encontrar. O nosso especialista já entrou no seu banco de dados e não encontrou. Mas acho que talvez reconheça de quem estamos falando. – E em um clique mandou para Eudes a imagem ampliada do sexto paramédico.

Eudes ampliou a imagem primeiro no celular, depois espelhando o arquivo no WhatsApp Web implantado no Saci, seu computador de estimação. A princípio, não reconheceu aquele homem. Ampliou mais. Nada falava ao telefone, ainda com a ligação em andamento com o inspetor, que só lhe ouvia a respiração pesada de alguém que, do outro lado, trabalhava muito, tenso. Eudes então usou recursos de Photoshop para modificar o fotograma mais nítido do sujeito, primeiro retirando-lhe a máscara cirúrgica. Depois escurecendo e branqueando cabelos. O fez umas duas vezes, raciocinando rápido, porque do que via pressentia conhecer aquele indivíduo, mas também intuía que havia algo de estranho naquela imagem. Alguma coisa estava *faltando* na imagem daquele homem.

Então, utilizou o editor de imagens para colocar óculos no rosto da imagem, e o que viu quase lhe rendeu um ataque cardíaco. Conhecia aquela pessoa, próxima demais, nitidamente. O havia visto poucas horas atrás, na verdade.

– Eudes, você está na linha? – perguntou Silva, agora com o viva-voz ligado, para que os demais da sala ouvissem. Algo estava errado com o perito.

– É ele – arquejou, finalmente. – Meu Deus, é ele, inspetor.

– É claro que você o conhece. Ele é da casa, não é?

Um silêncio claustrofóbico do outro lado da ligação. Da sala de perícia, Eudes não sabia o que fazer. Então, deu um murro na mesa e derrubou a cafeteira térmica e um copo de água, que molhou o teclado do Saci. Silva e os outros ouviram, apreensivos, do lado de lá da linha.

– E como é! Como é! – berrava. – Eu usei o Photoshop aqui. Peça pro seu especialista fazer o mesmo. O filho da puta é o meu auxiliar, Bruno. Todos o chamam de Bruninho. O sobrenome dele... deixa eu ver dos arquivos... Um nome italiano...

– Você não vai achá-lo por esses dias nos nossos arquivos, Eudes. Pelo mesmo motivo que as imagens da chegada dele à casa de Vitor Hanneman também não aparecem. Ele deletou todas as informações que pudessem chegar ao seu paradeiro.

Mas Eudes não ouvia mais. O telefone repousava sobre sua bancada de trabalho, agora também no. Procurava pelas gavetas e pela papelada, até encontrar um velho crachá guardado em um vão da estante, perto de um vade-mécum forense. Era o que precisava, para se lembrar do nome completo do assistente.

– É isso. Bruno Bianchi. Meu Deus, o que esse filho da puta fazia lá e por que não falou nada comigo?

– Porque ele não podia falar. Fazia algo errado. Estava tentando matar uma pessoa – concluiu friamente o inspetor.– Eudes, pode me fazer um favor? Na verdade, dois?

### Vitor além da vida

Eudes não respondeu. Perdera as forças repentinamente. Era como se descobrisse que sua mulher fiel por décadas lhe punha chifres há vinte anos com o padeiro da esquina. Era como se descobrisse, depois de adulto, que não era filho biológico de seus pais e que fora adotado. Perdera o chão e o fôlego, por completo, mas seu silêncio foi interpretado pelo inspetor como um aceno positivo para falar de necessidades urgentes.

– Primeiro, descubra tudo sobre Bruno Bianchi, e não se esqueça que vai ter que recuperar esses dados, eles vão estar ocultos em algum lugar do sistema. Isso pode demorar, mas já lhe adianto que acho que vai descobrir que o cara nasceu no Rio Grande do Sul. É conterrâneo de Hanneman. Deve ser de Boqueirão do Leão, acho que é esse o nome da cidadezinha em que nosso colega nasceu. Ou nos arredores.

Ninguém, nem Eudes, tampouco os demais que se encontravam com Silva na sala de Santiago Felipe, entenderam a conexão. O inspetor prosseguiu:

– Também vai me fazer o enorme favor de verificar se os exames genéticos teriam possibilidade de acusar algum ascendente ou parente da vítima no lugar do crime, além, é claro, dos filhos de Vitor. Talvez isso demande tempo, não poderemos esperá-lo, mas nos dê essa informações o quanto antes, ok?

– Filho da puta... – Eudes se limitava a dizer. E desligou. Aquilo também pareceu a todos um sinal positivo, de alguém terrivelmente assustado, mas era um inequívoco "sim".

Silva encarou os demais, enquanto Flamarion buscava os nomes dos proprietários de sítios nas redondezas do local do sumiço de Kleverson, de Diana e dos filhos. O investigador de sinistros estava absorto com o que ouvia do Professor Pardal, do outro lado da linha. Mas o inspetor não podia esperar mais, se dirigindo diretamente aos demais presentes àquela reunião de emergência:

– É preciso ligar para Cupertino. Vamos todos para Ibirité e tenho a impressão que o Professor Pardal vai descobrir onde se escondeu a esposa de Hanneman. Quanto ao seu parceiro, Arrudão, fique firme porque acho que as notícias podem não ser boas. Ele sumiu sem deixar explicações e isso é raro para um policial em uma missão tão delicada, lidando com um psicopata – e acrescentou, olhando fixamente, agora para Santiago – porque ele é um psicopata. E provavelmente é filho de Vitor Hanneman.

Enquanto Silva deixava boquiabertos aos colegas, Sônia Soraia recebia Diana e os filhos em uma sala ampla e espaçosa, típica de fazenda, com retratos de gente antiga nas paredes, um fogão à lenha cozinhando uma comida bastante cheirosa na cozinha enorme e contígua. Também havia chá e bolinhos de chuva sobre uma mesa enorme, retangular, de bancos inteiriços de rancho, com uma moringa de barro com água e vários canecos contemplados aos meninos. Sônia via os desenhos de Isabela que estava contrita, com vergonha do acesso que tivera horas antes, temendo fossem ralhar com ela. Seus irmãos jogavam cartas distraídos a um canto, tentando encontrar um jeito de se divertir em um local sem wi-fi e internet, mas Isabela seguia atenta, tal qual a mãe, às explanações de Sônia:

– São curiosos os desenhos, porque me parece que ela não é fã de quadrinhos e muito menos do Superman. Eu sou. Ela desenhou direitinho o Superman do John Byrne, o meu artista gráfico preferido. Foi uma das melhores fases dele. – Ela divagava, Diana já sabia desde a faculdade. Sônia Soraia além da dificuldade de focar em assuntos práticos e neles permanecer também era uma usuária compulsiva de maconha, o que piorava em muito sua objetividade.

– Então podem ser espíritos que desenharam por ela? – interrompeu a amiga, impaciente. Afinal, era a sanidade mental de sua filha que estava em jogo. – Como uma psicografia de um médium? Quem sabe o espírito do tal John desenhou por ela.

– Pelo que sei John Byrne está vivo e, não, não foi uma psicografia, Diana. – Sorriu, como se falasse para uma criança. – Isabela é sensitiva, é fato, e buscou em memórias remotas, provavelmente de espíritos, explicar o que aconteceu ao pai.

É claro que Sônia Soraia sabia da tragédia pessoal vivida pela amiga. Era a notícia mais quente dos noticiários por aqueles dias, não somente porque a vítima era um policial entre a vida e a morte, como também pelo mistério envolvendo tudo aquilo. E os desenhos pareciam iluminar o insondável, ao menos diante de sua percepção mística. Ela estava bastante tranquila quando prosseguiu explicando:

– Cultura pop é um hobby para mim, Diana. E o que me chamou a atenção nos desenhos de sua filha é que ela é absolutamente original naquilo que criou, muito embora o traço seja inegavelmente semelhante ao de um artista americano. – Tomou um gole de chá antes de prosseguir: – Aliás, canadense. E sabe o que há de original no trabalho da sua filha?

É claro que Diana não sabia e é claro que a pergunta era retórica, não precisava ser respondida, como não foi. Os olhos rútilos de ansiedade da mãe fizeram a dona da casa quebrar aquele suspense insuportável e prosseguir:

– Superman é Clark Kent e o que os diferencia não é uma máscara. Muita gente se indaga: como as pessoas não sabem que a identidade secreta do homem de aço é a do jornalista do Planeta Diário, o sr. Kent? Afinal de contas, o Superman não é mascarado como o Batman ou como o Homem-Aranha... Kent usa óculos e quando os tira e veste a capa vira um super-herói e as pessoas acham tudo isso muito estranho. Também acha?

– Acho. – Diana nunca tinha pensado nisso e tampouco tinha a mínima ideia de onde a amiga queria chegar ou o que aquele super-herói desenhado tinha a ver com o surto da filha ou o atentado ao marido. Acrescentou: – O óculos é o disfarce, mas não é suficiente.

– Engano seu. Óculos mudam as pessoas, sua fisionomia, sua fronte. Há estudos alentados sobre isso e eu poderia te mostrar um ou dois vídeos que tenho, mas não tenho tempo, não é mesmo? – E parou para ouvir um chiado que vinha da cozinha. – É a canjiquinha que está ficando pronta. Venha comigo preparar os pratos, Diana, que continuamos conversando. Deixe as crianças aí e não se preocupe mais com os desenhos. Já vi o que tinha que ver e acho que sei o que os espíritos quiseram dizer a você por intermédio de sua filha.

As duas amigas seguiram até a cozinha onde Sônia buscou uma terrina antiga, de louça, com uma concha enorme de ferro fundido e buscou da panela a canjiquinha que estava pronta, suculenta e cheirosa. Apontou à Diana onde estava os pratos fundos de sopa e também a compota com pimenta e os guardanapos, e enquanto as duas providenciavam a louça para servir a iguaria, a cozinheira caprichosa e ansiosa por agradar às visitas inquietas prosseguiu explicando:

– A originalidade do desenho de Isabela consiste no detalhe dos óculos. Clark Kent usa óculos, o Superman não. – e seus olhos brilhavam enquanto depositava a canjiquinha na terrina – Entendeu? Mas o Superman da sua filha usa óculos, o que mostra que ele é meio gente e meio extraterrestre, meio homem e meio super-herói. Entendeu?

– Porra nenhuma. Você fumou maconha tem pouco tempo, Sônia?

As duas caíram na risada, gargalhadas tão histéricas que chamaram atenção de Jorge, que abandonou o jogo de cartas para vir ver o que ocorria. Afinal, raríssimo a mãe naquele drama todo dando aquelas risadas tão escandidas, tão gostosas de dar e de ouvir. E a encontrou ainda rindo ao lado daquela simpática jovem senhora dona da casa que chacoalhava tanto enquanto gargalhava que quase deixou cair toda a canjiquinha. Foi o menino que a socorreu, amparando o vasilhame com comida fumegante, o que alertou as duas mulheres a se comporem um pouco. Ainda engolindo risotas terminaram de servir à mesa e chamaram a molecada. Abandonaram provisoriamente a conversa enquanto todos comiam.

– Para um dia especial como este, que já vai entardecendo, vamos ter sobremesa e refrigerante, que eu não gosto, mas vocês gostam, não é ? – e indagou aos jovens, que comiam quietos e extasiados. Realmente já escurecia e, na roça, é a hora da fome.

Sônia os abandonou para ir buscar o pet de Coca superlitro e também um refresco de graviola, este o seu preferido, que ela mesmo fazia. Quando voltou e todos se serviram, ela acrescentou que haveria um pudim de sobremesa, ancestral receita de sua família. Diana, que comia divertindo-se, mas ainda preocupada, voltou ao assunto:

– Querida, e os óculos do Superman? Se me esclarecer o que isso tem a ver com minha filha e meu marido posso ir embora em seguida, está tarde mas ainda claro, consigo voltar dirigindo...

– Imagina. Vão dormir aqui. Compreendo que está com o marido no hospital e precisa de notícias, mas também precisa relaxar e descansar. E ouvir a informação que veio buscar, claro, a questão dos óculos... Mas espere que vou buscar o pudim.

Diana quase avançou na amiga de raiva e inquietação com aquela pasmaceira bovina de sua calma inquietante, de quem encontrava novos assuntos corriqueiros para atrasar a revelação de segredos urgentes. Mas esperou o pudim, que veio com a explicação, enquanto as crianças se refestelavam com a sobremesa:

– Diana, o Superman de sua filha usa os óculos do Kent, o que significa duas coisas na linguagem da interpretação dos sonhos. Você já leu Freud, não leu?

– Não li, mas você leu, o que é o suficiente. Agora explique.

– Há alguém escondido, mas que revelou sua identidade, ou está por revelar, alguém com poderes que sua filha intuiu em um transe, que não é transe. Ela sonhou de olhos abertos na verdade, o que é raro, mas acontece. – E acrescentou: – a pessoa que ela procura revelar provavelmente é responsável, ou bastante importante no problema vivido pelo pai e por vocês. E ela se ocultou de vocês, ao menos até agora.

– Com um óculos?

### Vitor além da vida

– Pode ser, ou pode ser algo figurativo. Alguma outra forma de disfarce sutil e discreto, mas insuficiente. O Superman da Isabela é um herói do mal, ou anti-herói, e se revelou em sua malignidade para ela. A pessoa provavelmente se disfarçou para chegar ao seu marido, ou a vocês. Ou, o mais importante...

– O quê?

– Na verdade, ele vivia disfarçado até agora. Com o crime, se revelou.

Foi quando as luzes da casa se apagaram. Todas de uma só vez, como em um blecaute. Só que não era, não chovia e não havia trovoadas nem relâmpagos. O tempo estava ótimo lá fora, uma pasmaceira de friozinho de começo de inverno em uma área rural. A conta de luz também estava paga. O que Sônia não contava era com o fato de que alguém lá fora desligara o padrão de luz e cortara os fios de energia da casa, junto com a fiação da telefonia fixa que ela teimava em manter, porque detestava celulares.

De repente estavam no breu. E o Superman do mal estava lá fora. Naquele momento os cachorros começaram a latir agressivamente, deixando de imediato as duas colegas de faculdade inertes, sem saber o que ocorria e o que fazer. Os garotos tentavam discerni-las naquela semiobscuridade e aguardavam que lhes dissessem o que fazer. Coisas de uma geração que sempre esperava para ser orientada, totalmente sem iniciativa.

Mas a falta de iniciativa não era uma exclusividade dos *novos* jovens. Santiago Felipe, por exemplo, não era um homem de ação, definitivamente. Ficara na redação do jornal compilando mais dados e estava em contato direto com seus informantes e com o Professor Pardal. Àquela altura, o gênio tecnológico já havia recuperado os bancos de dados da polícia, pelo menos no que interessava: Bruno Bianchi. Era ele de fato o sexto paramédico na cena do crime, o que confirmava as suspeitas de Paulo Roberto Silva. O inspetor seguia cabisbaixo e ruminando, sem palavras, enquanto Arrudão acelerava a viatura policial, das mais novas conseguidas pelo Delegado Cupertino – este próprio seguia logo atrás em outro veículo, com três tiras com colete tático e fortemente armados.

– Como conseguiu convencê-lo? – perguntou Flamarion, do banco de trás do Corolla da polícia.

Silva, do banco do passageiro, apenas meneou a cabeça. Não tinha palavras. Sempre acontecia com ele assim, aquele sentimento de profunda melancolia, quando descobria tarde demais o que estava à sua frente desde o princípio. E geralmente morria gente no meio do caminho. Chegavam à Ibirité sob os protestos de Hendrick, finalmente liberto de seu cativeiro improvisadíssimo e provisório – e é claro que o chefe de polícia fora informado, e estava furibundo.

Enquanto saíam da rodovia para pegar uma estrada vicinal, com Arrudão cantando pneus, desesperado e rezando interiormente pelo paradeiro do parceiro desaparecido, o celular do inspetor tocou.

– Isto mesmo. – Era Eudes Bonfim, com a voz embargada. – Há um DNA colidente, mas não exato. O seu amigo gênio me ajudou, agradeça ao tal Pardal, porque conseguimos em minutos o que levaria horas ou talvez dias, inspetor.

– Não teríamos esse tempo todo – respondeu o inspetor. – Isto significa uma... linhagem de descendência? Pode ser um filho, presumo?

### Vitor além da vida

– Sim. Geneticamente muito parecidos. Vamos nos mantendo informados. Eu agora tenho que recuperar o banco de dados.
– Pardal também já fez isso. E é o Bianchi. – E desligou.

Do outro lado, Eudes se maldizia pela ineficiência estatal diante da agilidade da milionária iniciativa privada, e também odiava cada vez mais a maneira como fora enganado, mas não tinha a menor ideia da motivação daquele criminoso insano. Bruninho sempre fora cordato para além da normalidade, quase pegajoso, e bastante enxerido, mas aquilo jamais significara algum perfil perigoso aos olhos de um perito experiente. Após o atentado a Vitor Hanneman, e agora pensando bem, o considerou um tanto o quanto normal demais, principalmente levando-se em conta que era um colega que recebera os disparos e estava à beira da morte. Além disso, Bruno Bianchi era aluno da esposa da vítima, o que deveria consterná-lo um pouco mais, mas ainda assim aquele sujeito permanecera frívolo como sempre fora, artificial, e é claro que aquele estranho comportamento passara despercebido a todos.

O perito voltou para o Saci e passou a pesquisar tudo sobre seu assessor, a começar pelo nome, família, sua vida pregressa. – Eudes lembrou-se de Silva insinuando um parentesco. E descobriu que Bruninho era filho de pai não identificado, ou desconhecido, o que era a mesma coisa. Enquanto mencionava isto em uma mensagem ao inspetor, percebeu que provavelmente aquela informação já devia ter sido obtida pelo tal Professor Pardal. Claro. A polícia oficial sempre era a última a saber. – Estava sendo injusto consigo mesmo, mas seu palpite estava correto: *"Já fomos informados"*, respondeu também por mensagem o inspetor.

No mesmo momento em que o Professor Pardal reportou a exata localização do veículo de Kleverson, o fez para Silva, que replicou para Cupertino e Eudes. Afinal de contas, as autoridades precisavam saber imediatamente o paradeiro do policial. Era uma foto de satélite que, em tempo real, mostrava o HB20 emborcado em uma vala, uma voçoroca próxima do trajeto seguido pelo inspetor em busca do esconderijo de Diana. O carro estava estranhamente "morto" na foto, o que enregelou o inspetor, e mais ainda a Flamarion, a quem ele mostrou imediatamente a mensagem. Na ocasião, tomou o cuidado de nada mostrar ao motorista, porque Arrudão estava compenetrado em embrenhar o Corolla noite adentro por aquelas trilhas, seguindo as indicações do chefe.

– Está perto – afirmou Flamarion. – Ele também mandou a localização.

Era mais para trás, por uma viela lateral anteriormente cruzada pelo grupo, mais perto de Cupertino e seus policiais. Silva ordenou sem mais palavras que Arrudão fizesse um retorno improvisado, subindo ligeiramente em um barranco. Não disse o motivo, e não precisava. Sua voz estava tensa: teria que escolher entre acudir a um morto ou a uma família que muito provavelmente ainda estaria viva, mas Kleverson estava a caminho e Diana e os filhos ainda precisavam ser descobertos. O veículo retornou, e era Aristides Flamarion quem indicava o caminho valendo-se do celular cedido pelo amigo.

Chegaram em quinhentos metros de breu iluminado pelo facho da lanterna do carro. Era o valo da foto sem dúvidas, e Cupertino havia chegado antes, como Silva previra.

O espadaúdo delegado estava no topo do monte erodido e olhava para o fundo do valo, em que seus policiais armados já haviam se embrenhado com lanterna. O inspetor pulou do carro e sacou seu antiquado revólver de cinco tiros, seguido por Arrudão tendo às mãos uma pistola .40. A mira dele era boa, como seus dois parceiros já tinham presenciado anteriormente. E ele era rápido, talvez a única coisa em que era, de fato, célere. Mas não havia nenhum alvo a acertar por lá, como logo viram. Lá do fundo, um dos policiais fez um sinal com a lanterna e todos desceram, embanhando de novo as armas. Só Flamarion ficou na retaguarda, o único menos versado na estranha situação de encontrar o cadáver de uma vítima de homicídio.

O HB20 fora nitidamente arrastado até o topo da voçoroca e deixado cair. Só sua dianteira estava colidida com os fundos da cratera, o eixo empenado por conta da queda. Lá dentro jazia o que fora Emerson Kleverson, o africano bem brasileiro que dançava gafieira e pegava a mulherada nas horas vagas. O policial querido pelos colegas e que tinha um franco sorriso, agora calado por uma bala na nuca. O cadáver jazia de bruços e o local do disparo fora imediatamente descoberto pelos olhos perspicazes dos policiais e sob a luz do facho de lanternas que perscrutavam o interior do carro.

– Mais um morto – Cupertino se limitou a dizer à esmo.

– Por conta de um psicopata, delegado – respondeu Silva.

Arrudão estava em choque e precisou ser amparado por Flamarion. Não era amigo de Kleverson, mas gostava dele de um modo infantil. Acabrunhou-se e permaneceu estatelado contemplando a cena. Já vira dezenas de corpos anteriormente, gente mutilada, morta a facadas, em brigas de rua, vítimas de atentados. Certa vez, em um matagal, vira dois corpos, encontrados meio comidos por bichos, de caminhoneiros deixados amarrados para morrer por assaltantes que lhes haviam roubado o veículo e a carga. Fora no norte de Minas, Arrudão se lembraria da cena para o resto da vida, porque eram pai e filho. Também lhe haviam matado sua amante, que pusera de campana para vigiar um suspeito de homicídio a pedido do próprio inspetor. Mas agora era diferente ou ele, já cinquentão, estava cansado demais de tanta tragédia e tanta violência. Suas pernas tremiam e ele, sem palavras, permaneceu por lá. Simplesmente se deixou ficar.

– Me dê o celular. – Silva determinou a Flamarion. O investigador de seguros se atrapalhou entre permanecer segurando o espadaúdo Arrudão e retirar o telefone do bolso da jaqueta, tanto que o próprio inspetor se encarregou de apanhar o aparelho.

– E a mulher do Hanneman? – Cupertino indagou, se afastando para que seus policiais isolassem a área.

Não houve resposta pronta, porque Silva subia a voçoroca enquanto ligava para Pardal. Na verdade, procurava sinal, que ali embaixo no valo era bastante ruim. Subia arfando, economizando fôlego e raiva, fumante que era por toda a vida, lutando até ali contra o vício. No topo conseguiu completar a ligação.

– Professor, você encontrou um morto – falou com Pardal, quando atendido ainda no segundo toque. – Agora tem que achar os vivos.

– Consegui agora, amigo. Vai aí a foto da casa e a localização. Gentileza Oracle – e acrescentou mais sisudo, constrangendo-se de repente pela empolgação diante daquele momento crítico. – Lamento muito pelo morto. De fato.

Silva não respondeu. Desligou e olhou o localizador e a casa. Quase dois quilômetros de distância. Suas pernas curtas correram para o carro e, enquanto se lembrava que perdera o motorista, ouvia ao mesmo tempo a voz roufenha de Cupertino e o celular tocando de novo. Entrou do lado do carona, porque detestava dirigir, e acenou para o delegado pegar o volante. Olhou para a tela do telefone: era Santiago Felipe. Precisava atender.

– Inspetor, tem uma amiga dela de escola que mora aí perto. – O jornalista parecia definitivamente cansado e velho ao telefone. Era mais velho que Silva uns dez anos. Então era provecto.

– Diga.

– Sônia Soraia Coutinho. Ela é, conforme diz, "ocultista". Formou-se com Diana na PUC mas não exerce a advocacia. É a única coincidência que meu amigo tabelião, o Bentes, encontrou na região. E eu me vali de colegas de faculdade delas para descobrir...

– Bom saber – interrompeu Silva. – Ela mora sozinha?

– Isso não consigo saber, querido amigo. Você é que não está sozinho, espero.

– Não. Tenho comigo os melhores companheiros do mundo. – E olhou para dentro do carro: Cupertino arrancava e Flamarion havia arrumado um jeito de deixar Arrudão com os colegas da polícia e pulado para o banco detrás. Afinal, quem havia sobrevivido a uma corrida pela vida contra um trator em uma plantação no Pantanal, tinha o DNA do pai policial e já havia participado de outras perseguições contra homicidas estava apto a mais aquela situação limite.

# DEZESSETE

Foi com uma escopeta que Sônia Soraia respondeu ao silêncio de seus cães, após seus ganidos de dor. Eram dois, Lúcifer e Pantera, macho e fêmea, e de repente eram mais nada. Ela resistira à tentação de correr para o quintal da casa quando as luzes se apagaram, o que teria sido seu gesto mais instintivo e também o mais errado – se lembrou rapidamente que aquela família que a visitava estava em iminente perigo e foi até o porão para buscar a arma. Mandou que Diana e os filhos a seguissem e, quando entraram no compartimento do subsolo atulhado de velharias e com a escopeta pendurada na parede, segredou aos convidados:

– Fiquem aqui. – E engatilhou a escopeta.

Diana fez que não com a cabeça. Emudecera de pânico, a responsabilidade de mãe se sobrepondo à sensação errática de uma presa acuada. Percebia que algo de estranho e ruim ocorria lá fora e notava das reações da amiga, ao mesmo tempo atenta e rápida, que era urgente a necessidade de reação.

– Não – finalmente respondeu, a voz quase se recusando a sair. E beijou os filhos. – Calma que a mamãe volta.

Tremia. Sônia deu-se conta que não iria conseguir que Diana ficasse naquele bunker improvisado, então apressou-a com um ligeiro toque em seus ombros, e percebeu que ela tremia.

– Fique tranquila que estamos seguros aqui. E seus filhos ficarão mais seguros ainda. Estamos armadas e tranquei a casa também. – Só não mencionou que estavam também sem internet e sem os celulares, por causa disso. Mas não iria falar aquilo na frente dos meninos.

Jorge deixou que seu temperamento de homem cavalheiro superasse o medo e ensaiou acompanhar as duas mulheres, indo de encontro à mãe.

– Não, meu filho. Fique aqui e tome conta de suas irmãs. É melhor. – Sua voz tremia. Isabela e Bibi se abraçavam, chorando. Estavam em choque.

– Vamos. – Apressou-se Sônia. – Você vai trancá-los por dentro, Jorge. Aprendeu como se faz? Dê duas voltas na chave e só abra se ouvir de mim e da sua mãe a palavra "fantástico". É uma senha e só nós a sabemos agora. Se alguma de nós não falar a palavra mágica, não abra, entendeu? Ainda que sejam as nossas vozes. Entendeu?

Jorge meneou a cabeça que sim. Sônia mandou que repetisse a palavra e o menino repetiu. Então saiu com Diana do aposento, e ambas aguardaram do lado de fora pelos segundos que duraram o giro da chave do outro lado da porta. Para uma mãe, duraram uma eternidade. Diana começou a chorar.

– Calma. A situação não é tão ruim quanto parece. Quero que me siga e vamos andar agachadas, entendeu? E sussurrar – ela própria começou a sussurrar. – Sabe por que? Para que quem quer que seja não nos veja ou ouça das janelas lá de fora, porque acho que não temos mais os cachorros e seu Superman, com ou sem óculos, vai pagar por isso.

— Acha que é ele? — Diana se esforçava para demonstrar segurança e falar baixo.

— Se não, quem mais? Eu não tenho uma vida aventureira repleta de criminosos, meu bem. Você e seu marido, sim. Mas fique tranquila. Sou atiradora de elite e essa escopeta não precisa nem de mira. É apontar o cano e sapecar o dedo.

Aquelas duas jovens senhoras seguiram esgueirando pelo pequeno corredor que ligava aquele porão antigo ao resto da casa, Sônia atenta aos barulhos externos, Diana simplesmente acompanhando a amiga, petrificada pelo medo e pela apreensão com os filhos, que graças a Deus faziam silêncio do lado de lá da porta trancada. Se suas meninas ainda choravam, agora o faziam com uma quietude segura que permitia à mãe preocupar-se com o estranho invasor que as espreitava lá fora.

Bruno Bianchi estava lá fora e não sentia o frio. Estava bem agasalhado com um macacão tático operacional todo preto e gorro, fechado até pescoço e punhos. Fora assim que primeiro liquidara Kleverson e empurrara o carro no ponto morto ladeira abaixo. Treinara pesado e clandestinamente por meses para conseguir força e resistência para as investidas à casa de Vitor Hanneman, seu pai ausente, que liquidara, muito embora aquele traste não morresse. Agora era terminar de matar a linhagem e quem se pusesse em seu caminho. O policial foi uma surpresa, não esperava que fossem tão espertos e cobrira seus rastros temporariamente nos bancos de dados, para ter tempo de exterminar Vitor e seus familiares. Se Deus lhe privara de família, seu pai também não teria direito a uma, e ele extirparia para sempre da face da terra a linhagem e o sangue daquele homem maldito.

O frio da noite, que começava em meio às trevas e ao mato, não era problema. A escuridão ele providenciara desligando o padrão de luz e cortando a energia, após envenenar os cachorros e matá-los com golpes de cutelo. Só o macho deu trabalho e quase abocanhou sua perna, pois não estava tão grogue com a carne adulterada com Dormonid e veneno para rato que Bruno providenciara. Mas, com uma porrada com o cabo da arma branca conseguiu tontear o animal, o suficiente para depois furar seu bucho e dar alguma agonia boa àquele bicho dos infernos antes de estripá-lo Os cadáveres dos dois cães jaziam ali, ao canto do quintal, perto de uma caixa d'água que ele próprio cuidou de também inutilizar o abastecimento, desligando o registro e interrompendo a passagem da água. É claro que suas presas, lá dentro, teriam-na represada nos canos por algum tempo, mas ele não precisava de muito e não os queria mortos de sede. Desejava que morressem de medo primeiro, e depois com uma bala no meio dos olhos, que ele também treinara tiro durante algum tempo, em um estande clandestino do lado da favela do Cafezal, gentileza de um traficante preso que lhe permitira aquela exclusividade. Foi assim que deu três tiros no peito do pai. – Bruno estudara manuseio e disparo de várias armas em estandes clandestinos, com professores clandestinos e também em canais de internet, queria fazer um trabalho muito bem feito. Exterminar aqueles que não mereciam viver.

### Vitor além da vida

A pistola Bruno carregava presa à cintura em um coldre. A Glock era nova, diferente do revólver que havia utilizado para matar o pai. Ele não estava morto ainda, mas estaria em breve, e se precisasse iria ao hospital para apressar as coisas. Entretanto, a esposa e descendentes dele não mereciam morrer da mesma munição, Vitor é que era o monstro a ser extinto de maneira mais singular, na quietude do próprio lar que ele ousara ter e não dera ao filho bastardo, criado pela mãe drogada em um cabaré de cidadezinha gaúcha. Ele fora a vida inteira isso: o resultado da aventura bêbada de um adolescente com uma prostituta, e seu pai sequer sabia de sua existência ridícula. Com o tempo a mãe contou que o fornecedor da semente que o germinara havia mudado para Minas para ser policial, e daí em diante Bruno, imerso na podridão de um meio repleto de putas e drogas, passou a dedicar-se a espreitar Vitor, sua nêmeses.

Ele também embainhou o cutelo e começou a circular a casa, certamente trancada pelas mulheres quando os cachorros latiram, que não foi possível evitar-lhes os primeiros sons, mesmo Bruno tendo feito nos bichos um serviço perfeito. Olhava a casa da escuridão com seus óculos militares com visão noturna, comprados com uma identidade falsa em um site específico. Ele também estava na penumbra, para não ser visto antes da hora – queria estar dentro da casa para ser descoberto e contemplado por aqueles putos antes de matar. O menino era o pior – estudara sua rotina e sabia que ele havia tido uma infância perfeita, de comercial de margarina, como se dizia, era educado e bem tratado, paparicado e acarinhado, tudo sem merecer, tudo que ele não tivera em sua vida miserável. Queria que aquele bosta do seu meio-irmão do inferno sofresse mais um pouco, morresse mais lentamente, talvez lhe degolasse por último, com o cutelo já cego para que sofresse após presenciar a morte das mulheres, desfrutando de sua impotência de macho novo incapaz de proteger as fêmeas da matilha. Era uma maneira de emascular aquele aprendiz de demônio antes de matá-lo. Sim, certamente ele faria isso.

    De fora percebia detalhes da cozinha e da sala, e o balcão que dividia aqueles dois cômodos. Não via as crianças, mas o pouco de ruído com os cães devia tê-los acovardado e com certeza estariam lá dentro, em algum quarto. Se aproximou, tomando cuidado para não fazer barulho ao pisar. Não podia ser visto, mas poderia ser ouvido, e isso lhe retiraria o elemento surpresa indispensável para entrar ali rapidamente, porque seus colegas da polícia logo desconfiariam do sumiço de Kleverson e acabariam achando aquele sítio, apesar de ter tomado o cuidado de manter seus portões trancados quando pulou o muro. Rumando para a porta da cozinha, nos fundos, percebeu algo que o agradou: o topo de uma cabeça de mulher atrás do sofá para além do balcão da cozinha – só não sabia se era a dona da casa ou a vaca da esposa de seu pai, mas não importava: uma certamente estaria com a outra e se tivesse homem ali já teria saído para saber o que ocorria. Essa coisa de se entocar dentro de casa diante do menor rumor de invasão era coisa de mulher, com certeza. Mas a cabecinha estava lá, então foi para os fundos para abrir a porta suavemente com a chave micha que carregava, furtada do departamento de investigações. Se não conseguisse, se tivesse alguma tranca, entraria por alguma janela. O essencial era não fazer ruídos.

### Vitor além da vida

Dentro da casa, Sônia e Diana permaneciam atentas, ouvidos alertas ao menor sinal do intruso. Não conversavam entre si e o silêncio entre elas parecia sólido, palpável e intensamente incômodo. Era como se fosse possível tocá-lo. Em determinado momento, Diana acreditou ouvir um ruído suave de passos ao redor da casa e, logo em seguida, algo próximo da sua esquerda, onde seria aparentemente a porta dos fundos, para além da cozinha, mas não conhecia bem a casa e não tinha esse discernimento. Apenas tocou no cotovelo da amiga, um modo sutil de avisá-la, e percebeu que Sônia Soraia meneava a cabeça, na escuridão, assentindo. Ela também percebera a estranha movimentação e apontou a escopeta em direção à porta da cozinha por via das dúvidas.

A dona da casa confiava que ninguém entraria por ali, porque além da fechadura tinha colocado o ferrolho na porta, o pega-ladrão, antes de esconder as crianças e tão logo perceberam a presença de um invasor no quintal. Mas não foi por lá que Bruno entrou. Ele invadiu a casa chutando a porta de vidro do outro lado da sala, pulando para dentro em meio aos estilhaços do vitral da porta que destruíra com o pontapé. Já caiu no centro da sala escura, atento. Estava atento o tempo todo, porque sabia que as mulheres e crianças ali agiriam como animais ferozes acuados, repletos de pânico e prontos para tudo. Ele é que não estava preparado para o tiro que espocou estrondoso na escuridão. O disparo na sua direção raspou-lhe a esquerda do crânio e estourou na parede atrás de si, arrebentando o reboco e espatifando um quadro enorme no chão da sala, agora ainda mais repleto de quebradeira, cacos e confusão.

Houve um berro insano de mulher, e ele rolou pelo chão para sair do raio de ação da escopeta. Uma das duas vacas estava armada e ele não esperava por tamanha prontidão. Enquanto procurava um obstáculo para se proteger da atiradora, encontrou o sofá e sacou sua Glock. Tudo muito rápido, fruto dos treinos e da prática de muitos meses em que se preparara para o extermínio de sua vergonha. Acocorou-se atrás do sofá, puto porque agora era ele quem estava escondido e elas é que o caçavam.

E houve o segundo tiro. Sônia disparava conforme o barulho, na direção do barulho, porque não poderia errar e atingir as crianças, protegidas no bunker improvisado. Berrava de ódio enquanto o fazia, Diana por detrás, protegendo-se nas costas da amiga, que deu mais um golpe na escopeta, preparando-a para o terceiro tiro. Sônia Soraia já tinha se acostumado à escuridão e viu o vulto de Bruno esgueirando-se por detrás do sofá, então atirou na direção do móvel, estuporando as entranhas de espuma de uma Bergére que pertencera à sua avó. Para Bruno a situação era inusitada porque aquele disparo quase o tinha acertado e ele não conseguia tempo para atirar de volta. Correu para a cozinha, agachado, e houve mais um tiro. Ele procurou a porta da cozinha, mas se lembrou que não conseguira arrombá-la por causa do ferrolho, e então se desesperou: aquelas mulheres não poderiam acuá-lo e matá-lo como a um rato!

Revidou, voltando e atirando a esmo. Afinal, ele não tinha que se preocupar em acertar inocentes. Não havia inocentes ali. Agachado como estava, deu meia-volta e sapecou o dedo, com quatro, cinco, seis tiros ao redor, sempre à média altura. Alguma coisa de relevante iria acertar. Ouviu gritos, mas isso não significava que havia acertado alguém, porque mulher dava gritinhos à toa, sempre. A rigor, gritam de susto por conta de uma barata, pensou. Mas do lado de lá daquela repentina trincheira, Diana, a autora do grito, notou que o corpo da amiga sofreu um solavanco e de repente ficou mole. Ela se escorava em Sônia Soraia e subitamente seu apoio desfalecia, dando-lhe mais uma sensação de desamparo. E ela também havia parado de atirar, o que significava que as duas estariam mortas e seus filhos em seguida. Gritou de novo, agudamente, tentando segurar a amiga, que agora se enrodilhava no chão.

Houve mais tiros. Ela se segurou à Sônia e pensou nos filhos, rezando. Fechou os olhos para morrer sem ver, mas após os tiros houve uma nova quietude estranha. E então passos e fachos de lanterna.

De repente a sala estava toda iluminada e repleta de pessoas. Diana olhou para baixo e viu Sônia Soraia em sofrimento e a abraçou. A escopeta jazia ao lado de seu peito, como um troféu esquecido. Olhou adiante e viu um homem de preto caído e mais adiante aquele delegado chefe de seu marido, Cupertino, e dois homens, um baixinho e um louro, todos armados. E logo surgiram homens de uniforme.

– Dona Diana, fique tranquila. – Era a voz de Cupertino. Fora ele o autor do disparo. – Ele está morto.

– Meus filhos... Sônia... – e ela olhou em volta, procurando pelos meninos.

– Onde eles estão? – Foi o baixinho que perguntou.

Diana só apontou para o pequeno porão nos fundos do corredor:

– Diga "fantástico". É a senha. Senão eles não abrem.

# DEZOITO

O tradicional *Pizzarella* era muito bem frequentado aos domingos por conta de seu filé à parmegiana com cerejas, inigualável iguaria preferida por todos os seus frequentadores mais antigos, naquela parte de Belo Horizonte que sempre foi a perfeita junção entre a área central ainda nobre e a zona sul: o bairro de Lourdes.

Paulo Roberto Silva gostava de almoçar a parmegiana de lá com o pai e não havia regressado ao local depois que seu Eurípedes se fora. Agora o fazia a convite de Flamarion e da esposa Cinthia, como sempre brava com ele por meter seu marido em frias sanguinárias. Mas – fazer o quê? – ela gostava do amigo de Aristides, que lhe evocava o finado sogro, colega de Silva na polícia. Aliás, o velho Rubens também adorava a parmegiana do *Pizzarella*.

– O doutor Cupertino não pôde vir? – ela perguntou ao inspetor.

– Não. Está às voltas com o outro delegado, Hendrick, e com o chefe de polícia – respondeu Silva. – Suas filhas também não vieram?

– Estão às voltas com a avó. – Aristides Flamarion sorria. – Garanto que estão em melhores mãos que o Cupertino.

Até o inspetor riu. Estavam felizes, apesar de todos aqueles eventos atrozes e da morte de Kleverson. Haviam, afinal, ficado livres de um perigoso psicopata, e a imprensa e a cidade se aquietaram. Santiago Felipe ganhara sua reportagem de topo de página com exclusividade, claro. Assim como estavam é que foram visitados em sua mesa pelo velho garçom, Bambam, já encanecido pelas décadas trabalhando ali e que teve tato suficiente para não perguntar a Silva sobre o pai. Tão logo lhes serviu cervejas para esperar o prato principal, Cinthia puxou assunto:

– Foi maravilhoso que tenham conseguido salvar a família do Vitor Hanneman. O psicopata também era filho dele?

Silva sentiu uma vontade intensa de fumar antes de responder, mas estava parando e ali não podia. Estava parando há dez anos. Pigarreou e tomou um gole de Brahma, a vontade se foi. Ela sempre ia embora. Era só esperar.

– Era. – Quem respondeu foi Flamarion. – Eu não entendi até agora como isso chegou ao inspetor primeiro que todo mundo, com os bancos de DNA sabotados e os dados do Bruno Bianchi sumidos dos arquivos da polícia.

– Uma suposição. – Aí, sim, Silva resolveu participar da história. – Pensei que a análise de dados tosca da polícia não detectara o DNA do suspeito porque deveria haver algum vínculo genético com os habitantes da casa. Principalmente os filhos de Vitor. Só assim os peritos não iriam descobrir logo, como Eudes acabou nos revelando. E nosso homem só precisava de tempo, ele sabia que não sobreviveria por muito tempo às investigações.

– E ao próprio ódio. – Flamarion acrescentou, poético. – O ódio dele surgiu por conta do abandono do pai.

### Vitor além da vida

– Presumivelmente. Depois descobrimos que eram conterrâneos, ele e Vitor, e o rapaz filho de pai desconhecido. Depois que Cupertino o liquidou os testes genéticos deram... como é que se diz hoje?

– Deram *match*, inspetor. – Sorriu Cinthia. Uma mulher ainda bonita, abaixo dos quarenta. Casara-se nova com Aristides. – E foram as imagens de vídeo que o fizeram chegar a ele?

Silva bebeu mais um pouco. Não gostava de se gabar de deduções e descobertas. Aliás, não gostava de conversas e não gostava de *gente*, é o que sempre costumava dizer. Mas aquele casal era especial, eram uma espécie de família fora da sua família, se é que se podia dizer assim, e aquele domingo ensolarado com cerveja gelada à espera do parmegiana o inspirava inesperadamente.

– Logo que as vi percebi algo estranho. Pessoas demais na cena do crime, entende? Depois fui depurando. Vi e revi as imagens e notei o descompasso entre quem entrava e quem saía. É a velha técnica de sempre, de observação, independente de tecnologia. A modernidade não substitui essas coisas, somente complementa a observação do policial.

– E tem aquela questão do sumiço das imagens das câmeras de segurança da rua... Eu já te falei disso, amor? – perguntou Flamarion à esposa.

Cinthia fez que não com a cabeça, olhando para o inspetor, aguardando que explicasse. Silva procurou Bambam e o parmegiana com o olhar. Não encontrou nenhum, nem outro. Teria que responder à amiga, uma espécie de anfitriã ali. Afinal, Flamarion convidara e iria pagar a conta. Não gostava daquelas cenas típicas de fim de filmes e romances policiais ingleses, do velho detetive explicando suas conclusões brilhantes a um grupo incrédulo de admiradores, mas era o jeito. Não teria como correr das respostas buscadas com intensa curiosidade pela amiga.

– Me pareceu estranho que faltassem imagens justamente do momento do ingresso de Bruno na casa da vítima – respondeu, por fim. – Não faltava antes, não faltou depois. Isso e o banco de dados da polícia, também com problemas... digamos, peculiares e oportunos, tudo me levou a crer que nosso homem estava dentro dos computadores da polícia. Depois o Professor Pardal verificou que as imagens existiam, foram copiadas para o banco de dados, mas sumiram ou ficaram invisíveis por semanas.

– Era o que ele sempre buscou. Tempo – acrescentou Flamarion.

– Sim. Sabia que seria descoberto. Queria tempo para exterminar a família do pai e a este próprio. *Como* ele conseguiu acesso às imagens e bancos de dados a esse nível, só gente experta do setor é que nos responderá. E Eudes Bonfim descobriu que Bruno, seu estagiário, estava usando seu perfil para o acesso ao sistema.

– Ou seja... – Cinthia buscou esclarecer, enquanto o marido a servia de mais um pouco de Brahma, de uma garrafa que já terminava. – Ele descobriu o pai, veio para Minas e arrumou um jeito de entrar na polícia pra ficar perto do tal Vitor. Foi para o setor de perícias, onde conseguiu acesso ao banco de dados e escondeu enquanto deu as imagens dele entrando na casa...

– Que finalmente apareceram após o caso resolvido – completou Aristides Flamarion.

– Sim, amor. Que finalmente apareceram e confirmaram as conclusões do inspetor.

– Não se esqueça, Cinthia, que ele também ingressou no curso de Direito quando soube que a esposa de Hanneman,

### Vitor além da vida

Diana, seria sua professora. Queria ficar próximo de ambos, do pai na polícia, da madrasta na faculdade. Assim manteria o domínio completo de todas as informações necessárias à execução de seu plano assassino. – O inspetor esclareceu, acenando para Bambam em busca de mais cerveja para o trio.

Foram muitas coincidências, pensou o velho detetive, calando-se para não se gabar. Uma mesma pessoa trabalha como colega do pai, próximo dele, e é aluno da madrasta. É também o mesmo cara que detém acesso ao banco de dados, onde seu rosto não aparece e seus perfis se escondem, em que as imagens do ingresso do assassino na casa teimam em sumir por semanas, enquanto o suspeito preparara o ataque aos familiares de Vitor.

– Não é tão incrível assim, depois que o senhor explica – Cinthia disse, em forma de discreto elogio.

– Muitas pontas soltas geralmente provém do mesmo nó – Silva se limitou a dizer.

– Depois de tudo desvendado, o Cupertino descobriu pelas imagens que o sujeito chegou de táxi com uma mochila em que provavelmente estava a arma e o jaleco branco que ele usou pra se disfarçar de paramédico na hora de ir embora – disse Flamarion, dando um trago na cerveja gelada.

– O taxista depois reconheceu Bianchi com e sem óculos – esclareceu o inspetor. – E não se esqueçam de que ele não foi embora de viatura ou na ambulância. Saiu no meio dos outros cinco paramédicos e de todos os policiais e se confundiu na multidão. Foi embora à pé – e acrescentou: – Muito esperto, muito frio. Um perigoso assassino que tiramos da praça, Flamarion.

Não queria mais falar daquilo. Mais um criminoso interrompido em sua trajetória homicida, era o que bastava para ele. Ainda bem que Santiago Felipe omitira seu nome da reportagem a pedido dele. Detestava aparecer. Antes, prejudicava seu trabalho. Depois de aposentado, passara a prejudicar seu descanso. Sempre era ruim.

Bambam trouxe mais cerveja e, em seguida, o parmegiana suculento, com queijo derretido e purê de batatas. E, é claro, a cereja inesquecível que coroava aquele prato tradicional e delicioso. Bambam servia com esmero, como os velhos garçons, cortando o filé suculento com a colher, em postas, que depois servia aos clientes embevecidos, com água na boca. É claro que não iam continuar a prosa com o garçom por lá servindo, muito embora fosse um garçom amigo dos amigos e habitualmente discreto, como são os profissionais mais antigos dos ambientes tradicionais. Ainda assim, o assunto era delicado e Silva era cuidadoso demais para permitir que aquilo tudo vazasse enquanto Cupertino era investigado pela corregedoria e Arrudão estava suspenso por ter colocado o Delegado Hendrick em cárcere privado, o que deixara a todos felicíssimos na repartição e virara lenda na polícia. Até Arrudão, suspenso, estava orgulhoso de si, muito embora a morte de Kleverson ainda o deixasse cabisbaixo.

Cinthia comia sem dó e repetia. Se não o fizesse iria sobrar, porque Flamarion estava em uma dieta autoimposta depois do incidente no Pantanal, uma espécie de promessa que pagava por ter nascido de novo e escapado da morte por um triz. Só petiscava. E Silva habitualmente comia pouco apesar do físico atarracado. É que comer lhe dava sono e não gostava de dormir.

### Vitor além da vida

Com o sono vinham os pesadelos, todos ligados aos crimes que investigara, os mais horrendos.

O parmegiana suculento ia acabando e os três ao mesmo tempo diminuíam o ímpeto do apetite. Silva já havia cruzado os talheres e esperava educadamente que os demais terminassem para pedir um cafezinho. Foi quando sua interrogadora daquele dia voltou à carga:

– A motivação também foi um palpite?

Silva pensou antes de responder. A falta do Marlboro aceso e da fumaça tragada voltou a lhe encher os olhos d'água Esperou uns instantes para a vontade passar:

– Não foi um palpite, Cinthia. Foi uma conclusão. Nada difícil. Filho bastardo de pai desconhecido que vem ao encontro desse pai, fica próximo da família dele, da sua esposa. Aí o pai sofre um atentado à bala, uma tentativa de homicídio, e o filho trabalha no setor técnico da polícia que domina as imagens, as informações genéticas e os perfis dos envolvidos, e tudo isso desaparece. Entendeu? Bastante claro.

– Só poderia ser Bruno Bianchi para se vingar do pai. – Foi Flamarion quem acrescentou com um olhar apaixonado dirigido à esposa. Ele era apaixonado por ela, sem dúvidas.

– Obrigado mais uma vez, marido. – Ela sorriu, fazendo um cafuné nele.

Veio o café e veio a conta, que Aristides Flamarion pagou satisfeito. Ele próprio não vinha ali há quase dez anos, dada a correria da vida diária. Se recordava bem da *Pizzarella* da época do finado pai. O salário de polícia do velho Rubens nunca era o suficiente, mas ele sempre guardava um pouquinho todo mês e em datas festivas levava a família ali, para o parmegiana ou uma pizza. A memória afetiva de Flamarion era repleta de lembranças daqueles momentos com o pai e a mãe naquele restaurante. Inclusive, servidos por Bambam, que naquele dia receberia uma generosa gorjeta.

Já na calçada, o casal esperando um Uber e Silva preparando-se para voltar para a casa à pé, a cinco quarteirões dali, Cinthia aproveitou para finalizar seu interrogatório e satisfazer o que sobravam de dúvidas e curiosidades:

– Inspetor, em que cômodo da casa descobriram que Bianchi se escondeu, depois que deu os tiros?

– Na pequena rouparia, onde estava o seu DNA que se confundia com os outros filhos de Vitor – e acrescentou. – E antes que pergunte, ele trouxe o jaleco e se misturou aos outros paramédicos entretidos na busca de provas. Eles nem isolaram o local, uma balbúrdia. Cena de crime no Brasil não é preservada, Cinthia, e o nosso homem aprendeu isso no estágio com Eudes.

– A amiga de Diana... a dona do sítio... Ela está se recuperando da cirurgia?

– Ela vai se safar, segundo Cupertino me falou. Mas os médicos não acreditam que volte a andar. – Isso entristeceu o velho inspetor. Contemplou o Uber que chegava para levar o casal de amigos, antes de acrescentar: – Tomara que estejam errados.

Apertou as mãos primeiro de Cinthia, que o abraçou e beijou afetuosamente. Silva enrubesceu e se deixou abraçar. Enquanto o casal entrava no carro, ainda ouviu a derradeira pergunta de Flamarion:

– E o Vitor Hanneman?

– Está melhor. Disseram que acordou. – E o velho inspetor acenou-lhes ao se despedir.

# EPÍLOGO

Diana aguardava ao lado da cama, contemplando o marido. Tinham tirado seus aparelhos e ele agora somente dormia. Era um sono longo e doente, garantira-lhe o Doutor Proença, mas seus sinais vitais estavam normais. Normais não, *perfeitos*, segundo o médico. Inacreditavelmente perfeitos.

Ela estava com ele no quarto desde que o retiraram da UTI. Naquela semana se dedicara exclusivamente a internações e hospitais. Primeiro com Sônia Soraia, alvejada por aquele assassino serial maldito. Permanecera do lado de fora da sala de cirurgia até a amiga ser conduzida para a terapia intensiva, em coma induzido. E ficou ao pé da cama dela enquanto pôde, rezando para que se recuperasse e corroída de remorso. A querida SS iria ficar paraplégica, nunca mais voltaria a andar, e por culpa dela! Ela trouxera o perigo e a morte para a amiga quando lhe procurou em busca de conselho e socorro, e daquele remorso Diana acreditava que não se recuperaria nunca. Seus filhos torciam de casa, primeiro por SS, e agora pelo pai, e faziam chamadas de vídeo regulares, porque ela se transferira para o quarto do marido tão logo soube das boas notícias e agora aguardava que Vitor acordasse. Sônia Soraia permanecia letárgica, mas já contava com parentes e ela precisava estar ao lado do pai de seus filhos quando ele acordasse, o que era iminente, garantiram-lhe.

Chorou quando as pálpebras dele tremeram, como se estivesse sonhando, e quando seus olhos se abriram e ele acordou ela simplesmente tomou um susto lindo e agradeceu a Deus por ter permanecido viva para contemplar o renascimento do homem que tanto amava.

— Você... — a voz de Vitor estava rouca, seus olhos muito verdes contemplavam o teto e o rosto da esposa.

— Não se esforce. Fique quieto. Eu te amo. — Ela se limitou a responder, segurando-lhe as mãos machucadas por sondas e soros.

— Os meninos... — A voz dele era um fiapo, mas é claro que ele não ia se esquecer dos filhos.

— Estão bem e vão ficar extasiados quando descobrirem que acordou. — E agora beijou a testa do marido.

Vitor olhou mais uma vez para a esposa, antes de também chorar. Ela o consolou.

— Que bom que você voltou, amor.

Ele parecia tomar fôlego. Respirou forte a ponto de assustá-la, mas então disse à mulher:

— Eu viajei para longe. O lugar era lindo, mas era estranho. Foi um amigo que fiz que me ajudou a encontrar o caminho de volta. Ele também foi pra casa e se chama Udo, só que ele mora...

— Calma, Vitor. Você está sonhando...

Ele agarrou as mãos da esposa. Forte, surpreendentemente forte:

— O caminho dele é mais distante, em outra época, mas ele também está voltando para casa. — E sorriu.

Araxá, dezembro de 2024.

**FIM.**

# POSFÁCIO

Tenho um grande amigo chamado Vitor Hugo Heisler, delegado de polícia civil em Minas Gerais. Desde que o conheci, há exatos vinte anos, vi que era uma figuraça digna de protagonizar romances e filmes: um gaúcho bonachão, boa praça, fã de churrasco de boi sangrando no carvão em chamas e adepto de um chimarrão em todo fim de tarde, seja em casa, na praia ou na delegacia. Além disso, um policial competente e honestíssimo, um profissional exemplar, tal como o Vitor Hanneman que criei. Ao longo de todo esse tempo procurei conhecer sua vida familiar e suas origens, que transfigurei um bocado pra elaborar este livro, que dedico a ele, pedindo desculpas pelas licenças poético-literárias: seus pais jamais foram ausentes, ele tem uma irmã bacana e não foi criado sozinho e abandonado em Minas Gerais. Na vida real tem uma esposa sensacional, a Ana Lúcia, e uma filha linda, a Clarinha. Esta obra é um pouco sua, tchê! E obrigado pela inspiração.

Não que tenha sido fácil escrever este romance. Não é daqueles que já estavam prontos e acabados na cabeça do escritor antes de ser transposto para o papel ou para as nuvens de *bits* e *bytes*. Ao contrário, foi urdido ao longo da pandemia, encavalado com outros projetos literários e sociais meus, e foi parido ao longo de cinco anos. Nunca demorei tanto para escrever um romance! Poderia dizer que as medidas de distanciamento social prejudicaram o lançamento ou a minha cabeça, ou que minha vida pessoal deu reviravoltas tragicômicas durante esse período, ou que minhas múltiplas profissões me assoberbaram de trabalho a ponto da inspiração tardar a conta-gotas enquanto a trama desta obra era construída. É um pouco disso tudo, não tenham dúvidas. Mas demorei a concluir o *Vitor além da vida* porque há criações literárias que simplesmente precisam de maturação e de retrabalho ao longo de sua elaboração e, por isso, não tive pressa em engendrar as peripécias do inspetor Silva e seus companheiros e os apuros de Vitor Hanneman, às voltas com um assassino psicopata.

*Vitor além da vida* também representa meu retorno ao mundo da ficção, depois de projetos paradidáticos e jurídicos – afinal de contas, este que vos fala também é magistrado e professor de Direito. Minhas ruminanças literárias ao longo da criação dos personagens e elaboração da trama também atravessaram o luto pela perda de minha mãe Ivone, que sempre iluminou minha vida e era uma entusiasta de minha carreira de escritor – eu que comecei a garatujar ficção desde a infância, intensamente aplaudido por ela.

Aconteceu isso e muito mais enquanto eu tramava este romance, com diversas revisões e uma lentidão estranha para um escritor ansioso como sou – o *Rio da lua*, meu segundo livro, foi pensado, escrito, revisado e publicado em seis meses, para que se tenha uma ideia da discrepância de tempo entre a minha "normalidade" de outrora e a atual. Mas o homem é o homem e as suas circunstâncias, como dizia Ortega y Gasset. E enquanto minha imaginação fluía, casei-me com a Dra. Michelle Louise Zupo, e se não fosse ela a inspirar-me ao fim de minha jornada criativa, este livro não teria sido concluído. Não nesta década. Obrigado também a você, meu amor, fico te devendo a próxima obra, ainda este ano.

Também fui incentivado por meu editor e *boss* na Editora Novo Século, que me publica há dez anos, Luiz Vasconcelos. Ele sempre me disse que escritor tem que publicar todo ano e me prestigia insistentemente. Obrigado pelo apoio, *boss*. E desculpe-me pela demora.

Além dele, também devo demais à minha irmã e também escritora, Daniella Zupo, e seu marido e meu cunhado-irmão Marcus Alemão, e a filha deles, a minha querida sobrinha Maria, que sempre me deram muita força – sem eles, eu nunca teria prosseguido em minha carreira de escritor. Que a força esteja sempre com vocês, meus queridos!

Devo muito carinho ao longo da vida, e a serenidade de amigos muito especiais, dentre estes meus compadres Kelly e Eduardo Guastini e seu filho e meu afilhado, o maravilhoso Dudu - é esta serenidade que me faz perseverar na minha carreira de escritor.

Quem vive, como eu, em uma mistura de moedor de carne profissional com liquidificador pessoal (esta é a minha vida), sabe que seria impossível concluir *Vitor além da vida* mais cedo, e muito menos sem o auxílio dos amigos de sempre. Um dos meus segredos é manter abnegados colegas e colaboradores e entusiastas da literatura que, por amizade a mim e pelas artes, auxiliam de maneira contumaz meus trabalhos sociais e literários. Estou falando de Ricardo Garcia, meu amigo-irmão, que sedimenta todos os meus lançamentos d'além mar, em solo europeu, assim como o fazem Eurico Costa e Azor Pimenta nos Estados Unidos. Já aqui no Brasil eu não conseguiria me desvencilhar de prazos, praças, patrocínios e mercado sem os excelentes amigos e colaboradores Edgar Thadeu, a Dra. Khatia Simone Araújo, Ariane Barbosa e a equipe da Palavra Pronta. Edgar é especialista em neurolinguística e PNL, Khatia advogada de meus projetos e Ariane minha sócia e craque em marketing digital. O que os une é a amizade a mim, o companheirismo e o brilhantismo daqueles que fazem muito bem feito o que fazem, por amor. Vocês são de ouro, prata e diamante.

Neste romance, procurei explorar o inexplorado por mim até aqui: a vida após a morte, ou quase. Não sei vocês, mas sempre me intrigou o que acontece *do lado de lá*, quando se apagam as luzes e surge o caminho sem volta do abismo sobrenatural que separa os mortos dos vivos. Como sou fã de Stephen King desde a adolescência, o território das sombras me fascina bastante, tanto que não me sentira até então preparado para ingressar nesse universo intangível e fantástico que é perscrutar os segredos de além túmulo. Já havia dissecado a mente de psicopatas, escrito sobre suicídios e suicidas, e investigado os criminosos passionais. Na minha prosa de ficção, faltava dizer do mundo dos espíritos, e foi isso o que fiz. Não sei se tenho talento para tanto, mas crio arte com muita dedicação e respeito ao leitor que, afinal de contas, é o destinatário final destas mal traçadas linhas. Não importa o que digam, escritores escrevem para serem lidos.

Espero que Deus me ilumine nessas sendas e veredas, sempre. Ele nunca me faltou. E espero também que um dia meus filhos Theo e Arthur, e meus enteados Victor e Luísa tenham orgulho deste humilde escritor que só procura ao longo da vida fazer como o Quixote de Cervantes, adornando com o ouro da fantasia a esta realidade por vezes cinzenta e tristonha.

# grupo novo século

**Compartilhando propósitos e conectando pessoas**
Visite nosso site e fique por dentro dos nossos lançamentos:
www.gruponovoseculo.com.br

## ns

- facebook/novoseculoeditora
- @novoseculoeditora
- @NovoSeculo
- novo século editora

gruponovoseculo.com.br

Edição: 1ª
Fonte: Athelas